七个会议

〔日〕**池井户润** 著

徐嘉悦 林青华 译

人民文学出版社

著作权合同登记:图字 01-2019-1726 号

Original Japanese title: NANATSU NO KAIGI
Copyright © 2012 Jun Ikeido
Original Japanese edition published by Nikkei Publishing Inc.
Simplified Chinese translation rights arranged with Office IKEIDO Inc.
through The English Ageney (Japan) Ltd.

图书在版编目(CIP)数据

七个会议/(日)池井户润著;徐嘉悦,林青华译.—北京:
人民文学出版社,2019
ISBN 978-7-02-015353-4

Ⅰ.①七… Ⅱ.①池… ②徐… ③林… Ⅲ.①长篇小说-日本-现代 Ⅳ.①I313.45

中国版本图书馆 CIP 数据核字(2019)第 112058 号

责任编辑　甘　慧　王皎娇　胡晓明
装帧设计　钱　珺

出版发行　人民文学出版社
社　　址　北京市朝内大街 166 号
邮政编码　100705
网　　址　http://www.rw-cn.com

印　　制　上海盛通时代印刷有限公司
经　　销　全国新华书店等

字　　数　230 千字
开　　本　890×1240 毫米　1/32
印　　张　11.625
版　　次　2019 年 11 月北京第 1 版
印　　次　2019 年 11 月第 1 次印刷

书　　号　978-7-02-015353-4
定　　价　59.00 元

如有印装质量问题,请与本社图书销售中心调换。电话:010-65233595

目录

第一章　睡神八角　　　　　001

第二章　"螺丝六"奋战记　　034

第三章　结婚离职　　　　　072

第四章　财务行业　　　　　127

第五章　公司里的政治家　　181

第六章　假狮子　　　　　　238

第七章　御前会议　　　　　270

第八章　最终议案　　　　　314

主要出场人物

东京建电

宫野和广	社长
村西京助	副社长
北川诚	营业部部长
坂户宣彦	营业一课课长
原岛万二	营业二课课长
八角民夫	营业一课系长
滨本优衣	营业四课职员
稻叶要	生产部部长
河上省造	人事部部长
伊形雅也	人事部课长代理
远藤樱子	人事部职员
饭山孝夫	财务部部长
加茂田久司	财务课课长
新田熊介	财务课课长代理
佐野健一郎	客服室室长

索尼克

德山郁夫	社长
梨田元就	常务董事
木内信昭	总务部部长

第一章　睡神八角

1

例会定在每个星期四的下午两点。

视营业部部长北川的情况，会议开始的时间有时会延迟，但在原岛万二出席这个会议的两年里，从来没有改期，更没有中止会议的情况。

北川严格遵守安排好的日程，准时出现在会议室里，像往常一样坐在正中央的位置上。与会者有营业部一课到五课的课长和系长，还有各课负责计算的人，总共二十人左右。由于北川为人严厉，所以会议常常一开始就被一种紧张的氛围笼罩着。

对于原岛来说，出席例会除了痛苦还是痛苦。

营业部是根据商品的类型来划分各课的。原岛担任课长的营业二课负责的主要是与住宅设施相关的电器商品。像冰箱或洗衣机这一类的白色家电[1]纯利润率并不高，还受景气与否左右。夏天倒是因为酷暑，空调一路畅销，业绩多少有所提升，但是最近到了晚风凉爽的季节，原本可以提升业绩的空调需求也开始减少，实在难以维持一个像样的销售实绩。

---

[1]　家电企业在经营上将表面白色的生活类家电归为白色家电，将表面黑色的娱乐类家电归为黑色家电。

"这是怎么回事,原岛?"北川的斥责毫不留情,"既然没达成目标,就去凑齐资料直到完成为止!要是只会汇报一句'没能达成目标',也没必要厚着脸皮出席这个会议了!"

在北川看来,所谓目标,就是必须严格遵守的"规矩"。

对于没完成目标的部下,北川可不会与人为善,温和地鼓励他们下次再努力。没完成的人就是要在众目睽睽之下被他狠狠斥责一顿,步步威逼到喘不过气来为止。

虽然有人暗地嘲笑北川这个拼搏型管理者太落伍了,但这就是他的做法,也是他的信念——不允许有任何借口。

原岛等人并非不努力。

他的部下们从早到晚都在各自负责区域的大卖场或街上的家电铺子奔走争取订单,跑到鞋底都磨薄了。即便如此还是无法完成目标。在原岛看来,原因在于目标制定得实在过于苛刻了。

"你可一定要完成啊,原岛。我再也不想听到'目标未能达成'这种话了。"

面对这个近乎威胁的北川,原岛糊里糊涂就脱口而出:

"我非常明白,但令人无奈的是,白色家电在夏天畅销之后出现了反作用,现在销售陷入了低潮。"

糟糕——当他意识到说错话时,为时已晚。

北川的眼神仿佛搓捻锥子一般,瞪向原岛。

"不要怪景气不好!"怒吼接二连三地飙过来,"不景气不是只对你一个人造成影响。大家的条件都是一样的。连这一点都不懂的人,也没资格参加这个会议了。"

原岛感觉全身的血液都变得冰凉,连他自己都觉得自己很没出息。北川的怒吼的确很对,自己没有一丝反驳的余地。

他的胃突然一阵绞痛。

"够了。下一个,营业一课。"

终于轮到下一位了。原岛感到四肢无力,几乎要当场瘫倒在地。

听到负责主持会议的副部长森野点名,一课课长坂户宣彦站了起来。这个男人号称营业部的王牌,才三十八岁,比原岛小七岁。在东京建电这家中坚企业里,他晋升为最年轻的课长,并且拿出了不俗的成绩。

汇报完毕的原岛叹了一口气,邻座的佐伯浩光悄声对他说了一句"辛苦了"。佐伯是二课的课长代理,与一课课长坂户是同期进入公司的。

"请容我汇报一下营业一课上周的销售实绩,以及当季累计的销售实绩。"

坂户用凛然的声音说道,然后满怀自信地环视了围坐在会议桌边的众人。

坂户带领的营业一课手里的客户都是大企业,是牵引着东京建电业绩的盈利大头,而二课却常年业绩不振,所以公司里有"黄金一课,地狱二课"的说法。当然,两课各自负责的商品也不同,如果说一课是精明的批发式销售,那么原岛带领的二课只能算是零售式而已。

坂户平淡地汇报着趋势高涨的销售实绩。那些成果听着就让人心生嫉妒。不过坂户这个家伙还挺不错,很难得,所以公司里人人都喜欢这名干将。然而，就在这时——

"还挺自在的呢。"

佐伯用别人听不见的音量嘀咕了一句，然后转向原岛：

"你看看那边。"

佐伯眼神所示的位置，是会议桌的另一端。那里坐着一个男人，看着像是在听坂户的汇报，实际却在打瞌睡。

"八角先生吗？"原岛说道，"见怪不怪了。"

八角民夫——那个男人的名字。

八角，本来应该念作YASUMI，但公司里的人都叫他HAKAKU[1]，其中的原因不得而知。他比原岛大五岁，时年五十，是那种随处可见的吊儿郎当型员工。这位万年系长，只要一开会就抓紧机会打瞌睡。

正如一旦偏离晋升的正道就不再进取、什么都无所谓了一般，即便当着北川的面也敢正大光明地打盹儿，那副消极怠工的模样可以说是练到了炉火纯青的地步。因此，他也被赋予了一个绰号"睡神八角"。

只不过，八角之所以不怕北川，有另外一个原因：八角和北川年龄相当，是同期进公司的。

不仅如此——虽然还未证实是真是假——有传闻说，北川欠了八角一个"人情"。也不知那是一个怎样的人情，一方

---

[1] 日语的汉字有训读和音读两种读法，"八角"的训读为YASUMI，音读为HAKAKU，后者略有调侃意味。

是营业部的部长，一方是雷打不动当了二十年且没有一点长进的系长，从员工的角度来看，谁高谁低一目了然。然而据说因为那个人情，北川在八角面前一直抬不起头来。

原岛很怕和那位八角打交道。

虽说是万年系长，但毕竟八角也已年届中年，态度更是傲慢，简直就像是营业部的当家老大一样，行为举止甚是嚣张。二课偶尔办个联欢会，他也会冒出来掺和，还占着上座一副亲昵状地跟原岛或其他部下聊天。

"喂，原岛。听说之前那笔生意谈得不顺利啊？"

"佐伯，我说你小子好歹也是个课长代理啊，多少得照顾一下这帮家伙吧。"

他总是以这样的口吻对课内的种种情况指指点点，洋洋自得。至于自己的工作情况，八角倒是束之高阁，而且本人也对这些事总是一副毫不在意的样子。

坂户的汇报还在继续。

坂户的发言正如他能干的作风，没有一句废话，运用的资料也很详尽，原岛先前准备的数据根本无法与之匹敌。偶尔他也会翻找手边的资料查看一下数据，本应该负责辅助的八角却一副事不关己的样子打着盹儿。或许是早就死心了吧，坂户似乎从一开始就不打算指望八角，就连北川对八角那种态度也装作视而不见。

"坂户应该很为难吧。"佐伯话里带着一丝嘲笑，说道，"系长居然是那样一位大叔。"

"一课里有那种拖后腿的人也没关系，毕竟他们手头攥着大客户。"

原岛回应道。刚才挨训的忧愁似乎烟消云散了。

没过多久，坂户的汇报结束了。在他入座的同时，北川甚是满意地说了一句："那就照这个势头继续努力吧。"

这种情形也算是司空见惯了吧。

如果说坂户走的是阳光灿烂的上坡路，那原岛走的则是乌云密布的下坡路。

不管他怎么努力，情况还是没有好转。

不仅如此，某个内心深处的他，竟然接受了这种情况。

对于原岛来说，他的人生一向如此。

正如他的名字一样，"万年老二"。命中注定他无论如何都坐不成第一把交椅。

2

原岛是家里的第二个儿子。

与品学兼优的哥哥不同，不管是学习还是运动，原岛各方面的表现都很平庸。虽说不至于逊色于人，但也没有哪一点是值得关注的。

原岛的小学和初中是在老家当地的公立学校读的，高中入读的是埼玉县内算是第二梯队里还算过得去的重点学校，但成绩也只是处于中上游。在乒乓球部待了三年，好不容易成了正式选手，团体赛却在第二回合就败下阵来。本想在个人赛上大显身手一番，偏偏不幸碰上了强校的选手，初战即败。

高考的准备虽然起步晚了些，原岛还是以自己的方式努力了一番，却没能考上第一志愿的大学，最后只能进了第三志愿的私立大学。

原岛的父亲是在市政厅工作的公务员，进取心极其旺盛，一心一意以当上副市长为目标。年长两岁的哥哥肩负着父亲的期望，考上了东大，并进入前通商产业省[1]成了一名官僚。

相比大家都会佩服的哥哥，弟弟就稍显不足了。

"我打算进公司工作。"

求职期间，原岛这么对父亲说。父亲索然无趣地回了一句："是吗？那就好好干吧。"

至于原岛想去的是哪家公司、在那里想做些什么工作之类的问题，作为父亲总该打听一下的吧，却不见他过问一句。

反正我就是跟哥哥不一样呗。

原岛打算让父亲刮目相看，在求职大战正式打响之前就作了周到的准备，全力冲击号称一流的综合电机厂商。然而——

在本应万无一失的面试中，原岛却连连失利。

他想不通是什么原因。不过经过好几次面试，他也意识到一件事：

光凭一腔热血，是不会被哪家公司录取的。

面试越刁钻，越说明他们想寻求出类拔萃的人才。找遍原岛全身，也找不出哪一点是出色的。

---

[1] 日本经济产业省的前身，于1949年设立，2001年再编改组为经济产业省。

毕竟原岛不过是芸芸众生中的一员罢了。

当时的原岛从大四的夏季就开始找工作，参加了将近三十家公司的面试，每一个都是众所周知的大公司。

"你的眼光太高了。不如试试跟自己实力相当的公司如何？"

虽然也有朋友给出这样的建议，但原岛根本听不进去。被人拿来与哥哥作比较，让他变得有些固执。

但是到了酷暑难当的九月上旬，抱着最后一丝希望去参加的面试也惨遭失利时，他终于不得不面对现实了。那个时候，大公司的面试基本上都结束了。无奈之下，原岛决定放弃入职上市公司的念头，转向中坚企业的招聘。

其实直到那个时候，原岛都还不知道东京建电这家公司。他是偶然在信息杂志上看到的，得知这是综合电机行业中实力雄厚的大厂商索尼克的一家子公司，才对它心生兴趣。虽然之前索尼克的面试失利了，但既然这是那家公司的子公司，他也能找到自己想做的工作吧。原岛心中这么盘算，立刻给东京建电的人事部打了电话申请面试。

说不定没戏。不过打从开战就一路惨败的原岛，却在这时迎来了奇迹。之前的屡战屡败仿佛不曾存在，他在面试中一路过关斩将，然后在一个星期之后，终于收到第一个也是唯一一个的内定就职通知。

事后原岛才听说，原来给他进行初试的那个职员与他是同一所大学毕业的。所谓的公司缘分，或许就是这么回事吧。

"东京建电这家公司，是索尼克的子公司。"

原岛告知自己已经找到工作的时候，父亲嘴里嘀咕了一句

"是吗，索尼克啊"。原岛不知道父亲这句话意味着什么。是指他进了索尼克很不错呢，还是说他只进了子公司没出息呢？

"挺好的啊。"

父亲接着又说了这一句，不过当时电视里正好传来欢呼声，他的视线就转回那边了。

电视上正好是父亲那支心头好队伍的三号打手错失得分机会的一幕。父亲很热衷于棒球。原岛本以为他会就那样沉迷于比赛的直播，没想到父亲站了起来，从冰箱里拿出一罐啤酒，又从餐柜里拿出杯子倒上酒，然后摆在原岛和他自己面前。

"不管在哪家公司，只要能在需要自己的岗位上工作，那就是最幸福的事。"

父亲用格外心平气和又坚信不疑的口吻说道。后来原岛才知道，当时的父亲在竞选中失利，私下获悉自己的课长一职雷打不动。

"只要你尽全力去做，总能成事的。今后你得靠自己去开拓自己的人生了。"

原岛轻轻地将杯子举到面前，带着一种莫名紧张的神情喝下了啤酒。能从父亲嘴里听到这种关心恳切的亲子对话，还真是难得。

然而，原岛在入职东京建电之后，等来的却是这种被称为"公司"的组织捉弄的日子。

一开始，原岛被分配到会计部。在这里，他被迫速学了簿记，每天都得与发票搏斗。但是在他进入公司第三年，觉得自己终于算是一个能够独当一面的会计员时,却收到了一纸任职通知,把他调去专业不对口的营业部。

为了学习新的工作,他在营业部埋头干了三年,接着转去与电子零件相关的部门做了五年,之后又基于公司的安排,在公司内部辗转调动。虽然姗姗来迟,但公司总算将他晋升为课长,并把二课交托给他。这已经是两年前的事了。

一纸任职通知下达,哪里需要哪里搬,这就是上班族。但原岛不仅一次地觉得,这种职位调动实在不合理。话又说回来了,能在三十岁就实现与同事结婚生子,他也没立场去说这种调动的不是了。如今经济不景气,就算想换工作,也不可能有别的公司愿意收留他。等到有所意识时,他才发现自己只能抓着公司这根浮木不能松手了。

正如父亲所说,他只能靠自己去开拓人生了。

但他也不曾真实地感受到,之前的人生有过任何"开拓"。

他只不过是搭上了"上班族"这辆微不足道的矿车,不时地遇到急转弯被甩来甩去,为了不致掉落,只能牢牢地抓着不敢松手。

或许从一开始,他的人生就没有开拓的价值,也没有开拓的深度——时至今日,原岛也开始感到怀疑了。

3

"你不认真一点的话,我也很难做。"

犀利的声音吓得原岛回过神来,转头望向声源处。

只见会议桌正对面的坂户站起来,满脸愤怒地瞪着还坐在椅子上的八角。

此时会议已经结束,部长北川也离开了会议室。室内还留着一半以上的与会者,大家都停下了动作,被坂户和八角的对话夺去了目光。

"这可不是打瞌睡的场合。必要的资料自己一点也不准备,还都推给部下去做。再说了,至少在我汇报课里业绩的时候,别给我打盹儿,行吗?"

"我可没打盹儿。"

八角反驳道。发现众人注目,他露出不好意思的笑脸:"你是不是有什么误会呀?我认真听着呢。"

"你好歹是个系长吧。那就去收集必要的资料,做点辅助什么的。你开会是为了什么?还说自己认真听着?你以为自己很了不起吗?"

理性派的坂户居然会感情外露,这件事本身就很稀罕了。看来是平日里积攒的怒火终于爆发出来了。

"是是是,对不住了。行了,今后我会考虑一下的。"

说完,八角"嘿咻"一声站了起来,背对坂户快步离开了会议室。

"那种态度,算个什么事啊!"

佐伯目瞪口呆地看着八角,语带惊讶地说了一句。坂户将手里的资料摔向桌面,表情凶狠地瞪着门口——那里已经瞧不见八角的身影了。

原岛催促佐伯离开了会议室。"你别说,坂户君的心情我也能理解。"走在走廊上的原岛这么说道。

"八角先生对一课的业绩基本是毫无贡献的,工作全都是坂户君在做。那个人就是个累赘,而且光会嘴上吹嘘,完全没有罪恶感,听说态度还挺傲慢。"

佐伯如是说道,展现出他耳听八方的一面。说起来,他和同期进公司的坂户走得近,说不定有些事情是从本人那儿打听到的。

两人就站在办公区边上的自动售货机角落。"也是啊,依坂户君的性格,应该对那些事看不过眼吧。"原岛如实说出了心里的想法。众所周知,坂户是个拼命三郎。他能取得公司内排名第一的销售业绩,可不仅仅凭借运气或能力,还得有众人都认可的努力。一课和二课同在一个办公区且位置相邻,所以原岛也看得很清楚。坂户给人的印象就是一整天都在绞尽脑汁,四处奔波,争分夺秒地忙着工作。八角则待在茶水区悠然自得地抽上一支烟,或者饶有闲情地喝上一口茶或罐装咖啡,所谓的营销就是打个电话算完事。两人一比,实在是对比鲜明。不过——

这个时候的原岛还没意识到,这件事已经给坂户和八角之间的关系带来了明显的变化。

"这份报告是怎么回事?你以为这么说就能让我接受订单缩减的理由吗?异想天开!"

自从那次会议之后,不管当着谁的面,坂户一有不如意,就把八角叫过来训斥一顿。措辞也跟以前不一样,不再因为对方年长而有所顾虑，完全就像是在教训比自己年轻的部下一般。

大白天，若八角正打算像往常一样坐在自己的桌前喝茶，遇上坂户刚好回到公司，那就少不了要被斥责一番。大家都觉得，坂户不仅和八角的关系起了变化，连他的性格也变了。

"现在是有闲情喝茶的时候吗？你的工作做得怎么样了？"

每当坂户这么说的时候，八角也不还嘴，但也没有表现出立刻听话照办的样子。要么是露出冷笑，拿着被退的文件回来；要么就是动作慢吞吞，仿佛在试探坂户会不会等到不耐烦。就算被坂户训斥，八角的态度也没有改善，两人原本就不甚和睦的关系日益变得难以收拾。

就这样，日子一天天过去，年度结算的三月份来临了。到了月底大家会忙得跟打仗一样，虽然原岛目睹过几次坂户对着八角发怒的场面，但他自己本身已经没有余力去关心一课的人际关系了。而且在那个时候，那一幕也已见怪不怪，他实在提不起多大的兴致。

直到波涛汹涌的三月过去，新财政年度终于开始之时，原岛才再次对坂户和八角的关系产生了兴趣。

"课长，你知道坂户的事吗？"

那天中午，原岛和佐伯一起进了附近一家荞麦面店。趁着店员去下单，佐伯开口说道：

"他该不会要当部长了吧？"

一课上一年的业绩也超额完成了许多，原岛料想他会被提拔为最年轻的管理干部。没想到佐伯说出了让人意外的话：

"不是不是。听说他被职权骚扰委员会的人叫去了。"

"真的吗？"原岛禁不住追问了一句，"听谁说的？"

"禄哥啊。"

木村禄郎，四课的课长。这个男人有着胖墩墩的体型和爽朗的性格，所以部门里的人都叫他"禄哥"。

"为什么禄哥知道这些事？"

"因为他是委员会的人啊。"

确实有这么回事。公司里设立了职权骚扰和性骚扰两个委员会，并从每个部门里选出一名委员，每个月召开一次会议。

说起来，由于很少有人控诉遭到职权骚扰或性骚扰，所以所谓的会议也就是大家碰个头、确认一下"公司里没有发生问题"的形式主义罢了。

"有人投诉了吗？"

"据说是的。"

听到佐伯回答，原岛又问是谁投诉的。佐伯的回话让他哑口无言：

"是八角先生。"

原岛心想"不会吧"，但又觉得不难想象。

"也算情理之中吧。"

"可是，八角先生他……"原岛怎么也无法释然似的自言自语道，"一把年纪了，还去投诉比自己年轻的上司？"

当然了，职权骚扰与年纪并无关系。原岛试着冷静地回想了一下，确实觉得最近坂户对八角的训斥稍显过分了，但还不至于被职权骚扰委员会叫去问话吧！

见原岛陷入沉默，佐伯继续说道："听说上个星期当事人去找禄哥，说是向职权骚扰委员会提出控诉。"

"这件事，你怎么看？"

出了荞麦面店，走在回公司路上的原岛问了一句。

"这个嘛，怎么说呢——"

佐伯仰望着仿佛蒙着一层朦胧白膜的春日晴空，觉得有些刺眼。

"我觉得，这么做没啥意义吧。如果说坂户的态度算是职权骚扰，那么北川部长的做法也可以被投诉了吧？光是考虑到这一点，这件事的结果就可想而知。"

虽说当中应该也含有对同期同事的偏爱，不过佐伯的指摘确实在理。如果认同了这件事，那么公司里的平衡就难以维持了。

"我想那方面，河上先生应该镇得住。就算是看在坂户的业绩的分上，也不会判定他是职权骚扰吧。"

职权骚扰委员会是跨部门的组织，由人事部的部长河上省造担任委员长。河上是一个很懂得权衡的人。

"毕竟八角先生本身的态度也有问题啊。"

原岛发出一声叹息："这也是没办法的事。下一次职权骚扰委员会的会议是什么时候？"

"这个月的会议好像两三天前已经开完了，本来要等到下个月的，不过听说最近会召集大家开个临时会议进行审议。"

如果判定坂户确实是职权骚扰，下次就会在董事会上讨论怎么处置他了。

在那之前，想必他不好过吧。原岛心里这么想。

自己的部下跑去投诉遭到职权骚扰，坂户该以什么表情去面对八角呢？如果是原岛遇到这种事，他可应付不来。
"坂户应该也很为难吧。"
佐伯皱着眉头，仿佛自己的遭遇一般，重重地叹了一口气。

4

听佐伯说起那件事之后的第二个星期四下午，职权骚扰委员会便召开了临时会议。

以委员会的做法，坂户这件事本该是瞒着公司里的人批评一顿的。不过这件事也不知从哪儿走漏了风声，原岛听到这件事时已经成了公开的秘密。

原岛这一星期的心情也不是很好过。毕竟一课和二课的位置相邻，再怎么不情愿也总会看到那两个人的态度。他们正在冷战，也能隐约看出双方在避免再起冲突。八角倒是出乎意料地老实，不仅出去跑单的时间比平常早了一些，在全员出动之后也不再是悠然自得地喝茶。而另一方的坂户也没有斥责八角。不，更有甚者，那两人几乎没有一次像样的对话，成了毫无交流的状态。

委员会召开会议的时候，原岛正好从都内的客户那边回来，在办公区的入口与八角擦肩而过。

原岛不由得停下了脚步——因为他看到了八角那副陷入沉思的表情，与平日简直判若两人。看起来像是现在才后悔自己闹出这么大的事，也可能是扮演一个遭受职权骚扰的受害者。

委员会的开会时间是下午三点。会议一开始就被叫去的八角,过了差不多一个小时才回来。之前一直待命的坂户随后便离开了办公区,之后营业一课的营销人员也有好几个被叫去作证。审议结束后,木村一脸疲惫地回到办公区,那个时候已经是晚上八点左右了。

"怎么样?"

听到三课的课长日野询问的声音,原岛知道会议结束了,却看到木村用两手的手指做了个"×"的手势。日野条件反射地回头望向原岛的方向,只是他看的不是原岛,而是本该在原岛那边的坂户。不过坂户早前说要去见一个客户,已经离开了公司,八角也早就回家了,当事人都不在。

"喂,难道是真的?"

日野这句话,令整个办公区的人都抬起了头。大家表情不一,有的备感好奇,有的面带困惑,还有的眉头紧蹙。

"差不多,就是说他的做法有点过火了。"

听到这些对话,佐伯表情诧异地转而望向原岛。估计他没想到坂户真的会被判定为职权骚扰吧。

日野咂了一下嘴巴,侧着头说道:

"那样就算职权骚扰的话,那我怎么办啊?你们几个,该不会也打算下个星期就跑去投诉我吧?"

日野苦笑着对留下来的部下这么嚷嚷,不过表情很快又恢复严肃,声音低沉地嘟囔:"这情况也太糟糕了吧?"脸上没有一点笑意。日野的年纪比原岛大一岁,不过当课长的时间并不短。平常就对八角心有不快的他,对这个有罪的裁定很是不满。

原岛也有同感。

"你们到底是怎么讨论得出这个结论的?"

见日野生气,木村的表情变得有些怪异:"这个嘛,事情的发展有点出乎意料。"

"河上先生觉得是个很严重的问题。"

"这是什么意思啊?"

心里闷得慌的日野开口问道。

"关于职权骚扰和性骚扰的情况,索尼克之前制定了指导准则,并适用于整个集团的每一个公司。这么算的话,坂户先生的行为确实是符合的。"

听到总公司的名头,日野不爽地用手指撸了一下鼻头。木村继续说道:"至于要不要给予处分,就看董事会怎么决定吧。既然已经违反了准则,应该会被判定为违规了吧。"

在东京建电里,凡是职位在系长以上的,一律派发了索尼克制定的指导准则。那本写满了琐碎规定和案例的神经质本子,读过之后会让人开始害怕女员工和部下。

"真是死板啊。到底是职权骚扰委员会。"

日野讽刺了一句。木村带着几分辩解地说道:"因为裁定会议很少召开,所以怎么也得按原则来做事。"

"要是能按原则来做生意,谁还用那么辛苦啊。"日野的感想,原岛也深表同感。

"这叫什么事儿啊。真是的。这样谁受得了。"

听着日野他们的对话,原本就唾弃八角的佐伯也是一副很难接受的样子。

这也难怪。不管董事会做出怎样的处分，坂户之前毕竟取得了那么耀眼的业绩。手握公司里最好的业绩，成为最年轻的"黄金一课"的课长之位，这样的潜力股居然被无耻的老油条钻了空子，倒打一耙。

不管在谁看来，错的明明是八角，这也算是坂户倒霉了。

"就算职权骚扰委员会裁定他违规，实际上给予处分的是董事会。他们那些人会怎么做你也是知道的吧。宫野先生不可能追认的。"

原岛如是说道。社长宫野和广是明智的，就算给予处分，肯定就是让他写个书面检讨或者谴责一番罢了。

然而，几天之后召开的董事会对坂户做出了"人事调动"，这让原岛惊讶到无言以对。

5

"坂户的一课课长被罢免了，他调到了人事部。"

偷偷将这件事告诉原岛的，是副部长森野。在董事会之后，原岛知道坂户被点名跟着北川部长一起去了社长室。

"为什么？"

过度的震惊，让原岛一时说不出话来。

"我说，那个处分未免太严厉了吧？"原岛用只有森野听得到的小音量说道，"对方可是那位八角先生啊。"

"这个我知道。"

森野一副怒火无处释放的口气，他也无法接受这种决定。

此时他肯定有一种不吐不快的心情。

"那为什么下这种决定？"

"我哪知道。"

森野咒骂了一句。

一课的办公区那边，比课里其他人早一些回到公司的八角独自坐在自己的位置上。看那副失魂落魄的表情就一目了然，他已经知道董事会的结果了。对于八角来说，或许是料想不到有这么严重的处分吧。

没多久，部长秘书给原岛的座机打来一通电话，把他叫了过去。

来到董事办公区的一个房间，原岛看到了垂头丧气、落魄不堪的坂户。原岛默默地朝他的侧脸看了一眼，然后坐到沙发的空位上。

"公司下了内部任命，原岛。"

原岛刚坐下，北川的话就让他忍不住抬起了头。

"公司想让你接任坂户，到一课去做。"

"让我……接任吗？"

从"地狱二课"调到"黄金一课"。"万年老二"的原岛，在这一刻，终于得到了一课课长这个最抢手的营业课长之座。

然而，不管怎么努力，原岛还是挤不出一个笑脸。这也难怪，沮丧的坂户就在他身旁，眼神简直就像行尸走肉一般。

"今天的董事会上，公司决定调走坂户君。至于接任的人选，我举荐了你。我认为你之前的努力配得上坐这个位置。希望你能填上坂户君的空缺。"

北川的话语总是让人倍感压力。此刻，他的每一句话都沉甸甸地压在原岛的心头，让心情无法平静。

北川自己究竟对这个人事调动有什么看法呢？是觉得遗憾还是不甘心？是觉得无奈还是理所当然？他的心思实在看不透。

身为营业部的王牌，寄托在坂户身上的期待绝对不简单。但是面对这样的部下，北川并不打算安慰一句。

"北川先生真是无情啊！"虽然早就知道这个男人的德行，但刚刚接到内部任命的原岛心中还是涌上这种很实在的感慨。

6

"哎呀，这不是挺好的嘛。"

那天晚上，晚归的原岛说起内部任命的事之后，正要端来汤碗的妻子江利子停下了动作，眼睛瞪得圆圆的。

"哪里好了？我心里总不是个滋味。"

"你就是爱纠结，才会这么没出息。"

江利子以家庭主妇的现实目光看着原岛："公司让你去当一课的课长，这可是机会啊。"

机会。听到这个词，原岛感觉有些不对劲，往嘴里扒着晚饭的筷子也停了下来。

他并不觉得这是一次机会。主力队员出了问题，情急之下就把万年替补推上投手土台。这就是他现在的心情。

"我是候补的。"他这么说完。

"候补的又怎么了？"江利子突然变了态度地说。

原岛不由得认认真真地端详妻子的表情。虽然还是以前那种清秀可爱的模样，但不知不觉中她也变得这么厚脸皮了。

"你知道《西区故事》吗？"

江利子是个音乐剧发烧友。见原岛露出不明白的表情，她又说："那部作品的作曲者伯恩斯坦之所以能成为一名成功的指挥家，契机就是他替补了布鲁诺·瓦尔特呀。你也得好好把握住这个机会，登上阳光普照的舞台。说不定有人会认可你的能力呢。"

我的能力？她觉得我有这种能力吗？原岛虽然心生诧异，但观念与众不同的妻子所说的话，让他心里原有的不痛快稍微缓解了一些。

"但是我没信心和八角先生处得好。"

"给我挺住，老公。"

见原岛露出了怯懦的一面，江利子表情变得严厉起来："你不是课长吗？跟他摊开了讲清楚，要是不听你使唤，就把他踢到别的地方去。"

如果他这么做，那可真是名副其实的职权骚扰了。

7

"多谢您之前多方面的照顾。"

佐伯举起兑了水的酒杯。

这天晚上，他们举办了欢送兼迎新的联欢会。接任原岛的人是从大阪分公司的营业部调来的。原岛花了五天的时间，才完成了跟那个男人的交接。他们在公司附近的酒馆吃了上半场之后,下半场又转到附近的卡拉OK。散会之后,佐伯说了一句"要不去喝一杯吧",于是原岛与部下告别,和他一起去了品川站附近一家酒店的酒吧。

"给坂户下达处分的那次董事会,您听说了吗?"

佐伯绕着圈子的说话方式,让有些醉意的原岛发出不快的声音:"都到这个时候了,有话就直说。"

"其实我听说,罢免坂户、把他调去人事部这个建议,是北川先生提出的。"

"什么?你听谁说的?"

这可不是能够置若罔闻的内容啊。

"日野课长昨天说的,说是跟某个董事打听的。我实在无法再相信北川部长这个人了。"

佐伯一副就快哭出来的模样,虽说他一喝酒就常常变成这样。"北川部长到底把坂户当作什么了?就算欠了八角再大的人情,也不是这么个理啊。居然偏袒八角,把坂户从课长的职位上拉下来。怎么能有这样的事呢!"

佐伯与坂户同期进公司且交情不错。坂户遭到无理的调遣,被人从一线扯了下来,这件事让佐伯红了眼睛,满口不忿。

他一边抱怨,一边垂下视线看看手表,又往酒吧的入口处瞥了一眼。从刚才开始,已经是第二次这么做了。

"有人要来吗?"

原岛刚这么问,就看到一个高个儿男人推开门出现了。

来者正是刚刚提及的坂户。

坂户发现单手扬起的佐伯，慢慢地往原岛他们所在的桌子走过来，然后坐到空着的位子上。

"工作辛苦了。"

坂户先对结束联欢会的原岛道了一声慰劳。其实真正辛苦的是他本人，那种彬彬有礼的模样确实很像一个优秀的推销员。坂户向来点单的店员要了一杯生啤，然后跟他们轻轻碰了杯。

"下星期的交接，就麻烦你了。"

坂户微微点头，在酒吧那种琥珀色的照明中，还是能从他的表情中看出浓浓的疲惫。

"你也不好受吧？"

对方没有回答。"没能帮上什么忙，对不起。"

"不——"坂户抬起头，露出一个仿佛冰面龟裂的笑容，"这是我自己种下的恶果。"

"没人会接受这种裁定的！"佐伯直言不讳，"就算有，也是像八角那样的人。"

一听到八角这个名字，坂户的视线便聚焦在桌面上的某一点，一动不动。

"定额没完成也毫不在乎，开会就净是打盹儿。一个万年系长——"

"行了，别说了。"

坂户打断了话，声音里渗进了些许焦躁："八角先生没有错。"

"你太老好人了，坂户。"那种态度让佐伯大发雷霆，"你给我听好了。"他探出身体，说道：

"你一路这么拼过来，营业部的业绩也是在你当上一课课长之后才有所见涨。经济不景气让整个行业都萧条,而你给我们公司作出的贡献是非同一般的。相比之下,八角又做了些什么?他就会赖在公司,态度傲慢,消极怠工。那种人凭什么跑去投诉职权骚扰,更何况还把这件事当真,调动了课长。董事会那群人到底在想些什么呢?"

"都叫你别说了。"

坂户对着佐伯露出一个厌倦的笑容。"谢谢你的心意。但是这件事错在我。真的很抱歉。对不起。"

坂户低垂着头,这种过于干脆的态度,让原岛禁不住感到一阵别扭。

"有件事我想问问你。你和北川部长之间,发生过什么事吗?"

原岛这么一问,竟让坂户咬紧了嘴唇。

"对不起,如果不是这样,我实在无法接受这个事实。到底发生了什么事?"

"那个,现阶段我什么都不能说。"

"为什么?"

原岛又问,但坂户闭上嘴巴,好一会儿都没有回答。然后他换了一个话题:

"原岛先生,虽然会很辛苦,不过我们一课,请你多多照顾了。"

坂户深深地低头行礼。

这个态度还是无法令原岛释然。他问道:"你今后有什么打算?"

虽说调到人事部,但没给他安排什么具体的工作。

坂户的表情变得僵硬,将隐藏着决心的犀利眼神投向虚空。本以为他会说想回来营业部——

"这件事我只跟你们说。我想我会申请离职。"

他口气肯定地这么说道。

"你在说什么呢,坂户?你——"

佐伯急着想开口阻止,但坂户依旧看着原岛的方向,抬手制止了他。

"这个公司里已经没有我的容身之处了。我也只能考虑离职这条路了。"

原岛隐约记得,坂户家里有个妻子,以及两个还是小学生的孩子。明明往后的开销也不小,却打算在这个时候辞职?他揣度了一下坂户的内心,胸口不由得有种被勒紧的感觉。

"前途也该是你自己拿主意。"原岛说,"但是,有一点我得告诉你。这件事让董事会罢免了你的课长职位,但是并没有否定你之前取得的成果。对于公司来说,你是个必不可缺的人才。这一点并没有改变。"

坂户的视线垂向一旁,脸上浮现出落寞的神情。

"那些都是假的。"

这句话,像一颗小石子似的投进了原岛的心底。"没有什么人是公司必不可缺的。一旦辞了职,就有别人出来顶替你的工作。所谓组织,也就是如此而已。"

8

　　第二个星期的星期五,原岛完成了和坂户之间的交接工作。
　　新课长一上任,原岛首先要解决的事情就是了解课里的十五位成员。每天傍晚时刻,营销工作告一段落之后,他就把年轻人们一个个叫过来,进行一个多小时的面谈。
　　原岛一边看着人事资料上记录的每个人之前的业绩、经验,以及对未来的展望,一边倾听成员们有何不满,或者询问对于一课运作的改善有何好主意。
　　他从今年刚进公司的员工开始,中途也曾因为工作而暂停面谈,轮到最后一人的时候,已经是临近黄金周[1]的四月份最后一个星期三了。晚上八点左右,走进接待室接受面谈的正是睡神八角——八角民夫。
　　自董事会颁布关于坂户的处分之后已经过了两个多星期。在此期间,八角似乎一点点地故态复萌。早上九点之前,一课里几乎所有人都出去跑外勤了,只有八角还待在一课的办公区里慢悠悠地喝着咖啡整理文件,偶尔会混到几近中午才出去。
　　至于课里的运作,与其说八角的态度是不合作,倒不如说是漠不关心。不过,虽然看着消极怠工,定额倒是能差不多完成。
　　跟八角打交道不过一个星期,原岛已经对这个男人招架不住了。

---

[1] 每年四月末到五月初,日本的几个节日,即4月29日的昭和之日、5月3日的宪法纪念日、5月4日的绿化节、5月5日的儿童节相邻而至,大部分企业会暂停营业,让员工休息一个星期,故称为"黄金周"。

"八角先生,你是住在目黑区吧?上班大概要四十分钟?"

原岛打算先从无关紧要的问题开始聊起。"你问那些废话打算做什么?"结果八角口气轻蔑地回了一句。

原岛没有正面回应这一句,而是将视线落到个人资料上的经验记录。那里还写着人事部负责人的一些评语。

"你一直在做营业相关的工作。已经做了二十——"

"做了二十八年喽。"

八角回答。这个工龄,几乎与东京建电这家公司的成立时间一样久了。

原岛手中的个人资料上记录了八角从外地国立大学毕业之后到现在的人生轨迹。

一开始他被派去的是与半导体相关的项目。在那里做了四年。之后在住宅设备相关的商品销售部门那边待了一年。在那期间——从现在的八角身上完全想象不出——他大显身手,取得不错的业绩,在同期进公司的人当中,以最好的成绩晋升为系长。那是八角二十七岁的时候。

但是,关于八角的好评仅仅到此为止。

晋升之后的评价一片惨淡,尤其是他刚当上系长时跟随的那位课长,对他的评语简直极近辛辣。

"看到我的个人资料,每个人的表情都会变得愁眉苦脸啊。"

原岛有种感觉,八角似乎看穿了自己的内心。

"明明之前的评价还挺好的。这是怎么回事?"

"就是,发生了一些情况呗。当时的课长是个大混蛋。就是那个在那里盖了章的家伙。"

个人资料上的印章显示的是"梨田"。这份资料也够久远的。

见原岛想也没想地抬起头，八角说："就是索尼克的梨田先生。"梨田元就，索尼克的常务董事，他的目标是成为下一任社长。

"原来梨田先生之前在东京建电待过啊？"

"就是这家公司刚成立没多久的时候。"八角回答，"当时带领一课跟一家家大企业谈成交易的人，就是梨田。那家伙就是带着这些成绩回到总公司的。"

听他这么一说，原岛想起以前似乎也听说过这些事。

"你和梨田先生之间发生过什么事吗？"

听到原岛这么问，八角沉默了一会儿，眯起眼睛凝视着接待室里空无一物的空间，仿佛那里正展开着二十多年前的种种画面。

"当上系长之后，我被调到当时一个叫作产业课的部门，也就是现在的一课，我们的部门。"八角说，"当时东京建电刚成立五年多，总公司那边总是鼓励我们要多创业绩。梨田是总公司派来的，相当于特别任命的课长之类的，一心一意想通过营销来创收。"

原岛也是事后才知道。事实上，那个时期的东京建电确实有着突飞猛进的业绩。八角继续说道：

"当时还有个背景，就是索尼克的战略。当时的社长夸下海口提出了一个五年计划，之前公司一直以电子工程领域为重点，却在那时改变了经营策略，试图往多个方面扩大发展。东京建电被总公司视为日后的发展领域，寄予了厚望，便派了梨田去当支援。其中有一个就是跟我负责的住宅设备有关。"

八角从胸前口袋里拿出一根香烟,又往裤袋里摸索了一番,掏出一个一百日元的打火机。他很享受地吸了一口,缓缓吐出一团烟雾,然后用沙哑的声音往下说:

"厨房、供热设备、一体化浴室、空调、卫生间——现在我们在销售的商品种类,就是在当时做成的。梨田的销售手段不怎么道德,不值得一提。强行卖给房产商那还算是好的,要是凑不齐定额,就把老年人视作目标,想办法去强买强卖。那种营销就是跟法律打擦边球。老人们一旦在合约上签了字,就会被强行推销一大堆关联的商品。人家一对老夫妻靠退休金度日,你上门设套给他们强行推销,然后没完没了地让他们买一些没必要的商品,有时还卖个几百万日元。梨田把这些单子统统塞给我,吩咐我以系长的身份带领课里的人一起提升业绩。一开始我也是乖乖听从的,直到那个时候——"

八角把香烟捻熄在烟灰缸里,陷入了沉默。他眼神游移,痛苦似的重复了几次浅浅的呼吸。"那个时候——一个跟我买了一体化浴室的客户死了,是自杀。他的儿子跑来找我,说这一切都怪我。说他爸一直很后悔买了这个商品。当时的那些话,我直到现在都忘不了,感觉胸口被狠狠捅了一刀,怎么也拔不出来。通过那件事,我清醒过来了。不能这么做生意。至少,我不能继续做这种生意。所以我对梨田说,这种买卖是不对的。从那之后,梨田视我为眼中钉。他不断地欺压我,一路欺压到底。但是得到公司褒奖的却是梨田。他得到荣升机会回到了索尼克,而我仅用一年时间,就被摁上了

'窝囊系长'的烙印,所有重要工作都不让我碰,把我摒除在外。"

八角的神情非常平静,与话里的沉重截然不同。

"你后悔吗?"

听到原岛这么问,八角的嘴边浮出一抹笑意:

"要是我没把一体化浴室卖给那个老人家该多好。要说后悔的话,也就是后悔那件事吧。"

"你想过辞职吗?"

作为新上任的课长,在面谈中提及这个问题实在不妥。但是,且不论对方是八角,原岛自己也看尽了公司里的各种无情嘴脸,忍不住想问出这个问题。

"哪个公司都一样。"八角直言不讳,"若是有所期待,它就会辜负你。反过来说,你对它没有期待,它就不会辜负你。我想通了这一点,之后的事就变得不可思议了。之前总让我觉得痛苦难熬的公司,渐渐变得安逸舒坦了。因为一心想着要出人头地,想着让公司和领导看到自己优秀的一面,才会觉得痛苦。上班族的生存方式可不止一种,各人有各人的活法挺好的。我就是一个万年系长,永远没有出头之日的上班族。但是,我是自由的。只要无视出人头地这个诱惑,就能得到自由,还有什么买卖比这个轻松。"

"那为什么还要投诉坂户对你职权骚扰呢?"

原岛指出了八角话里的矛盾。"既然你都知道混日子的窍门了,也没必要特地跑去投诉他了吧?反正对你来说,坂户说的那些话都是毫无意义的。"

"当然，你说的都对。"八角回道，"但是，我不能原谅坂户。"

"为什么？"

"天知道。"八角从胸前口袋里抽出第二根香烟。看到他这种逍遥自在的态度，原岛的内心禁不住冒出团团怒火。

"那个男人还拖家带口的，没了工作就没了地位。"原岛的口气也变得不善了，"不要给我装糊涂，说个理由。"

"你要听理由也简单。只不过那样的话，你就得放弃一个很重要的权利。即便这样，你也要听吗？"

原岛感到莫名其妙。

"我倒是要听听什么权利，荒唐。"

见原岛一脸嫌弃。"不知情的权利呗。"八角说道，"不知情就是幸福的。"

"这不对吧。"原岛反驳道，"我是管理者，因此更需要了解，上一任课长和你之间到底有什么矛盾？为什么董事会乃至北川部长都主张替换坂户？我想知道个中原因，我也应该有权利知道这些事。"

八角慢悠悠地抽着烟，眯起眼睛观察原岛：

"权利？不得了不得了哟。"

说着，八角耸耸肩，把抽到一半的烟捻熄在烟灰缸里，接着才不慌不忙地开始叙述。

自那之后，也不知八角说了多长时间。

此时的他已经摇摇晃晃地离开房间，留下备受打击的原岛。

房间里没有其他人,原岛仰望着天花板,重重地叹了一口气。

为什么八角要投诉坂户职权骚扰?为什么北川要遣走坂户?为什么董事会也认可了这种事?

所有的原因,现在原岛都明白了。

"黄金一课,地狱二课。"

他嘴里试着这么一说,听到的却是极其虚无缥缈的回响。

到底是什么东西在支撑那些辉煌的成绩?

八角所说的那些,简直就是公司的丑恶内幕。而今后维持那个内幕的不是别人,正是他自己。

——今后你得靠自己去开拓人生了。

父亲的话在脑海里重现了。然而,在这里有值得开拓的人生吗?原岛扪心自问。他感受到一种难以抹消的沉重倦意。此时已经是九点半左右,营业一课课长的生涯,才刚刚开始。

第二章　"螺丝六"奋战记

1

说到"螺丝六",在这一带无人不知。这是一家制造螺丝的公司。

它创办于明治四十年(1907),在中小型批发店密集的大阪市西区,算是屈指可数的老字号。创办者是三泽六郎,当年他拉着一辆拖车开始做生意,以此建立了拥有十名员工的生意基础,规模虽小,却安稳可靠。

之后过了大约一个世纪,逸郎的父亲吾郎——即上一任的当家,因为与人为善的性格,在生意伙伴之间颇具声望,连当地法人会和银行的客户都找他去当主理人,算是一个有头有脸的人物。

平成八年(1996)八月,这位吾郎先生倒在高尔夫球场。收到这个消息时,三泽逸郎正在钢铁公司上班。

"喂,三泽。听说你老爸晕倒了。快给家里打个电话。"

听到快步跑来的主任这么说,逸郎张口结舌。

在知多海滨的一家制铁工厂里,逸郎上身套着一件白大褂似的罩衫,戴着头盔,眼前的热轧传送带上传送着烧得通红的粗钢。工厂里轰鸣声阵阵,有人形容这是钢铁产业的初啼,颇有一番朴素的风味。不过这些平常让人舒心的轰鸣声却在逸郎的意识之中渐行渐远,仿佛包裹在一层浓雾中慢慢消失，越来越听不清了。

他把检查板夹在腋下，跟在主任身后出了工厂，跑向办公室。在那个年代，手机尚未普及。他说了一声"借我打个电话"，抓起就近桌子上的座机，拨通了自己家的号码。

接电话的是他的妹妹奈奈子。奈奈子从短期大学毕业之后，就与一个船场纤维批发公司的职工结了婚，成为专职主妇。

"啊，哥哥。爸爸晕倒了，被救护车送到箕面的综合医院了。现在妈妈正往那边赶，她说哥哥可能打电话回来，叫我在家等着。怎么办呀？"

事发突然，奈奈子的声音里也有明显的颤抖，整个人不知所措。

"晕倒了，是怎么个情况？"

"听说刚用救护车送走，现在还在检查呢，不过医生说估计是脑血管爆了之类的。"

求老天保佑，希望只是一些小病小痛——刚刚穿着橡胶鞋底的拖鞋赶往这边时，他就一路祈祷着——现在那份祈愿也变得空虚破碎了。

"人还清醒着吗？现在谁在旁边跟着？"

"原本是在法人会打高尔夫。听说山畑大叔他们跟着，但爸爸还昏迷着。哥哥，你能回来吗？"

逸郎握紧听筒环顾了一下四周，这才发现整个办公室的视线都集中在自己身上。

他与主任对上视线，说了一句："看来情况不是很乐观。"主任回复他："行了，你快回去。"

"好的。我现在就回去,你也过去。告诉我是哪家医院。"

逸郎记下妹妹告知的医院、地址和最近的车站,然后脸色惨白地对主任行了一礼:"不好意思,请允许我早退。"说完就从办公室冲回更衣室。

他从知多赶往名古屋,在那里搭上了新干线。

在新大阪站乘地铁来到千里中央站,再转乘出租车赶到医院。只见病房外头,奈奈子正抱着他那个一岁的外甥,呆呆地站在窗边。

"喂,奈奈子。"

回过头来的妹妹两眼通红,一认出是逸郎的身影,更是落下大颗大颗的泪珠。

"他走了,就在刚刚。"奈奈子用颤抖的双唇说道,"你去吧。趁爸爸的手还温温的,去握一下吧。"

奈奈子推开紧闭的病房拉门,让逸郎先进去。

"逸郎。"

原本倚靠在折叠椅上哭泣的母亲站了起来,把位置让给逸郎。

"爸。"

逸郎呼唤着躺在病床上的吾郎,接着用双手慢慢握住那只尚有余温的手,难以置信地凝视着父亲的遗容。

"人的生命真是脆弱啊。"

累垮的奈奈子瘫在沙发上休息,神情恍惚地嘀咕道。

办完丧礼,送走亲戚之后,他们抱着骨灰坛回到立壳堀的家中。在人前还能紧绷着一根弦,一旦松懈下来,失去父亲的悲伤便汹涌而来。

"啊,妈妈,我来做吧。"

看到仍然穿着丧服的母亲走去厨房准备泡茶,奈奈子赶紧起身。

母亲从厨房出来,坐进奈奈子刚才窝着的沙发里。

"这下可头痛了,该怎么办啊?"

随着一声沉重的叹息,母亲轻声低语道。当着员工的面,母亲总是精明能干的,但这几天让她憔悴不已,脸色也变得难看。

"是公司的事吗?"

逸郎说道,有点懒散地靠在椅子扶手上,两手枕在脑后。

"是啊。虽然是想让你来帮忙,但也不知道你能不能做起来。"

逸郎伸直了两条腿,让一直套在鞋里的脚趾活动了一下。大学毕业后进入现在就职的钢铁公司,这条路是逸郎自己选择的。父亲也从没说过让他继承家里的公司。

"说起来,爸爸之前考虑过让我来继承公司吗?"

"他对你的期望大着呢。"

换作平时,母亲的声音总是很有活力,现在也变得萎靡不振了。"不过他好像有些顾虑,不敢跟你说。"

"我都不知道这些事。"

逸郎的心情变得有些不快。不是因为父亲期许他继承公司的事让他恼火,而是他再也没有机会和父亲推心置腹地畅谈了,这让他萌生一股无从发泄的怒意。

"他说,你在公司那么努力地工作,要是说了那种话不是给你泼冷水吗？心肠总是那么柔软，孩子他爸。他就是这样的人啊。"

"是啊。"

这一点逸郎承认。父亲是个善良的人。因为那份善良，他总少不了吃点亏，绕点远路。之前也错过了好几次扩展公司的机会，以至于"螺丝六"到现在还是一家仅有三十名员工的中小型企业。即便如此，公司还能不倒闭且一直细水长流地做下去，当中肯定少不了父亲的努力。

"他曾说，等有机会的时候，打算委婉地问你一下。他已经没有那个机会了，所以就由我来说了。"

说完，母亲从口袋里掏出香烟点上。细长的香烟冒出的一缕轻烟，在空调出风的搅动下，瞬间便消散无形了。在那支香烟烧到一半的时间里，逸郎打算用自己那颗迟钝又沉重的脑袋思考如今摆在眼前的问题。

估计父亲也是有所顾虑才没说的吧。

到父亲这一代，自家这门生意算得上是传了三代的老字号，但也不过是一个微不足道的中小型企业。在这个形势严峻的年代，要儿子辞掉大公司里的稳定工作、回来继承家业之类的话，父亲肯定是难以说出口的。

"妈，你不是能当社长吗？"

逸郎刚说完，原本表情已经有所缓和的母亲再度紧张起来，神情也变得像一个生意人了，非常适合专务董事这种头衔。但是——

"要是我能行我也想做。可不行的，我做不来。"

母亲最终还是摇了摇头,垂下肩膀。

"你不是一直盯着公司的账目吗?"

"也只是盯着而已。实际上都是横川先生在帮忙带着,我什么都没做。虽然公司的情况我都了解,但如果想当社长,就必须懂得怎么得体地跟人打交道谈生意。这些我可做不来。"

估计父亲与社长同行或客户们之间的交情比一般情况要紧密得多。

"村野先生怎么样?"

逸郎说起一个元老级员工的名字。今年已经六十岁的村野是公司的一名员工,也是一个普通的干部。

"那个人不合适。"母亲断然否定了,"在公司里骂骂年轻人、解决纠纷之类的还行,但他本身不太懂得随机应变,上不了台面。当了社长就要出去谈生意拿订单,像这样的漂亮功夫他可没有。他不是当社长的料。"

母亲是典型的大阪大妈,即便疲累,还是会把心里想说的话都说个明白。

"照你这么说,就没人能上了。"

正当逸郎感到无奈之时——

"哥哥去做不就行了吗?"

奈奈子按人数泡好了茶,从厨房里端出来,说道。

"我,好歹还上着班呢。"

"不就是个上班族嘛,还是个基层员工。"

"不是基层,我是个组长咧。"

"跟基层差不多啦。"听到逸郎反驳,奈奈子言辞犀利地发难道。

"而且，上班族去哪儿还不都一个样。当个小国之君不是更好吗？感觉哥哥也挺适合做这个第四代的'螺丝六'呢。"

"别胡说八道。"

逸郎挂在嘴边的笑容夹带着些许怒意。奈奈子见状，正颜厉色地问道：

"我能问你一件事吗？哥哥，你工作是为了什么？在现在这家公司一直做到退休，这样对哥哥来说又有什么意义呢？你真的觉得这样很好？"

2

振动着空气的数控车床马达声一停，敲击窗户的雨滴声立刻变得清晰。上个星期进入梅雨季后，气流运动非常活跃的梅雨锋面就停滞在近畿地区一带，带来了连日的瓢泼大雨。据今天早上的新闻报道，三田那边发生了沙石滑坡，再这样下去势必各地都会出现险情。异常气候带来的影响一年比一年严重，完全没有收敛的迹象。

"这个世道真疯狂。"

逸郎仰望高处那扇被落雨砸出声响的窗户，嘀咕了一句。他走过螺丝工厂里那些刷了油的通道，来到工厂最里头那个位于夹层的办公室。

"辛苦了。"

奈奈子对着桌子上摊开的账簿，一边看似忙碌地填写着一些数字,一边说道。她戴着一副别致的黑框眼镜,但是身上的牛仔裤和旧衬衫,还有散乱的垂髻都显现出她的疲惫。

"小胜呢?"

"刚从补习班回来。现在正洗澡呢。"

奈奈子常常在傍晚时分先回一趟位于工厂后方的家,准备好晚饭之后,再返回办公室继续工作。

逸郎现在和奈奈子母子俩一起生活。两年前,母亲因为脑梗塞导致半身不遂。一开始也是把她接到家里照顾,不过过了半年养老院有了空位,便转移到那边去了。现在就是每个周末过去见母亲一面,聊些不着边际的事情。

父亲过世两年之后,奈奈子便离了婚搬回娘家。

她的丈夫对就职的公司有诸多不满,回到家后总是不停地发牢骚,甚至有家暴行为。奈奈子主动提出了离婚,逸郎和母亲也表示赞成,觉得这样做更好。

回想起来,父亲葬礼那天,奈奈子曾问逸郎工作是为了什么。会不会就是因为丈夫一直对工作抱有不满的情绪,让她觉得那种日子实在难过,继而冒出那样的疑问?虽然当时没说出口,但奈奈子肯定每天都在追问上班族工作的意义是什么。

逸郎辞了钢铁公司的工作,继承了自家的螺丝制造生意,就这样过了十多年。

如果现在被问到工作是为了什么,逸郎应该能够毫不犹豫地给出一个明确的回答吧。

他会说,为了生存,为了让员工和奈奈子母子俩有饭吃。

"有空吗?有件事要跟你商量一下。"

奈奈子说了这么一句。

"有空。要说什么？"逸郎坐到自己的桌前。

逸郎现在是"螺丝六"的社长，奈奈子则是专务董事。现在其他员工不在，所以不管哪一方提出"有事商量"，都会变成一场两个人的经营会议。

"照这个情况下去，下个月资金就不够了。这事儿之前我说过的吧？今天我去拜托了银行，不过对方说有难处。"

逸郎面露难色。他不擅长处理资金周转的事。不，资金周转这件事他是明白的，只是不太懂得怎么精打细算，也搞不懂银行。一到银行的人面前，他就不知道该怎么交涉了。

"他们说有难处，是什么原因？"

"因为上一年是赤字呗。"

奈奈子直截了当地说出难以启齿的情况。"他们问我，在这种情况下去借钱，准备怎么个还法。也是。不过虽然事实如此，可他们说话也太不客气了。"

虽然"螺丝六"好不容易挺过了泡沫经济破灭和之后的萧条阶段，但是销售额还是逐年下降，越来越难以经营。逸郎刚成为社长时还有三十名员工，但有三分之一的人，包括老员工都已经辞了职，或者提出想辞职，现在只剩下了二十人。

"他们说要做一个消除赤字的产业重组计划，这个我倒是能做，不过需要一个预计的销售额。社长，这个能交给你解决吧？"

在公司的时候，奈奈子都不会称呼逸郎为哥哥，而是叫他社长。

"这个嘛,倒也不是不行。随便拼凑一个数字可以不?"

"那怎么可以。村正先生那边也需要一个数字才能去做书面请示吧。"

"感觉他就是在敷衍我们而已。那就是所谓的公事公办吗?"

村正是跟他们有往来的那家银行的贷款负责人,经常把"那是公事公办"挂在嘴边。那是银行的贷款难批或利率上涨时常用的套话。每次听到这句话,逸郎头脑里就浮现限制贷款或催收贷款之类的词,心中不免觉得不快。

"什么公事公办,其实没这回事的。"

奈奈子倒是看得透彻。"该说他是信口开河呢,还是说他纯粹图个方便。其实也不止村正是这样,进出我们公司的每个银行职员,脑子都是一根筋的,偶尔才肯行个方便,每个人都是。"

逸郎一边佩服奈奈子的洞察力,一边说道:"有这么回事?"

"就是有啊。所以,销售额的数字不能随便写上去,其余的资料我会整理得像样一点的。"

从学校毕业之后,奈奈子在税务事务所工作过一段时间,现在是"螺丝六"不可或缺的优秀会计。

"好吧。我会试着算一下的。"

工作了一整天,本想痛快地畅饮冰爽的啤酒,没想到还得做些案头工作。逸郎花了三十分钟左右,终于整理出一些数字交给奈奈子。

"嗯,差不多就这样吧。"

奈奈子的回答有些摆架子。在这种时候，这个妹妹便成了难以对付的理论家。
"不过还是很难啊。"
逸郎把手边摊开的赊销账簿收进桌子的抽屉里，说道。
"什么很难？"
奈奈子一边把数字输进电脑一边问，声音有些含糊。
"经营啊。"
逸郎发出一声叹气。"老实说，之前没想到会这么难做。一开始我还挺有信心的。"

他说的是辞掉稳定的领薪工作、继承"螺丝六"的那个时候。一想到这件事，逸郎的脑海里就会满心苦楚地回忆起在之前就职的钢铁公司的办公室里的最后一次晚间集会。

逸郎向聚集而来的同事们说了一番离职谢辞，还吹嘘了一下："我会把'螺丝六'发展成家喻户晓的大企业！"

每次回想起这一幕，他就满脸通红。

连社长该做些什么都不知，却因为盲目的自信而自我陶醉。

自从坐上社长的位置，逸郎还从未提升过销售额。一次也没有。

明明有机会——

逸郎轻轻咬住了嘴唇。

3

"我们想做这种规格的螺丝。能不能做个试制品，并且给个成本价？"

逸郎接过对方递来的规格明细，看过之后大脑里浮现了一句话：是飞机的螺丝吧？因为明细书上标示的是钛合金的UNJ螺丝。跟普通螺丝相比，UNJ螺丝在切割时形成的山谷状会稍显圆润。这原本是美军采用的螺丝规格，由于是专供美军，所以很多飞机制造商也会采用这种螺丝。事实上，如果是用于制造飞机，在温度差方面确实对高强度和耐用性都有讲究，这么一想，要求材质用钛合金也是可以接受的。

东京建电的坂户，当时是抱着十几个种类的规格明细书来公司拜访的。

除了疑似用于制造飞机的螺丝，坂户还把其他各种各样螺丝的规格明细书摊在桌面上，针对每一种的生产数量和质量开始讲述制作要求。

这家东京建电是"螺丝六"的主要客户之一，之前逸郎也跟好几个负责人洽谈过。不过这些人当中，坂户对工作的态度之严谨是极为突出的，虽然不像之前的人那么敷衍了事，但"螺丝六"的利润也被削得一点不剩了。

"这是要搞竞价吗？"

听完坂户的说明，逸郎提出一开始就很在意的那一点。

这一幕发生在三年前的夏天，某个闷热的下午。在工厂最靠里的办公室里，头顶上那台工作了十年的空调一直发出"咔嗒咔嗒"的声响。坂户坐在客用沙发上，白到晃眼的半袖衬衫中伸出一段被晒黑的手臂。杯子里的麦茶已经变温，连冰块都融化了。他喝了一口，夸了一句"这茶真不错"，听着就不像是真心话，接着才回了一句"没错"。

"连颗螺丝也要搞竞价吗？"

逸郎无意责难，不过看得出坂户的脸色变得阴暗了。

"我们公司对成本抓得很紧。"

他的回答是意料之中的。逸郎也只能说一句"这倒也是"。

不过，螺丝是薄利多销的。螺丝被誉为"产业之盐"，可运用于各种产品，但因此也会卖得很便宜，一枚螺丝连一日元都不到。被迫置身于价格竞争之中，有时连仅剩的一点利润也烟消云散了。

如果是坂户刚刚说明的那种规格的螺丝，价格倒是难得可以定得高一点，但扣去成本的话，赚的也很少。到头来还是一笔薄利多销的生意。再加上对方提出竞价这个竞争性的因素，可想而知，利润会被压缩到少得不能再少。虽然没什么盈利，但为了让工厂运作起来，没准还是得接下这个订单。毕竟螺丝的生意真的不好做。

"下个月十日，可以给出报价单吗？只给一部分商品的报价也行。结果我会很快通知你的。"

坂户摆出一副完全没意识到这些情况的态度说着。逸郎则扬起视线，盯着挂在坂户身后墙壁上的挂历。

这进度也不是赶不上啦。

然而，以坂户的性格，肯定是算准了时间来得及，才会找他要报价的。而逸郎想到的下一个问题是，竞争对手都是些什么公司。但是这些问了也没有意义。

不过，逸郎在脑子里把想到的价格大致估算了一下，发现这笔生意可以给每个月的营业额贡献数百万日元，内心不免有些动摇。

如果能接下这个订单，业绩就能有所提升。

自从就任社长以来，"螺丝六"熬过了经济的不景气，又被有交易往来的公司挑来选去，导致业绩直线下降。对于只尝过这种经历的逸郎来说，这么大的一个订单是一次机会，过了这村就没了这店。他突然想起上个月解雇的员工的脸，心想如果坂户早点来谈这件事，也不至于没有单子可接。

"知道了。请让我参与这次竞价吧。"

逸郎这么说完，坂户一脸满意地拍了拍膝盖，说道："那就拜托你了。"

一天的所有工作都结束之后，逸郎便在无人的工厂里制作试制品，天天如此。先是检查产品确认质量，接着是思考整个工序，制定报价表，考虑到之前定好的利润率，又不得不修改报价。

所谓竞价，其实利益都是一味地偏向订货一方。

一想到那些无法预见的竞争对手会报出一个便宜的价钱，像"螺丝六"这种渴望订单的小型企业，就必须不得已地报出一个比平常便宜好几成的价钱去竞标。在决定参与竞价之前，逸郎就很清楚这一点，也看出了坂户想压低成本的意图。话虽如此，若不以这种方式赢得订单，"螺丝六"的业绩就很难有起色。

参与竞价的是些什么螺丝公司，逸郎并不清楚。说不定，是某家具备最先进数控车床的大公司。若论"螺丝六"的竞争力,也就是那些折旧的设备和廉价的劳务费了。

在把报价表送给坂户之前,逸郎盯着那个好不容易推算出来的金额,心里很清楚这是小型企业能做的垂死挣扎,也深知这是与严峻的社会交战,为了在风浪中活下去而拼命。以"螺丝六"现在的情况,再怎么掏也掏不出更便宜的报价了。这个以最大限度撙节[1]得出的报价金额,就是他现在能承受的最低价格。或许大家听着觉得有些夸张,不过这个价格已经是赌上小型企业经营者的全副身家了。

正如坂户所说,竞价的结果很快就出来了。

就在逸郎送出报价表的第二天——

"那么,麻烦你按这个价格去做。"

办公室里的逸郎手握听筒,指尖几乎握到泛白,听到坂户这个平淡到让人有些扫兴的回复后,差点当场瘫倒站不起来。

"螺丝六"的工厂里充满了活力,有生意就是好事。员工们的眼中恢复了光芒,就连挑选一枚螺丝的工作也流露出热情。

逸郎对自家螺丝的质量很有信心。对方所指定的种类和批量的准备工夫也在稳步进行,照这个进度,"螺丝六"的新订单应该能够顺利完成。

"有件事想和你商量一下。"

就在正式生产工作快开始的那一天,坂户到访了。

在坂户来之前,奈奈子还两眼放光、满心期待地说:"最

---

[1] 节省之意。

近东京建电的业绩好像一路见涨呢，该不会又有什么新产品的企划通过了吧？"

"都到这个时候了，哪还有这种事啊。坂户课长这个人，每次来都是说压缩成本的事么。"

虽然逸郎嘴上表示小心空欢喜一场，事实上内心也并非没有期待。

因为他有种感觉，某个无法预见的机会正在涌现，原本几乎见底的业绩终于迎来了阳光。仅凭一个小小的契机，业绩就能突飞猛进——虽说这种事偶有耳闻，但同样的情况发生在"螺丝六"身上，也不觉得意外了。

然而，坂户比约定时间稍稍晚到了，脸上一片阴沉。

"关于上次所说的报价，能不能再便宜一些？"

仅凭这一句话，逸郎便感觉到原先在胸口膨胀的期待开始急速萎缩。

坂户从公文包里拿出一张资料，越过桌子滑了过来。前几日在竞价中投标后，逸郎接下了订单，资料上的表格罗列着一大堆螺丝产品编号，那些就是要交付的货物。不知什么原因，表格上除了逸郎投标的报价，还有一列标着更低的价格。

"我们希望你按这边的价格来做。"

坂户指着价格较低的那一栏，脸上没有表露任何情绪。

"请等一下。"

这个出乎意料的要求，让逸郎慌张了。"你说按这个价格？这是怎么回事？我们的报价可是通过竞价定下的。"

"因为在那之后，公司要求价格得再便宜一些。"

坂户的两颊有些僵硬。"确实你们已经竞价过，不过对我们公司来说，能便宜一些是最好的。如果这批货要由贵公司长期生产，还是得谈定一个统一的价格，否则我也不好向领导解释。"

"要怎么做才能把价格压到这么低？"

坂户所指的那个价格实在过于低廉，逸郎都要怀疑自己的眼睛了。这种价格也不是不可能，但以"螺丝六"的条件就办不到了。说到底，这个价格就不是能用常理解释的。

"要做到这个价格也不简单啊。我们已经是最大限度地压缩成本了。总不能因为其他人报的价更低，就硬要我们配合这个价格吧。说不定人家是做好亏本的心理准备才报了这个价，可我们是要正经做买卖的。"

"那么，我就把订单转给那家公司做了，可以吧？"

坂户用无可奈何的语气说道。

"这也太过分了吧。你看看，这边已经开工了。我还料想要增加产量，刚刚才多加一些人手。"

透过办公室的窗户可以看见工厂内部的情况。逸郎往那儿瞥了一眼。"明明之前定了价格，这个节骨眼才说要退订，哪能这么办事。你可饶了我吧。"

"正式的订货单不是还没发出来吗？"坂户冷冰冰地说，"其实不仅是这种规格的螺丝，贵公司生产的其他螺丝，我也拿到了报价。很抱歉，所有价格都是那家公司给的比较低。贵公司的报价，太高了。"

"这是不可能的。"

逸郎的心情转为绝望。他反驳道："我们的劳务费和折损费应该都比其他公司便宜，所以才能最大限度地把价格压到最低。就算价格多少有些差距，应该也不至于像你说的'太高'啊。到底是哪家公司可以报出这么离谱的价格？"

　　"这个跟'螺丝六'无关。"

　　坂户的态度变得强硬起来。"且不说对手是哪家公司，'螺丝六'的价格对我们公司来说就是太高了，这一点毋庸置疑。既然质量相当，那就由更低的那一家去生产。我认为经济原则就是这么个道理。"

　　"我们毕竟来往了这么多年啊。"逸郎强行压抑盘踞在心底的那团怒火，说道，"别这么说嘛。这次就请按现在这个价格来做吧。也不是说价格一直不变，至少让我们维持一年左右吧。拜托你了。"

　　逸郎深深地垂下头，额头几乎贴到桌面，然而没听到任何回应。抬起头一看，就见坂户一脸不悦地双手环胸。奈奈子也越过坂户的肩膀，紧张不安地关注着。

　　"来往多少年，跟这件事没有任何关系吧？"

　　坂户冷漠地直言不讳，接着站起身。"再这么讨论下去也没什么意义了。总之，这个单子能不能接，请在明天之前给我答复。我等你的消息。"

　　奈奈子目送坂户的背影，直到看不见他才返回办公室，然后很是担心地问道：

　　"怎么办？"

"没得办。你看看。"

逸郎将遗留在桌上的资料一把抓起,站起身来递给奈奈子。看到奈奈子缩起下巴,表情严肃地看着那份资料,逸郎就知道她已经全身没劲儿了。

奈奈子眼神空洞地望向逸郎:

"话虽如此,但如果我们出不了这个价,坂户先生又准备转给哪家做呢?就算有点亏损也无妨吧,大家好不容易都拿出了干劲。"

逸郎也明白奈奈子说的那些,可以的话,他也想那么做。

"这亏损可不止一点点,是血本无归啊。"

逸郎崩溃似的把整个身体都埋进带扶手的客用沙发里,右手的拇指和食指摁了摁额头,好一会儿沉默不语。他能感觉到奈奈子来到坂户刚刚还坐着的沙发位置坐下。两人就此又开了一次经营会议。

"要是拒绝了,人手就多余了。"奈奈子说。

"我知道。但是,这种亏本的生意,不能做。"

逸郎感到胸口一阵苦闷,灵魂仿佛跟随着话语一起呕了出来。

"我也知道这生意亏本。但是,要是接下这个生意,说不定很快就有新的订单了。到时再靠那些赚回来,也可以的吧?"

"到时是哪时?"

逸郎望向奈奈子,眼睛因不甘心而充血泛红。"那种生意什么时候能来?就算来了,也不一定让我们有赚头吧。就算有竞价,要是跟这次一样,一旦有其他家出价更低,人家就会倒戈，我们也玩完。东京建电的生意不是个出路。"

逸郎觉得这件事是一个岔道口。要么抱着亏本的心理准备去奉陪东京建电，要不就放弃——现在正是该选择走哪一条路的时候了。

"东京建电可没把我们当作合作伙伴啊，专务董事。"

坂户的话都落在逸郎的心底深处。他将那些话一一挑出来回味，然后呻吟似的说：

"那家公司只会考虑成本，不是一个能够信赖的生意伙伴。"

"话是这么说，但是现在不把价格压低，说不定连其他生意都没戏了。"

奈奈子的声音在不安地颤抖着。"刚刚坂户先生不是说了吗？不仅是这批货，我们家的产品都定价偏高。要是大家都只考虑成本，那些产品不也是都会被别家抢走吗？要真是这样，不管选哪条路都会亏损啊，社长。"

"现在接受这个条件，然后在别的地方让我们赚回来，坂户先生心里可没有这种天真的念头。一直以来他不都是这样的吗？"

坂户当上东京建电营业一课的课长之后，曾来送过名片打过招呼。那是两年前的事了。事先听说过他是最年轻的课长，外表也确实气质爽朗，但与外在相反的是，他的业务手段相当强势。坂户的确是个能干的人，不过他之所以能维持那种业绩，全靠对承包商进行彻底式的压榨，以此来确保东京建电的利益。他的做法，完全没有一点温情可言。

"东京建电不会总是那么走运的。我们的成本已经被压到底了，连仅剩的一点利润都被削得干干净净。这可不是正确的生意模式。是不正常的。"逸郎像是告诫自己一般地道，"我想做的，是有尊严的生意。"

奈奈子一动不动地凝视着逸郎的脸，好一会儿没有回话。

最后，她的视线突然瞥向一边：

"是啊。或许你说得对。"

她轻声低语了一句。再次抬起头时，奈奈子的眼中浮现出了坚定的判断。

"就照社长的意思去做吧。我觉得那样挺好的。"

这句话，与其说是奈奈子告诉逸郎，倒更像是她在对自己这么说。

"关于昨天说的那件事，那个价格，我们做不来。"

第二天，逸郎给坂户打了一通电话。

"是吗？我知道了。"

电话那头传来一句干巴巴的回答，完全没有试图挽留或感到惋惜的意思。"那么，这笔生意就当我从没提过吧。还有，之前一直在你那儿订购的螺丝，也请让我们重新评估一下，麻烦你了。"

坂户斩钉截铁地说完，单方面挂断了电话。

话筒里传出电话挂断后的嘟嘟声，逸郎盯着它看了一会儿，再慢慢地放下。见状，奈奈子问道：

"怎么说，社长？"

"跟东京建电的交易，泡汤喽。"

奈奈子倒抽一口气，那阵气息在两人独处的办公室里渐渐蔓延。错过良机，形势骤变，"螺丝六"面临着创业以来的最大危机。

4

失去东京建电这个客户的冲击，比想象中来得严重。

与坂户谈崩之后，逸郎要着手处理的当然是强化营业。先是周旋于已有的客户之间争取订单，再来是为了开发新客户，到处奔走直接上门去拉生意。

然而，结果与逸郎的努力却是成反比的，"螺丝六"的业绩依旧每况愈下。上一年是赤字，今年刚过了头三个月，经统计之后，还是看不到能够消除赤字的前景。

奈奈子根据逸郎提交的营业额计划做了一份产业重组计划，一大早便带着资料赶去银行，直到十点多才回来。

"怎么样？"

看到奈奈子带着呆滞的表情回来，逸郎询问道。

"不行。对方还是说有难处。"

"不是已经做了一份产业重组计划吗？"

奈奈子昨晚一直奋战到深夜，应该是完成了那份计划。

"凭那份计划，行不通吗？"

"大概是因为目前的业绩太糟糕了吧。他们倒不是在怀疑我们，而是说暂且看看业绩能不能照那个计划有所好转。"

逸郎用带着油渍的手指搔搔鼻尖。他提交的那份营业额计划，已经连无法接到订单的情况都考虑在内了。

"那也没办法。不过，下个月就需要这笔钱了吧。还有什么闲情等着看情况啊？村正先生这说的是什么浑话。真是那样的话，我们可就揭不开锅了呀。"

"那个人哪会为别人考虑啊，只会想到他自己而已。"

奈奈子这么说，但只是骂一骂贷款负责人，也不能解决这个状态。

"还差多少钱来着？"

"三百万日元。"奈奈子回答道，"那是下个月的。再下个月就是四百万。如果一直是这样的营业额，基本上每个月都会有三四百万日元的赤字。银行那边我姑且申请了两千万日元的贷款。"

"银行不肯批，应该不只是因为赤字吧？"

说着，逸郎坐到自己的桌前，拿起早上喝剩下一半的茶。

"是啊。说到底，我们贷款太多似乎也是一个问题。好像是叫融资储备能力。他们说我们公司的储备能力已经到顶了。"

去年"螺丝六"的业绩，恐怕是创业以来最糟糕的一年。

十二个月当中，竟没有一个月份是盈余的，全年的赤字总额达到了六千万日元。原本公司的储备资金就不多，为了填补赤字，几乎全部都是向银行借的。

"因为有赤字，我们也还不了本金。听说银行那边已经吩咐，不要继续借钱给我们这种公司了。还说如果要贷款，总得有个理由。也就是说，得编个贷款的剧本。但是社长啊，老实说，我觉得问题不在银行给不给贷款融资。"

奈奈子说道，表情相当苦恼。"如果这次银行同意融资，也不是说就没问题了。归根结底，我们的账面上还是赤字，解决这个问题才是公司最要紧的任务。"

"说得头头是道呢。"

逸郎开了个小玩笑，但关于这一点，他也深表同意。

赤字的问题总不能放着不管。

为了保住"螺丝六"这个老字号的商誉，现在必须做的是彻彻底底地重振经营。该怎么做才能获得融资——不对，逸郎该费心思的，应该是如何让公司有盈余这件事。

逸郎并不打算继续裁员。

那些工人已经做得相当熟练，他们的技术一旦失去就不会再有了。要是解雇了老员工，等到下次忙得不可开交的时候，能召来的人基本都会是门外汉。能以比其他地方更便宜的薪酬雇用一批熟练的工人，是"螺丝六"的强项，也是他家技术值得信赖的源泉。

"不管情况如何，只能去拉生意了，社长。"

听到奈奈子那句决然的话，逸郎点点头。"九条兴产那家，怎么说？差不多该有个结论了吧？"

九条兴产是一家建设机械的大公司，总公司和"螺丝六"一样都在大阪市西区。与东京建电的交易断了之后，逸郎便每天前去拜访，争取能跟他们拿到订单。

一开始他也吃了闭门羹，即便如此还是坚持上门，直到半年前才终于得以会见负责供应的人。上个星期五，逸郎才刚把一份用于新产品的螺丝报价表提交给那位供应课的课长。

"你也很努力了,那我考虑一下。"

课长小山一边这么说,一边查看逸郎提交的报价表。"好吧。能不能给我点时间,稍后再回复你?"他受理了那份文件,不过直到现在都没有任何联络。

"虽说催得太紧也不妥,不过,也差不多可以去问问看了。"

"你说过这单能成的。对吧,社长?"

逸郎觉得跟小山交涉的过程确实还算有好感,当时他就很有信心,觉得这一单有希望,但是随着时间流逝,不安也涌现了出来。

"我想,大概是能成的。"

见逸郎有些退缩,奈奈子的表情变得恐怖了。

"大概?你之前不是说能成吗?那些话算个什么事儿啊?"

奈奈子叹息了一声。"要是能拿到这一单,我们就能喘口气了。银行那边应该也肯批贷款给我们了。你可一定要想尽办法去争取啊,社长。就算拿不到整个单子也没关系。只要他们肯订购一小部分,我就能昂首挺胸去跟银行那边说,今后的订单会有更大的量。"

九条兴产是一家很优秀的企业,在这个不是很景气的行情下,业绩还能一直保持上升的趋势。如果能在这个公司开个户头,"螺丝六"的信用也能有所提高。

"说得也是。那我去推进一下吧。"

说着,逸郎从抽屉里翻出小山的名片,接着拿起桌上的座机。

"刚好我们正在挑选呢。"

接通电话后,小山的这句话让逸郎突然感到一阵紧张。

"这样啊。那我这个电话打得真是时候呢。还得拜托您了。"

逸郎装出开玩笑的口气。小山则说道:"因为产品很多,螺丝的结论得等明天了。"

"我们一定会好好完成这笔订单的。还请您一定要给个机会呢,课长。"

"我知道你很有冲劲,不过还是别期望过高哟。"

听到小山的回答,逸郎非常正经地回应了一句:

"我当然很期待啦。我实在很想拿下九条兴产这个单子,所以也是费尽心思压低了成本。还请您多关照一下了。"

"这个嘛……那好吧。"

小山的口气很是冷淡。"一有结果我就联络你。"说完,他就挂断了电话。

"等明天吧。"

奈奈子一直在旁听着他们的对话,逸郎只对她说了这么一句,然后起身离开桌子,返回工厂。

虽说是薄利多销,但制造螺丝是一项实在的劳动。现在倒是有很多自动化的机器,例如数控车床之类的,不过在一百年前"螺丝六"刚创立的那会儿,不可能有那么便利的机器,只能用跟手工业差不多的原始机器,一枚一枚地切割螺丝,质检之后再交给顾客。

逸郎不知道这么一枚小小的螺丝,究竟能养活整个日本的多少人,但有一点他敢说,不论在哪个时代,靠这个是赚不了大钱的。

制造螺丝的人追求的是那份专注。

既要满足顾客的希望,又要为他们提供结实且耐用的螺丝。从创业者三泽六郎开始,到上一代当家吾郎,再到如今的逸郎,不管事业盛衰与否,唯独制造螺丝的那颗专注之心一路传承下来。

但是当今这个时代,像这种非客观可见的制作者情怀,或许已经不合时宜了。现今的世道,重要的并不是制造者的真心,而是价格竞争力。越是费工夫的东西越不具备这项竞争力,而"螺丝六"现在眼看就要被时代的惊涛骇浪淹没了。明明是一家有百年历史的公司——

一想到这些,逸郎难免会在意,陷入这种窘境绝不是时代的错,或许是因为自己的能力不够吧。

父亲吾郎在十七年前就任社长,在那期间,他是否遇到业绩极度不振、资金周转不灵、被客户挑来拣去之类的种种情况呢?

应该是遇到过的。

不管在哪个时代,小型企业的经营都不容易,不可能一帆风顺的,就像时常在生死边缘步行一般。前几代的人好不容易渡过种种难关,把接力棒交给了下一代,将"螺丝六"的招牌一直传承至今。

难道这一切要断送在你这一代手上吗?

逸郎的这句自问,就像某种恶性病毒或别的什么东西,开始在他脑中不停环绕。

前几代的人也都是苦过来的,但他们都能想出主意闯过难关。你身上就没有那种才智吗?

这么想的逸郎,心中突然冒出各种事到如今也于事无补的"如果"。

如果我接受坂户那个压缩成本的要求,是不是就不会发生这样的窘况?如果,我狠一狠心采购新型的数控车床,是不是就能多拿到一些单子?如果我按照银行所说,制定一个更大胆的产业重组计划,业绩是不是能比现在好一些?

不管再怎么想,现在已经没有回头路可走了,而且这些问题也没有一个正确的答案——只有那些由选项堆积起来的、已成结果的现实。

在思考这些的同时,逸郎又想到:为什么会为曾经作出的选择感到懊恼?就是因为现在的他痛苦不堪啊。

如果"螺丝六"的生意很理想,他肯定不会为过去的种种而烦恼。

也就是说,若想让过去的选择显得合理化,终究还是只能去解决目前面临的问题。

明天吗?

工厂里充斥着沉闷的车床振动声。逸郎边走边问自己:如果能拿到九条兴产这个单子,"螺丝六"就会有所改变吗?

肯定会改变的。

为此,无论如何都希望接下这份订单。无论如何……

胃里有种灼烧的感觉在慢慢蔓延,逸郎皱起眉头,试着回想和小山那次结果还算满意的面谈。

"我报的那个价格还不错。应该能成的。"

那一天,逸郎好几次、不断地这么说服自己。

第二天中午一点刚过,小山打来了电话。

"是九条的小山先生。"

传话的奈奈子表情相当紧绷。

逸郎的心脏突然跳得很猛。"你好,我是三泽。"由于紧张,这句自报家门的话仿佛都快黏在喉咙上了。

"我们刚刚在会上敲定了螺丝的供应商,所以给你打了这个电话。很遗憾,我们决定这次不采用。请下次再来试试。"

"怎么会……没有回旋余地了吗?"逸郎慌不择言道,"如果是价格的问题,我们也可以想办法再压低一些。"

"不了,我们已经定好了。还是下次再麻烦你吧。"

原本在逸郎胸中膨胀的期待急速萎缩,徒留一种兵败如山倒的绝望和痛苦。

5

那一天,逸郎一早就出门见客户,回到公司的时候已是下午两点多。

他先去与位于京桥的某家机械制造商碰头,经江坂一家与住宅相关的机器制造商介绍,又去拜访了梅田一家电器制造商的供应负责人。虽然洽谈了一些新产品采购或增加产量的业务,但结果都落了空。不仅如此,客户还反过来提出硬性要求，要他考虑一下是否能把即将交货的那批螺丝再降低一些价格。

就算缩减成本，螺丝本来的订购单价就很低，不是那种合作越久就能越便宜的产品。到头来，承包商的盈利都被大企业夺走，他们充其量只会被迫沦为一个转销利益的产业构造罢了。为了让大企业有盈余，承包商就得赤字。就是因为有这样的情况，日本的制造业才会从根基开始就没得挽救，但对着一个负责供应的上班族说这些也无济于事。

逸郎拖着沉重的脚步，顺着从车站到公司的道路往回走，突然，他停下了脚步。只见有个男人正站在路边，抬头仰望"螺丝六"的工厂。

那个男人大概四十五岁，一副无精打采的样子。他左手提着陈旧的商务公文包和一个纸袋，右手则拿着从电脑上打印出来的地图，四处观察工厂的外观和周围的情况。

男人的视线突然转了过来，发现逸郎正以怀疑的眼神看着自己，便颔首打了个招呼："您好。"

"请问有什么事吗？"

见逸郎出声询问，男人一边从西装的内袋里掏出名片一边问道："请问您是'螺丝六'的员工吗？我是做这个的。"

东京建电营业部　营业一课课长　原岛万二

看到递过来的名片，逸郎忍不住死死地盯住对方的脸。

"上一任那位坂户先生怎么了？"

逸郎把人领到办公室，隔着桌子与奈奈子并肩坐下，与原岛面对面。

"其实,一课换了负责人。"

"换了岗?高升到哪儿啦?"

调职了也没来打个招呼。或许坂户是觉得和"螺丝六"断了生意往来,所以也没必要告知一声吧。

"这次是调到人事部。"

"人事部?"

逸郎大吃一惊,不由得问了一句。既然那人曾是最年轻的课长,将来肯定能高升的。应该是为了让他积累一下不同领域的管理经验才调职的吧。

"原来是这么回事。"

见逸郎这么回应,原岛也微微低头道:"坂户就任期间似乎给您提了不少无理的要求。实在非常抱歉。"

"别别别,没多大事儿。"

原岛一道歉,逸郎反倒为难了。看出他的困惑,原岛继续说:

"其实今天前来打扰,是想跟您谈谈能不能继续合作的事。"

这句出乎意料的话,让逸郎和奈奈子不由自主地对望了一眼。

"实在太感谢了!请一定要给我们机会!"

刚这么说完,逸郎就感到担心了,于是他试着问了一句:"不过,之前交易中止的原委,您清楚吗?"他可不想再被人随随便便地拆台了。

"自然是清楚的。我就是翻看了当时的资料，知道我们公司曾与'螺丝六'有过交易，才上门来拜访的。"

说完，原岛从手里的纸袋中拿出一个小纸箱。

箱子里装满了好几种螺丝。

伴随着某种莫名令人怀念的情愫，逸郎拿起那些螺丝放到眼前。他记得这种螺丝的形状。这种有着特殊形状的螺丝，就是之前没能从坂户那儿争取到订单的那批货。

"您能生产这种螺丝吗？"

原岛说出一个意想不到的提议。

"是要增产吗？"

逸郎问道。当时"螺丝六"在竞价中输给了不知从哪儿来的某家公司，最后导致与东京建电之间的交易就此中断。他不知道这种螺丝会运用于哪种成品，不过肯定是销量不错，已经超出了那家公司的生产能力吧。然而——

"不，不是增产。"

原岛的回答让逸郎愣住了。

"什么意思？"

"我们打算更换承包商。'螺丝六'能接手这个螺丝的生产吗？"

"这倒是没什么问题……"逸郎回答，但心中又有一种被狐狸捉弄的感觉，"不过，当初我们在竞价中输了。虽说我会尽量压缩成本，就是不知道我报出的价格是不是你们想要的？"

"按贵公司当时那个报价就可以了。"

原岛的回答实在让人料想不到。"不过我希望这批货能从这个月就排上生产线。因为情况紧急。"

"这个月开始？"

原岛的身后能看到工厂内部的情况，逸郎往那儿瞥了一眼，问道："是要批量生产吧？要多大的批量？"

原岛从身边的商务公文包里拿出一沓相当有厚度的资料，从中抽出一张，递到桌子这边来：

"就按这个数量，可以吗？"

逸郎忍不住倒抽了一口气，好一会儿都无法从那个印刷数字上挪开视线。

"这么多……？"

"是不是很勉强？"

听到原岛这么问，逸郎的手在自己面前摆了摆："不，倒也不勉强。"

可不能一时疏忽就忘乎所以。他一个劲儿地告诉自己要冷静，然后开口询问：

"能问一下吗，为什么要这么赶？"

"我们与目前负责采购的承包商在方针上有异议，所以决定紧急更换承包商。"

"方针？"逸郎仍旧面无表情地说，"要是方便的话，能请教一下是什么方针吗？"

"应该算是关于成本和质量的问题吧。"原岛回答道，"这些事多说也无益了。我个人非常相信'螺丝六'的产品质量，这一点还请您了解。"

这番话，总觉得半信半疑啊。

"这样啊。"

逸郎双手抱着胳膊稍作思考，然后问道："这算是竞价，对吧？"

和往常一样。

嘴上说什么要注重质量，一旦不合成本，这句话就不管用了。这个世道可没有那么天真的事，怎么可能让他那么轻而易举地拿到订单。

然而，此时的原岛摆出极其严肃的表情，慢慢地摇了摇头：

"不，不是竞价。"

"不竞价……？"

逸郎难以置信地嘀咕了一句。原岛带着迫不得已的语气，说道："我们没有时间了。这个单子能不能接手，请您现在回复一下吧。或者告知一声什么时候能完成也行。拜托您了。"

"好吧。请您稍等一下。"

逸郎站起身，从墙边的文件柜上拿出生产管理表，翻开当月的那一页，当场研究起来。

虽然也不是做不了，不过前提条件是让现在空闲的车床二十四小时不停歇地运作。即便如此，人手还是有些不足，没办法三班轮替。就算是两班，以现在的员工来排班，也有困难。

做不了吗？

逸郎心里是这么想的，但当他合上生产管理表，与原岛四目相对之时，却脱口而出："请让我们接手这个单子。"

之前一直板着脸的原岛，终于首次露出了笑脸。

"毕竟您似乎挺为难的，这种时候就应该互帮互助嘛。"

逸郎说道："说好了，等我们有困难时，也请帮衬一把吧。"

"这是当然了。不好意思，我给公司那边打个电话，这件事得汇报一下。"

或许他真的很急吧，原岛起身的动作撞翻了装螺丝的箱子，螺丝应声撒了一地，整个地板仿佛都是由螺丝铺就的。散落一地的螺丝实在太好看了，让逸郎内心的烦闷一下子烟消云散。

奈奈子赶紧离开座位去捡螺丝。

"原岛先生，螺丝我来收拾。您去打电话吧。"

"劳烦了。"原岛微微低头道谢，接着出了办公室，用手机打了一通电话，应该是在谈工作吧。

逸郎一边留神听原岛那些片言只语，一边帮奈奈子捡螺丝。

"太好了，社长。真是天无绝人之路。"

"也可以说，昨天的敌人就是今天的朋友。"

待两人闲聊着收拾完一地螺丝，原岛也回来了。

"我刚刚让公司那边用传真发一份到这个月底为止的详细收货安排，还请您确认一下。另外，这份是规格明细书，和当时那份一样。"

原岛从公文包拿出一份厚厚的资料，交给了逸郎。

"我们会尽全力完成的。"

说着，逸郎向原岛深深鞠躬行了一礼。"多谢关照！"

6

东京建电的订单再次展开,虽然一开始因为人手有限实在忙不过来,最后还是顺利地上了轨道。

"村正先生说,流动资金下个星期内就能批复。"

交易重新开始之后没多久,从银行回来的奈奈子就带来了这个振奋人心的消息。

多亏了这笔生意,"螺丝六"的业绩不同往日,员工也增添了几名。据原岛所说,其他螺丝也打算依次转到这边接手,所以营业额应该还会提升。

话说回来,虽然工作的节奏进展得很顺利,但逸郎心里总有一件事非常在意。

为什么原岛会跑来拜托"螺丝六"接下这个单子?

原岛说过,是关于成本和质量的问题。

被抢走的生意再次回到"螺丝六"手上,当中的原因到底是什么,逸郎直到现在还是想不明白。

"那些事都无所谓啦。生意多了,业绩也能稳定下来。这不挺好的。"

逸郎曾跟奈奈子说起这件事,结果她回了这么一句。

此刻,他就在工厂里走着,突然又想起了这件事。

"她说得也是。算了,就这样吧。"

逸郎嘀咕了一句,不再深究了。

此时梅雨季已经结束,开始进入连日酷暑的七月。在大风扇的鼓吹下,热气带着机油的气味抚过逸郎的脸庞。他倒也不嫌弃，毕竟这是打小就常常接触的风。

逸郎伸手探入短袖罩衫的口袋，指尖触碰到一个坚硬的东西，猛地想起今天早上的一段对话。

由于新添了书桌，奈奈子正着手改变办公室里的摆设，结果发现有两枚螺丝滚落到复印机下方，便捡起来交给了逸郎。

"这些，应该是上次原岛先生撞倒的螺丝吧。掉在这儿了，下次记得还给他。"

"现在已经没用了。"

逸郎仔细地端详那两枚螺丝，此时正好走到测试螺丝拉伸强度的机器面前，便停下了脚步。

他心里冒出一个想法，于是把手里的一枚螺丝装到机器上，按下了开关。这个举动也没什么特别的意思，真要说的话，应该是出于一位螺丝制作者的习惯吧。

"啪"的一声，螺丝被折断了。

逸郎确认了一下机器上显示的强度，好一会儿无法发出声音，只能当场呆呆站着。

测试机上显示的强度，远远低于那枚螺丝该有的强度。

逸郎飞快地转动思绪：那些理应符合美军规格的螺丝，被运用到什么地方了？

为什么要讲究成本和质量？为什么要赶工？为什么原岛没有说出详细情况？就在这一瞬间，逸郎终于将原本四分五裂的碎片安置到该有的位置，完全想通了。

他从测试机上取下断开的螺丝，指尖微微发颤。

不要想。

此时，心里有个声音在对他自己说。就照他们说的，制造那种螺丝就行。专注于眼前的生意，老老实实地完成工作就行。制造螺丝的原则，不就是这么回事吗？

没错，就这么做。此时的逸郎，将那枚偏离原则的螺丝扔进垃圾桶，仿佛什么事都没发生一般，迈步离开。

第三章　结婚离职

1

滨本优衣独自度过了二十七岁的生日。

在公司加班到七点多之后,她坐车回到离家最近的学艺大学站,出站后往家的方向走,途中顺路去了一家意大利餐厅,仅点了一份意大利面和一杯葡萄酒当晚餐。

她选了一个窗边位置,正对着站前大街。从那里可以看见一个夏日夜晚的街景。优衣呆呆地看着一群闹哄哄的学生走过,好奇他们怎么能那么有活力,接着又眺望另一头一个赶路的白领OL[1],她似乎正忍不住想抱怨一下这个闷热的天气。那张精疲力竭的侧脸,让优衣深有同感。

大学毕业五年了,感觉明明前阵子她还能跟朋友们不知疲倦地瞎闹腾,不知不觉中却发现自己变成了卖命工作的人,离那些日子越来越远。此时此刻,她隔着玻璃酒杯望向窗边桌子另一头无人入席的空位,觉得这种感觉愈发强烈。

三年来为她庆祝生日的男朋友,已经不在了。

优衣觉得或许这样也不错。不,且不论好与不好,她自己倒是疲于跟一个无论怎么做都不可能属于自己的对象谈恋爱了。仅此而已。

---

1 "OL"是英文"Office Lady"的缩写,意为"白领女性"或"办公室女职员"。

上个星期分手的时候，她几乎是绞尽全身地大哭了一场，但此刻映照在眼中的却是玻璃酒杯潮湿的杯壁。

之前积累而成的一切，用尽心思争取的所有，全都溃散而去，仿佛就剩她一个人孤零零地伫立在一堆毫无意义的精神瓦砾之中。

我之前到底做了些什么啊？

优衣以手托腮，神情恍惚地将视线投向街上的光景，心里想。

进入东京建电的这五年，到底算什么？在这几年里，她得到什么了吗？她只是每天去公司，按照吩咐完成工作罢了。所有的工作，就算不是优衣，由其他任何一个人来做，都是一样的。

这五年里，她就像一直在一段煞风景的隧道里埋头行走，每一天都在真切地感受什么叫作"被日常埋没"。在这样的日子里，她也一直在寻求非日常和刺激。

与他开始交往的契机，始于某次公司饮酒会。当时两人的座位相邻，便顺势聊了起来。

他愿意倾听优衣的不满，也会诚挚地给她提一些工作建议。不仅如此，他爱好潜水，还邀请了优衣一起去体验，与潜水伙伴们喝酒聚会时，也会带上她一起去——那些伙伴的类型和气质也不同于公司的同事。

然而细细一想，这种快乐的氛围或许只维持在一开始那半年里。既喜欢，又讨厌；既快乐，又悲伤。与他在一起的三年里，优衣一直被这种完全相反的情绪玩弄着，实在是疲惫不堪。毕竟他是一个有妻室的人。

在优衣的公寓里，他小心翼翼地提出分手。优衣对着他大声哭喊，但事实上另一个冷静思考的自己也明白，他们已经走到尽头了。

但是，失去他之后，那种恐怖又无趣的枯燥生活，再度横亘于优衣面前。

曾经能够忍受的生活，如今却再也熬不住了。优衣巴不得现在立刻就逃离职场，去找一份能够真正体会生活的工作。她也不需要一份很高的工资，就算有点不稳定也无妨。工作的地方就算不在东京也行，在外地也无所谓。她再也不想变回一个坐在办公室卖命的 OL 了。为此，优衣必须做的便是——拿出行动。

于是这一天，优衣终于踏出了第一步。

"我，想辞去工作。"

她对上司如是说道。

2

优衣还是坐在那个靠窗的位置，一边发着呆望向外头，一边回想起她的直属上司——木村禄郎慌张的模样。

"你说什么？"

木村刚跑完外勤，嘴里一边不停嚷嚷着"热死了热死了"，一边"啪嗒啪嗒"地挥着团扇。听到优衣那么说时，他的动作戛然而止。胖墩墩的身材，配上一张很符合六头身[1]的

---

[1] 所谓的六头身，指头与全身的比例为1:6。

大脸，其上一对眼睛瞪得老大，吓得一动不动。在那一瞬间，优衣感觉自己似乎开了一个恶劣的玩笑，不过她还是重复了一遍："我想辞职。"

木村坐在营业四课自己的位置上。他东张西望了一下，确认周围没有其他同事之后——

"你先慢着，滨本。我们到那边谈。"

木村有些失措地站起来，邀优衣到里头的接待室详谈。

"你要辞职？怎么能说这种话呢，滨本？是不是有什么不满？有哪里不满意的就跟我讲讲。我会尽力去改善的。"

木村用手帕擦拭不断冒汗的额头，问道。优衣认为他是个好上司。事实上，她跟木村很亲近，在公司里都称呼他为"禄哥"。而这位禄哥，现在却显得很凄凉，眉毛也耷拉成"八"字。作为上司，他认为劝阻部下辞职是理所应当的。

"没什么不满。"

优衣回答。

"那为什么要辞职呢？跟我们一起努力拼搏啊，好吗？"

听木村这么一说，优衣叹了一口气。

与他分手这件事，其实跟木村无关。至于和他的关系，优衣无论如何也不会说出去。若是说了，先不管留在公司的他会不会为难，优衣自己也会被人视为一个糟糕的女人。

再说了，作为一名OL的那种不满足，不管她怎么讲述也是无济于事的。入职东京建电成为一名办事员之后，优衣每天的时间都耗费在后勤工作上，例如拿复印文件，或是整理资料。这种工作内容，她在进公司之前就知道了。从这层意思来看，优衣也明白自己很任性。

但是，她好歹也是一个人，就算一开始接受了那份工作，也有可能做到厌烦，觉得无聊，继而忍受不了吧。也有人会为了生活的安定，选择继续忍受这份工作，但是选择辞职之后踏上寻找自我的旅程也是不错的——这话说起来很老套，不过或许现在最接近优衣那种心境的表达吧——人不仅要活着，还要懂得作出伟大的选择。

可是，面对着恳求她不要辞职的木村，当时的优衣没有心力说出所有的情况。

那么，怎样才能让木村接受她的辞职呢？

怎样才会高高兴兴送我走啊？

优衣思索了一下该如何妥当地说，结果开口却是这么一句：

"我要结婚了。"

为什么她会脱口就说出了这句话呢？或许也跟木村平常总爱和她开玩笑有那么一点点关系吧。一看到木村，优衣就觉得与其说出真相，隐藏真心话、开个玩笑带过才是明智的做法。话虽如此，冒出结婚这种话——其实最为震惊的是她自己。明明前几天才跟男朋友分手，明明结婚的美梦已经幻灭，只能缩回自己那个干涸粗糙的壳。

不过优衣看到，木村刚刚还身体前倾试图劝她不要辞职，此时的表情倒是有些缓和。"原来是这么回事啊。"这句话随着一声放心的叹息一起说出了口，接着又送上了祝福，"那就要恭喜你了！对了，婚礼是什么时候？"

"现在在找办婚礼的会场，还没确定呢。"被木村那么一问，优衣随便回了一句敷衍，然后赶紧回到正题，"可以的话，请让我做到九月底吧。"

现在还是七月份，有两个月的时间，应该能找到新工作了。

"九月份……"

木村的眼睛往上一瞟，陷入了沉思。大概是想到优衣离职的日子还有些时间，心里松了一口气吧。虽然只是一名办事员，但突然离职的话，人手安排方面也会成问题。

"好吧，我会去跟人事部说说看。"木村这么说，"话说回来，真好呢。你往后的人生，充满希望。"

他又说了一句，话里透露着一种中年男士的悲哀。

"课长的人生不也是一样吗？"

优衣附和了一句。然而木村把手举到面前晃了晃：

"哪有哪有。我没希望喽。财政大权被老婆捏着，还被女儿嫌弃……也不指望能出人头地了。只能做一只工蜂，一直做到退休为止了。可以的话，我也想重来一次啊，可是又办不到。真羡慕你啊，要好好疼爱你未来的老公哟。"

木村说完，这场短暂的面谈也相当心平气和地结束了。

"要不要再来一杯？"

店员过来询问了一句。

优衣又点了一杯同样的酒。她回想起今天早上离开公寓时，便下定决心今天要跟公司提辞职的事。

人生若要开辟新的道路，就得先舍弃一些东西。

优衣把这句话视为某种信念，事实上，当辞职之意被接受之后，心情顿时变得轻松，相对的，她也深切地感受到对于未来的不安，和这五年 OL 生涯里的索然无味。

"对公司来说，我这个人到底算是什么呢？"

优衣任自己沉醉在酒香之中，陷入思考。每天净做一些营业部员外派的工作，她的存在是否能对公司有一点点改变呢？

意大利面没多久就端上来了，优衣一边进食一边细细回想之前的五年，突然感到一阵愕然。

她发现，居然没有一个任务算得上是"自己完成的"。

就算只是一个办事员，也未免太凄凉了。

再这样下去的话，在她离开公司之后，一位名叫滨本优衣的员工曾在东京建电这家公司工作过五年的这件事，肯定会瞬间就被推到记忆深处，忘得一干二净。

有没有什么事，是她能做的呢？

一旦开始思考这些，感觉那颗因失恋而发疼的心也有些平静了。然而她也不认为，之前五年都没能做成的事情，在现在仅剩的两个月里能完成。说到底，她也不过是把公司的工作当作一个无聊的选择吧。虽说事到如此才来后悔也无济于事，只要拿出干劲，说不定能发现新的乐趣——这种事也是难以想象的。

办事员终究还是办事员，充其量就是一个对内的工作。若无法跟客户进行交涉，就根本没机会拿下大生意。

虽然木村试图劝她不要辞职，但按公司的本意，肯定觉得优衣这种人不过是其中一枚可以随意替换的齿轮罢了。

一枚齿轮能做些什么？就算能做成，或许也无法阻止任何事，只能不断迂回，直到磨损耗尽为止。

话说回来——

那天深夜，原本还在自嘲的优衣，突然萌生一个朦胧的主意。

而这个契机，就是她回到家里之后接到的一通电话。

3

"我说优衣呀，你在乱搞什么呢？"

樱子开口的第一句话就蕴含着怒意。

"我乱搞什么了？"优衣问道。

"你辞职的事啊。什么时候决定的？"

"哦哦，那件事啊。"优衣的心情立刻变得阴郁，模棱两可地回答道，"因为，有一些原因啦。"

"一些原因，是什么原因啊？"樱子在电话那头说道，"你说要结婚，是真的吗？人事部这边都在议论了呢。"

"因为不这么说的话，课长会一直劝我留下，很烦的嘛。"

"我真是服了。"

听到优衣的回答，樱子的口气变得犀利，接下来的话也充斥着怒意："你要辞职的话，至少来跟我商量一下啊。"

"对不起。"

远藤樱子与优衣是同期进入公司的，直到去年为止，还一起隶属于营业课，后来基于公司的内部调动，被安排到人事部去了。木村当天立刻就把优衣要离职的事上报给了人事部，樱子应该就是在那里得知的。

"话说回来，结婚这件事是假的吧。我们部长听说你要辞职结婚，还叫我把贺电先准备好呢。我都不知道该怎么回应了。"

樱子是唯——个知道优衣和谁交往过的朋友，身为闺蜜，她很清楚那个男朋友因为某些原因不能和优衣结婚，也知道他们最近分手的事。

"对不起，原谅我嘛。"

"谁要原谅你啊，真是的。"

樱子的口气很是无奈。她是用手机打来电话的，电话里可以听到电气列车发车的背景声音，估计是从东京站的月台上打来的吧。

"你该不会是因为被那个人甩了，所以才想辞职的吧？"樱子带着怀疑问道，"如果真是这样，我劝你最好不要辞职哦。这又不是你的错，是对方不好嘛。你没必要离开公司的。"

"不是那个原因啦。"优衣说，"虽然也不是和他那件事完全无关，只是觉得每天做这样的工作，真的没什么意思。"

"可是现在市道不好啊。辞职之后怎么办？你都二十七了，又没什么手艺，愿意收留这种女人的公司，可没那么容易找得到哦。知道吗？"

樱子无视优衣的话，说起当今社会的情况。这倒很像是樱子会做的事，就算你不说话，她还是会训斥你，这一点挺感人。

"我已经没法再当 OL 了。"

优衣说完，樱子压低声音问道："这话什么意思？"

"就是说，办事员的工作，我再也不想碰了。我可能会去花店、餐饮店，或者做个室内装饰设计师之类的，什么都行。总之我想做一份动脑子的工作，或者说，做一份符合自己能力的工作。"

"你觉得这种事那么容易啊？"

樱子又是一副无奈的口吻，感觉就像一个训斥自家孩子无能的家长。"这个世道可没那么简单哦。"

"我知道啊。总之，如果继续现在这份工作，只会给我留下后悔而已。这一点我非常确定。这样的话，我想趁着年轻找到一条新路子，虽然可能会失败。我知道这么做是有风险的。"

"你每个月都要交房租，而且生活费怎么办？"樱子终究还是现实主义。

"还有两个月。我就试试一边上班一边找新路子。就算这两个月里没找到，我也打算一边领失业津贴一边努力看看。一开始做点实习之类的工作也无所谓，不过我还是想找一份可以长期做下去的。"

本来以为樱子会反驳，结果听到的是她的轻声叹息：

"真是的，优衣你这个人，就是那么死脑筋。"

樱子又说道："明明之前我就叫你别跟那种混蛋在一起。"

"他不是混蛋。"

"他就是！"电话那头，樱子的声音拔高了，"那家伙，我绝对不会原谅他的。"

樱子会为自己的事情而发火，优衣其实是欣慰的。但樱子越是生气，优衣就越是觉得她在责怪自己和那个人交往的事，听着就让人觉得不爽。

"还有啊,虽然晚了一些——"樱子轻轻咳嗽了一声,有点不好意思地开口道,"祝你生日快乐。本来想给你发个邮件的,但还是觉得直接跟你说比较好。你已经,吃过饭——了吧?"

优衣往房间里的时钟瞥了一眼,现在已经是晚上九点左右了。

"你该不会还没吃饭吧?"

"太忙了嘛。就我们公司那环境,根本没办法溜出去吃点东西。"樱子的语气听着倒想是很看得开了,"本来还想着,如果优衣还没吃饭就一起去吃点。"

"对不起啦。"

优衣道了歉。就在这时,她的脑海里浮现了某个模糊的东西。挂断樱子的电话之后,那个捉摸不透的疙瘩依然在优衣的大脑里挥之不去。

说不定,她已经找到了——在这家公司里最后能做的也是符合自己能力的那件工作。

4

反复考虑之后,优衣选择在环境会议上公开那个想法。

环境会议由各个部门的环境委员组成,每个月的第三个星期四定期召开一次例会。如字面所示,会议主题都是如何改善与职场环境相关的各种问题。

讨论的问题并非仅限于业务相关,而是涉及各方各面,例如希望取消轮流打印和复印,希望更换哪个地方的电灯泡,希望升级电脑的操作系统和软件,希望在女性员工专用的更衣室里安装镜子之类的。

　　这个会议通常相当无聊，而且进展缓慢，基本上都要拖到加班。因为是义务，所以优衣还是会去出席，只不过她是一个消极的委员，从没在会上发言，到了要表决的时候稍微举个手就是了。

　　这一天，这个傍晚开始的会议也是没完没了地拖沓，中途还休息了一会儿，直到晚上七点左右才终于看到快结束的曙光。就在这个时候——

　　在此之前各个岗位提出的那些不足一提的问题，优衣都在仔细倾听，不过此时此刻的她，心脏紧张得怦怦直跳。环境会议的议题是事先申请的，一开始派发的资料上也印着今天要讨论的问题，但是资料上并不包括优衣接下来准备发言的内容。她准备的话题与平常会议主旨要讨论的改善点有一些出入，或许是在申请议题的时候，这个题目就被视为不太妥当而剔除了。

　　现在正在进行的是最后一个议题的意见总结，担任议长一职是人事部的课长代理伊形雅也。只见他正一脸疲惫地拿着铅笔，在手头的资料上煞有其事地打勾，接着环顾了将近三十名委员，说道：

　　"还有其他事情吗？"

　　当他正准备宣布散会的时候，却发现离会议桌最远的、位置极不起眼的优衣举起了手，便倍感稀奇地望过去。

　　"好的，请说。你是——"

　　伊形把与会者名册拉到眼前。

"我是营业四课的滨本。"

优衣自报家门之后,差点被众人视线的气势压倒,但还是努力地继续开口说道:"我觉得大家加班的时候都饿着肚子,这一点很不好。大家似乎都觉得有时间去外面吃饭不如早点做完工作,但不论是男性员工还是我们女性员工,空腹工作的效率实在不高,而且不利于美容。"

会议桌周边传来压抑的笑声,优衣感觉被人推了一把后背似的。

"所以,我建议在公司里设置一个卖食物的地方,如何?我设想的是,肚子饿的时候可以去买点东西,回到自己座位上吃。各位觉得怎么样?"

"出售食物吗?"

伊形一边思考一边用右手扶着脑袋,应该是在考虑卫生或向卫生站提交申请之类的各种手续。"你那个设想具体是卖什么东西?"

"甜甜圈。"

优衣一说完,会议室里便显得有些嘈杂。

"甜甜圈?"

伊形露出倍感意外的表情。"有那种卖甜甜圈的自动售货机吗?"

"不,我设想的并不是自动售货机的模式。"优衣回答道,"我想做的是无人销售的甜甜圈,就把它设在休息区的旁边,肚子饿的人可以买来吃。甜甜圈既可以买了带回自己的座位上吃,就算不是立即食用也不会腐坏。这样大家就不用空着肚子、饥肠辘辘地加班了。所以，我想请各位讨论一下这样是否可行？"

"真的那么饿吗？"

被伊形一说，会议室里响起笑声。优衣也下意识地跟着发笑，然而发现自己正被他嘲笑，赶紧收起笑脸。

"虽然这个建议听起来有点荒唐，不过我认为是有这个需求的。"

优衣的气势让伊形感到有些意外，他环顾了一下与会者：

"觉得这个建议值得讨论一下的，有多少人？"

没戏了吗？

优衣刚冒出这个想法，一个小小的奇迹发生了。优衣屏住呼吸，静观事态发展，就在她眼前，有人举起了手，而且数量让人有点吃惊。当然，这些举手的人并非完全同意，估计有些人是想凑个热闹，也有些人觉得姑且可以讨论一下吧。不过此时此刻的优衣，感觉自己仿佛沉浸在一种从内心深处涌现而出的充实感之中。

"这么多人同意吗？"

伊形瞪大了双眼，有些后悔刚才嘲笑优衣的举动。他对优衣说道："那么，具体计划就由你来负责，然后我们再以那个计划为基础进行讨论。这样可以吧？"

"谢谢您。我会努力的，还要麻烦各位多多支持了。"

这个结果让优衣自己也感到意外，不由得站起来低头鞠了一躬。听到她这句夸张的话，会议室里各处传出了笑声。在这阵笑声中，伊形宣布散会，距离职日子还剩两个月的优衣也定了自己该做的事情。

5

"喔,然后呢?"坐在桌子另一头的樱子抛来一个可疑的眼神,"为什么选甜甜圈?"

"因为我喜欢啊。"

樱子露出惊呆了的表情。优衣继续对她说道:"我也考虑过面包、曲奇、百吉饼等等很多种,但我还是喜欢吃甜甜圈。"

在会议上决定就无人销售一事进行讨论之后的第二天下班时分,由于樱子想详细打听当时伊形是何表情,便把优衣约到了公司附近的咖啡厅。

"而且,如果我说要那种能卖汉堡包或杯面的自动售货机,事情可就变得不简单了。现在是节约用电的时期,耗电也是一个问题。感觉我还没说完就会被他驳回。若是开一个便当小店,感觉也不太妥当。就算是饿着肚子,我也没勇气在工作岗位上自顾自地吃着盒饭。"

听着优衣的解释,樱子装模作样地啜了一口咖啡。"然后呢?"

"然后我就思考,有没有那种很简单的,可以三两下就吃完又不会让人挨饿的东西。这些就是我这次提出的建议。"

"这跟去便利店买个饭团是一个道理吧?"

樱子的反应很冷淡,优衣也很清楚个中缘由。她们就职的东京建电,是一个各方各面都很保守的公司。几十年前的那种拼搏主义,现在变得苟延残喘,男尊女卑、上情下达的企业文化依然存在,若是强出头就会被打压。樱子之所以那么说,肯定也是担心优衣会被人说长道短。

"既然这样,你也到便利店买个饭团就行啦。之前也不用跟我说什么加班加到饥肠辘辘。"

优衣简单地反驳了一下。"事实上,你没办法去买对吧。不过,如果公司里有甜甜圈卖,就不会饿着肚子加班了,因为你可以在买咖啡的时候顺便买一个。到外面用餐的话又比较贵,甜甜圈倒是不费多少钱。这种形式有哪点让你觉得不满呀?"

"我说优衣呀,你知道我们待的是一家什么样的公司吗?"

果不其然,樱子这么说道,还用些许恐怖的眼神看着优衣。"你提出那种建议,只会让上头的人盯上罢了,不可能行得通的。环境会议提出的建议,基本上都会被砍掉。如果是跟公司有直接关联的,或许还有点希望——例如灯泡太暗啦、灯泡不亮啦之类的——可是,你说的是甜甜圈,甜甜圈啊。"

"被盯上也无所谓呀,反正我都要辞职了。"

优衣一边用勺子搅拌红茶一边回道。

"那就更没有说服力了。"

"有的。"优衣不禁正颜说道,手里还拿着那把勺子,"我觉得可以说服。我提出这件事可不是只为自己,而是为了大家。我也很想有那种'我为公司做成了什么事'的感觉。如果大家都只是因为不想被上司盯上而什么都不说,那么即将离开公司的我去提议那件事不就有意义了吗?就算被盯上了也没关系。"

樱子的表情有些为难，发出了一声短短的叹息。

"我觉得这件事不会那么顺利，不过你不去尝试一下也不会死心的，对吧？然后呢？你有目标吗？"

"目标？"

听到优衣的反问，樱子一脸烦躁，双手交叉在胸前：

"就是说，哪些店能给我们公司提供内部销售的甜甜圈？"

"这个嘛，我打算去跟某个卖甜甜圈的店家商量一下。"

"就这样？"

樱子一副无奈的口气问道。

"这样不行吗？"优衣态度谦虚地向樱子问道。

"我说你呀，既然要提到会议上讨论，总得多做一些计划性的东西啊，例如委托了哪一个卖甜甜圈的店家之类的。一点目标都没有，真亏你还敢提出那种建议，我真是服了你。"

确实，她可能真的过于天真了。

"樱子，我问你哦，你知不知道哪家店能帮忙做这种无人销售的模式？给我介绍一下嘛。"

樱子的视线一动不动地盯着优衣，然后猛地落到桌面上。一看就知道，她觉得优衣实在不可指望。

"我想问你一个问题，你说的无人销售，具体来说是一种怎样的模式？最起码这一点，你得有个想法吧？"

"就是，先把甜甜圈装进塑料盒，然后在旁边放一个收费的箱子，拿一个甜甜圈就往箱子投一份钱。以构想来说，就是乡下常见的蔬菜无人销售模式，跟那个一样。你觉得怎么样？"

双手环胸的樱子有好一会儿不作回应。

"然后呢,你觉得能卖出多少个?"

等到樱子终于开口,却提出了一个优衣完全没料想的问题。

"多少个?这跟个数有什么关系吗?"

"有关系啊。"

樱子依然凝视着优衣的眼睛,探出身子。"从卖甜甜圈的角度来看,这是一笔买卖,你明白吗?比如说,一个公司一天只能卖几个甜甜圈,你觉得有哪一家愿意特地来做这种买卖?为了实现你所说的那件事,甜甜圈的店家就得每天送来甜甜圈,还得每天来收钱和回收卖剩的甜甜圈。为此付出的时间和劳力,对于店家来说都是一项成本。如果卖出的数量不足以弥补这些成本,这笔买卖就成不了。"

"成本……?"

优衣试着念叨了这个词。成本——

"没错,成本。"樱子又说了一遍,"我说优衣呀,你的想法是,肚子饿的时候能吃到甜甜圈,大家应该会很高兴,但是这件事并非那么简单。现在有两个障碍摆在你面前。一个是公司那些吝啬又保守的领导,另一个是去找愿意帮忙达成这件事的店家。不管哪一个,都不是那么容易解决的。但是,既然是你自己提出的建议,那也只能负起责任干到底了。"

"樱子,求求你。"

优衣突然将双手举到面前合掌。"帮我一把。我突然觉得,我好需要你的知识。求你了。"

樱子用一声无力的叹息代替了回答:

"你就是因为这样的性子才会被男人骗。多看看现实吧。

受不了，真是拿你没辙。帮你可以，相对的，今天的晚饭就你请客了。"

对于现在的优衣来说，可靠的樱子是她求之不得的评论家。

"要想实现只卖甜甜圈的无人销售模式，首先得从生意上的角度来解决一些问题。我们来一个个攻破吧。"

她们出了咖啡厅，转移到丸之内某栋大楼里的一家时髦的居酒屋。店里的人挺多，不过可能因为卖的是有机食品，相比男性顾客，光顾这里的多是下班之后的OL。

"先试着定个大致的目标，每天大概卖三十个，一个卖一百五十日元。你觉得做这么多个甜甜圈，店家会开多少原价？"

被人这么一问，优衣思考了一下。"差不多一半的价格吧？"

"用不了那么多。算上材料费和制作的工夫，最多占三成。也就是说，大概还有七成毛利。如果一天的毛利有这么个数，或许也有店家同意给我们公司的无人销售送货吧。如果是那些为客源发愁的店家，可能还能再砍砍价。"

"可是，不试一下怎么知道一天能卖多少个？"优衣问道。

"那就做一个简单的问卷调查吧。"

听樱子一说，优衣困惑了。"问卷调查？"

"调查一下，如果有这么一个无人销售的模式，有多少人会来使用。然后你就带着那个调查的结果去和店家交涉，这样应该可以增加说服力。另外——"

樱子在面前立起食指。"卖甜甜圈的店家，尽量在这附近找。如果得用电气列车或货车来送货，那就变得很麻烦了，而且可能会接应不上。地理位置相距太远的话，就不好随机应变了。比如说，甜甜圈都卖完了需要补货的时候，距离太远的店家就无法应对了。"

"原来如此。"优衣一边在笔记本上写下樱子指出的要点，一边询问，"还有，我觉得卖哪一种甜甜圈也是一个问题。"

"就算增加了品种，最好还是统一标价。"樱子说，"要是甜甜圈的标价不一样，大家往箱子里投钱的时候可能会弄错。所以既然价格定了是一百五十日元，那就不管哪一种都卖一百五十日元。价格统一的话，大家也容易理解。不过一开始可能只卖一个品种比较好，有必要的话，可以根据星期几来更换甜甜圈的品种。这样的话也能知道售出的数量和大家的喜好。另外，我觉得那些甜甜圈的连锁店应该不适合做这种生意。"

樱子提出的重点，让优衣抬起脑袋问道："为什么？"

"我觉得连锁店的公司，对于这种无法亲自照看的无人销售模式，应该是不太愿意帮忙的。如果要以这种模式，估计会被强制要求每天跟他们公司购买多少个吧。还有，卫生方面也是一个问题，例如发生食物中毒的情况，由谁来担起责任之类的。"

对于樱子这些实际业务的能力，优衣心怀敬意地点点头。

"那么，我应该去做些什么呢？"

被优衣这么一问，樱子的回答倒是明快。

"去找找这附近卖甜甜圈的店。例如个体经营的咖啡店或面包店。最远也只能在离公司一个地铁站的范围内挑选，然后一家家摸索情况。"

"我去试试。谢谢你哦,樱子。"

听到优衣的道谢,樱子的表情有些发僵,然后只说了一句:"你加油吧。"或许她内心是很想责备一句优衣的不谙世事,但还是勉强地没说出口。这就是女人的友谊。

优衣记完笔记,用不再冰爽的啤酒润了润喉咙。

这件事已经无法退缩了,她也不打算退缩。这件事并非为了其他人,她是在为自己而战。

6

优衣说明了来意之后,那位年近四十的老板露出了为难的表情。

"无人销售模式,这个有点……我们从没做过。"

这是一家位于公司附近的面包房,优衣偶尔会来这里买东西。这里的面包味道很好,店铺的位置也在离公司徒步可到的范围内,简直无可挑剔。

优衣下了班之后,赶在面包房收闸之前进了店,等店员放下店里的百叶窗之后,她就站在柜台前与老板交谈。

"而且,卖剩的甜甜圈你们也不打算包销的吧?"

老板在意的果然是这个问题。

"这个嘛……我们会先计算好能卖出多少个,我想一开始总会有些执行误差的。"

"执行误差啊……"

老板这么说着，表情跟着一变。那模样看起来倒不像在犹豫，而是在考虑怎么拒绝优衣。

"我这个店也是小本生意，实在不想卖一些剩货。我觉得跟顾客之间的沟通也是很重要的，无人销售的形式，这一点就无法顾及了。"

优衣想找几句反驳的话，却怎么也想不出来，最后说出口的只有一句死心似的话语："这样啊……"

"没帮上你的忙，对不起。"

老板说完，脸上浮现一个假笑。在优衣看来，那个笑容仿佛在说："你可以就此打住了吧。"

"不行啊。"

自那之后又过了几天。下班之后，优衣约樱子一起吃饭。此时她就坐在店里的角落，低垂着脑袋。

"我找了好几家店，没有一家能给一个积极的回应。要么就说不做无人销售，要么就说卫生方面会有问题，或者卖不掉的货他们会很难做。反正，他们每一个说的都挺对，只是我之前没想到这么难办啊。"

"这不是理所当然的吗？"

樱子一副"你终于想明白了"的表情，发出一声短短的叹息。"这个社会没那么容易的。是不是觉得给自己上了一课？"

"是啊。是我自己不好。"

优衣低头认栽，然后又抬起头，对着店里空无一物的空间投去没有焦点的视线。

虽然提出了建议,但面对挡在眼前的顽固高墙,她竟然束手无措。

这件事会不会就这样半途而废了啊——优衣意识到,这个模模糊糊的预感,开始在大脑的某个角落里闪现。所以就说嘛,你不行的——是的,就这么告诉自己吧。

这五年里,待在东京建电的优衣就是一个毫无自主性的零件。一个听从吩咐完成工作、引人注目的事情一概不碰、彻底专注于事务方面、不敢表达异议的零件。仔细想想,不仅在公司是这样,在和那个人的那段关系里,她或许也只是一个零件。

一个让他心情舒畅、安定情绪的、方便的零件。

她之所以会变成一个零件,原因在于缺乏反抗的勇气,即便她有自己的意志或情绪。

徒然流逝的日子已经不可追回了,但是未来还能够改变。

为了改变未来,她必须先改变自己。

所以——所以,她不能就此放弃。

"怎么样?你打算不做了吗?"

被樱子一问,优衣摇了摇头。"怎么可能呀。我不会放弃的。"

樱子没有回应,只是用一种怀疑的眼神望着优衣。

"伊形之前没叫你交企划书。现在你写得出来吗?"

"卖甜甜圈的店家还没定下来,不过我打算先写一份。"优衣说道,"至少让他了解一下这个概念,要不然事情也不好谈。"

"嗯,这倒也是。"樱子嘟囔了一句,喝了一口白葡萄酒,"不过,优衣呀,你会不会太勉强自己了?"

"确实勉强,非常勉强。"优衣回道,"但是,如果不做到这个份上，我就无法有所改变。这是加诸我身上的一次试炼。若是闯不过这一关，我就没有未来可言。"

这一番略带夸张的措辞，果不其然让樱子发出叹息，说道：

"真伟大呢。"

不过，看到优衣心意已决，身为闺蜜也只能把剩下的反对意见都咽了回去。

7

优衣很快就整理出一份企划书，标题定为"关于在公司内部销售甜甜圈的提案"。

写企划书这种事，她可是打从出生以来第一遭。

她跟樱子借来一本有点难懂的经营学书籍，书名为《经营战略》，照着书上的格式，花了差不多三天的时间边看边模仿写成了一份，樱子昨晚也花了一个晚上帮忙做了修改。

现在，坐在桌子另一头的伊形正在默默地阅览这份企划书。每翻动一页纸张发出的干燥声响，都让优衣紧张到以为自己被否定了，不过到头来，伊形居然不发一语地看到最后。

"确实……"

"砰"的一声，伊形将企划书放到桌上，视线转向墙壁，用大拇指和食指按压着额头，稍作思考。

"类似这种轻食销售，或许公司里真的有需求。"

在撰写这份企划书之前，优衣先在公司里做了一次问卷调查。

她只提了四个简单的问题。

第一个问题是："你是否曾因为加班而饿肚子？"针对这个问题有三个选项可供选择："1. 每次都是；2. 偶尔是；3. 几乎没有。"第二个问题是基于"上一个问题选择了1或2"的条件提出的疑问："当你肚子饿的时候，会怎么办？"同样有三个选项："1. 到外面就餐；2. 忍着；3. 其他。"第三个问题是："如果公司里设置了简便的轻食销售，你会选择购买吗？"第四个问题是："如果设置了公司内部销售，你觉得能提高工作效率吗？"这个问题也附有三个选项："1. 能提高；2. 不能提高也不会降低效率；3. 不能提高。"

在以樱子为首的几位女同事的帮助下，优衣收集到五十份参考问卷。依樱子的说法，"以这个数量来说，也不好判断是够还是不够，不过总比一份都没有强。"基于她这个意见，优衣把这些内容也附在了企划书中。

虽然调查问卷是不记名形式，但只要分析那些回答就能得知，东京建电的大部分员工都认为"每次都会因为加班而饿着肚子，虽然现阶段是靠外出就餐或忍耐来解决，不过若是公司里设置了轻食销售则会选择购买，而且觉得能够提高工作效率"。

当然，这些问卷中，优衣没有添加一丝一毫的人为操作，完完全全是一份公平的结果。伊形那个反应，确确实实表明他认可这份调查问卷所反映的公司内部的实情。

"好吧。这份企划书就作为环境会议的提案，我会把它提交给相关部门，虽然不知道上面会如何回应。在此期间你可以先去找找销售甜甜圈的实际可操作性。这样可以吧？"

"当然可以。谢谢您。"

优衣鞠了一躬之后便从伊形跟前离开。第一堵高墙总算是闯关成功了。

"伊形先生那边能够放行,算是很好了。"

在人事部的面谈结果,用不着等优衣汇报樱子也能知道。现在的时间是七点刚过,樱子约她在丸之内的咖啡厅里碰面,在那里随便吃个晚餐,顺便讨论今后的事情。

"多亏你的帮忙,总算过了一关。"

优衣垂下脑袋,行礼道谢,樱子却口气冷淡地看着她:"不过,毕竟伊形先生比较善良,应该也看得出你费尽心力写出了那份企划书。以他的性格,应该不会让你的劳动成果卡在自己这一关吧。说到底,他也是环境会议的领导。我觉得,接下来的才是问题。"

"是指河上部长吗?"

优衣从没跟人事部部长河上先生直接说过话,只记得他总是板着脸,仿佛时时刻刻都不甚愉快。她最不擅长应对的就是这一类人。

"部长确实是一个问题。不过,他是一个风向标。他总是能敏感地察觉其他管理者的想法,占据有利先机。相比自己的意见,他更看重周围众人的反应。对于销售甜甜圈这件事,河上部长会采取哪一种立场,完全是一个看不透的黑箱。不过,我觉得部长那边还算简单了,只要他觉得这件事跟自己没什么关系,应该会干脆利落地盖章吧。这份企划的真正敌人，是其他人。"

优衣的表情变得僵硬起来。樱子意味深长盯住她的眼睛，说道："——我指的是财务部。只要那边不放行，这个企划就绝对实现不了。"

跟伊形的面谈大获成功，让优衣有些得意，结果被樱子逼着想起了东京建电的现实。这个老派的男尊社会，刻板的组织。有闲情抱怨的话不如闭上嘴巴好好干活——这条不成文的规定仿佛时时刻刻都垂挂在办公室的天花板周围——而这就是这家公司的常态。

"你觉得，我该怎么做才好？"

听优衣这么问，樱子的回答非常清晰明确。

"哪怕早一刻也好，尽快找到卖甜甜圈的店家，巩固那个企划。财务部最讨厌麻烦事，而且在他们的脑子里，世间万物都可以换算成金钱。就算卖甜甜圈这件事实际上花不了几个钱，万一这件事需要找个人来管理，估计他们也会跑来抱怨浪费一笔劳务费。关于这个问题，你必须驳倒他们。"

"驳倒？怎么驳？"

樱子望向优衣，眼睛仿佛人偶一般深不见底，看着有些恐怖。再过十年，樱子肯定也能成为东京建电一名掌管要务的女高层吧。

"要怎么驳倒应该是你去动脑子思考的工作。为了达成你制定的那个企划，你必须变得强大。现在是你承受考验的时刻，考验你到底有多强大的决心，就算没有一个人帮助你，也会努力让大家吃上甜甜圈。"

樱子说得没错。

而且，这也是一块卜算自己往后人生的试金石。

从另一个层面来讲，樱子的话中包含了一个关键，解开了优衣原先感受到的那个咒语的束缚。

"努力让大家吃上甜甜圈——"

没错，这场战斗不仅仅是为了她自己。她是为了大家而战。优衣的这个企划，能够让东京建电的员工们感到愉悦，所以，她的努力是有意义的、有价值的。她也有勇气去做了。

我要找到愿意协助完成甜甜圈无人销售模式的店家，巩固这个企划。优衣原本是这么打算的，但在几天之后，她遇到了三云英太。

8

傍晚，市中心难得下了一场雷阵雨。拜其所赐，当优衣做完工作走出公司时，大手町附近的街道都已经湿透了。优衣不由自主地停下了脚步。她看到乌云几乎填满了半个天空，但从云团的缝隙间投射出几道光束，形成一个美到令人窒息的造型。

一时之间，优衣看得有些入迷了，不过停在路边的一辆厢型车还是引起了她的注目。

那辆车上画着面包的花样，车身的下半部分是深红色的涂装。这辆老旧的大众车就这么在路边停下，一个男人刚好从驾驶席下了车，就着阳光眯起眼睛观察天空的模样。

估计他觉得不会再下雨了吧,便打开了改造过的仓门式后车门,车里装着好几个装着各个品种面包的透明塑料箱。这个高个儿男人用骨节分明的手指摁下车顶的开关,"啪"的一声,电灯亮了,一排排面包显得格外惹眼。

优衣仿佛被吸引了一般渐渐靠近,她盯着陈列箱,想找一找里面有没有甜甜圈。

没有吗?

"欢迎光临。"

不知从哪儿传出一个男人的嗓音,听着好像是从陈列箱后面迂回过来的。优衣点头回应了那声招呼,再次朝陈列着蜜瓜面包、巧克力面包和三明治的箱子确认了一下,才开口问道:

"请问,没有甜甜圈吗?"

"抱歉。卖完了。"

男人的回答完全听不出抱歉的意思。仔细一看,他长着一张长脸,眉毛还呈八字形。"不过,其他品种的面包也很好吃。要不要买去试试?"

这句若无其事的推销,听着倒是挺诚实,让人心生好感。

"这些都是你自己做的吗?"

或许是因为没什么顾客会这么问吧,男人感到有些意外,瞪大了眼睛,然后说道:"是的。"

"甜甜圈也是?"

"当然了。那是最受欢迎的。虽然自己这么说有点王婆卖瓜,不过我家的甜甜圈真的很好吃哟。"

"你经常在这里卖吗?"

优衣询问道。这条通向地铁入口的路她每天都会经过，却不记得见过这辆卖面包的厢型车。

"不，平常我是在离这儿两个路口的街上卖。今天那里变成了施工区，所以才转移到这边来。您是这附近的人吗？"

这回轮到男人发问了。

"我在拐角那栋楼的公司上班。"

优衣指着东京建电入驻的那栋大楼，刚好就在对面看得见的地方。接着她又赶紧打开皮包，递出一张名片。"其实，我是做这个的。"虽说职位是办事员，不过营业部的女员工偶尔也需要接待客户，所以都备着名片。如果有其他顾客在场，或许会妨碍对方做生意，不过幸好，现在这里除了优衣，并没有其他客人。

"事实上，我们公司现在有个企划，打算做甜甜圈的无人销售模式。请问你对这个有兴趣吗？"

"甜甜圈……无人销售模式？"

男人好像第一次听到这样的单词，轻声低语地重复了一遍。"这个，我得稍微问几句才能决定……啊，我也有名片。不好意思，从这个地方递给你。"

男人说完，从副驾驶席上的一个袋子里抽出一张名片，越过陈列箱递了过来。

三云面包房　三云英太

英太说，他就是开着小货车载着自己烤制的面包，在商业区做着路边摊的买卖。

"我想大概七点半左右就能收摊了。"

在英太约定的那个时间到来之前,优衣都在附近大楼的咖啡厅里打发时间。她拿出企划书,绞尽脑汁思考怎么才能说服英太。在此之前,优衣已经拜访了十多家面包房或咖啡厅,在讲述自己这个构想的同时,她也渐渐明白了这个企划的弱点。

无人销售,不认购,还有卫生方面等等的环境问题——

一开始,优衣都尽量低调地描述这些问题,避免让人听起来觉得很夸张。否则,在双方得以进入认真讨论之前,就有可能吃个闭门羹。

但是,跑了好几家店之后,她觉得这个想法本身或许是错误的。

为了实现那个企划,是不是不应该把麻烦的事情抛诸脑后,而是一开始就认认真真地解释清楚呢?与其到时候才发现问题,倒不如从一开始就认识到那些问题,并且针对那些问题,争取对方的理解,然后事先便商量好必要的对策。她总觉得,如果不这么做,就算企划得以实现,也会很快就遇到挫折而停滞。

这样既不符合优衣的宗旨,也对不起同意协助这个企划的店家。即便这门生意不大,但既然要做这笔买卖,构建信赖关系的第一步应该是打从一开始就没有任何隐瞒地说明所有情况,否则在今后遇到麻烦的状况时,可能就熬不过去了。

优衣刚这么想,又意识到一件事——归根结底,这根本不是要不要说服这个层次的问题了。

"这是一门生意啊。"优衣对着自己这么说。

既然是做生意,就必须是双方共赢。甜甜圈无人销售模式的企划,对于提供甜甜圈的对方来说,也必须是一件"好事"才行。

优衣坐在看得见街道的桌边,约定的时间才刚过,就看到一个高个子男人朝她这边走来。

是英太。

他脱下了围裙,身上的牛仔裤和运动鞋似乎穿了很久,还有带花纹的T恤,这副装扮在商业区看起来有些轻佻了。

英太在看得见咖啡厅客用座位的地方停下脚步,窥探店里的情况,似乎在找优衣的位置。优衣举起了手,对方点了一下头,暂时消失在她的视野中,接着又从大楼内部某个入口走了进来。

"您好,让您久等了。"

见英太快步走过来,优衣也站起来鞠了一躬,说道:

"不好意思,让你百忙之中还跑一趟。那边的工作已经忙完了吗?"

"嗯嗯。反正这个时段继续摆摊也卖不了多少。"

听他的口气,看来是留了一些剩货吧。优衣内心想象了一下。

"这样啊。让你这么辛苦奔波,真的很抱歉。时间方面没问题吗?"

"我把车开到地下停车场了。"英太回道,瞥了一眼手表,"聊个三十分钟,应该没问题。"

优衣当真对英太的工作萌生了些许兴致,很想向他打听各种情况,不过他的空闲时间似乎并不多。所以优衣决定尽快说明一下自己的企划。

"您说的情况我大致听明白了。"英太听完之后,双手交叉在胸前说道,"那么,贵公司内部已经正式敲定这个企划了吗?"

"这个,还没决定……"优衣回答,"现在刚通过第一阶段,不过为了接下来能得到领导的认可,我想先确定提供甜甜圈的店家,巩固一下企划。"

"之前找其他店家谈过了吗?"

被英太一问,优衣也只能老老实实地坦白回答:"是的。基本上都被拒绝了。他们指出了各种问题,例如无人销售的模式,还有不包销什么的。"

"嗯,这也难怪他们啦。"英太点点头,"这些方面对我来说也是问题啊。不过,我想想看……"

服务员端来了冰咖啡。英太一边啜饮,一边再度翻阅那份企划书。"如果一天能卖三十个,这笔买卖也不是不能做吧。"

"真的吗?"

对方这个出乎意料的反应,让优衣不由得抬起了头。

"如你所见,我做的是小本生意。我自己销售的话,能卖多少个是心里有数的,如果这笔买卖有可能做成,我觉得试着挑战一下也挺好。而且,我做的是移动销售,所以上门到贵公司补货或者收钱也没那么费工夫。原本我就是在这附近卖,路线也一致。感觉还不错。"

"那么，一切就拜托你了。"

优衣说道，高兴得几乎哭出来。

"我会尽力满足三云先生的要求。"

"如果你现在方便，要不要研究一下？"

"当然好呀。"

优衣说道，随后又略带担心地询问："不过，三云先生有时间吗？"三十分钟早已过去，现在都快超出一个小时了。

"请不用在意。既然要投资新事业，这点时间不算什么的。"

说完，英太便开始模拟甜甜圈销售的实际操作性，同时探索优衣那份企划书得以实现的可能性。

9

"嚯，开流动式面包房的自由职业者啊。"

第二天，樱子相约一起吃午饭，优衣便把英太的情况告诉了她。

英太原本是一个在IT企业工作的上班族，公司里杀气腾腾的氛围和单调的虚拟工作耗损了他的心力。由于疲于应对这种生活，他便向公司辞了职，之后心血来潮，跨行业当了一名面包师傅。

"听说他原本打算开个面包店，但因为店铺租金和设备配套要花很多钱，就买了一辆二手的厢型车，开始了现在这份工作。"

昨天在研究企划可行性的空档时间里，优衣听英太说了这些情况，现在又原封不动地转告给樱子。

"如果靠一辆厢型车也能卖，就不需要场地的费用了，单靠自己一个人也做得起来。因为他想在现实的世界里做一种看得见摸得着的买卖，从这个层面来看也挺有意义的。不过差不多做了一年之后，他又开始思考能不能通过某种形式来扩展业务。"

不知不觉中，优衣换了一种口吻，就好像她是英太的代言人。

"原来如此。"

樱子似乎信服了，她问道："你运气真不错呢。居然能找到这种人。然后呢？你打算以什么形式去做？不是一起探讨过那个企划了吗？"

"至于这个嘛——"优衣说起与英太讨论的那些内容，"首先，甜甜圈的价格我原本是想定为一百五十日元，但他说定为两百日元。三云先生自己卖的甜甜圈价格在一百五十到两百五十日元之间，如果是无人销售，最好不要定一个不上不下的价格，所以定价就取个整数。相对的，品种可以增加巧克力口味和肉桂口味，显得比较多样化。"

英太在IT企业的时候也曾参与过制定企划，所以一旦开始讨论，就源源不断地拓展了好几个建议，例如甜甜圈要怎么陈设，收钱箱要怎么设置。他还提议为了知道顾客的反馈意见，希望能做一次问卷调查。

与英太聊天，让优衣很高兴。原来谈生意是一件这么快乐的事，连她自己都感到吃惊。他们聊了将近两个小时，即便回到家之后，优衣还是很兴奋，整个脑袋都被甜甜圈销售的事情占据，根本静不下心来做其他事情。

为了实现这个企划，优衣好不容易才找到这个一拍即合的对象。英太不是樱子那样的评论家，以生意搭档来形容他会更合适。

"这算是袖珍型买卖吧。"昨晚，当他们都变得不再拘谨的时候，英太就说了，"我的生意很小，但是这个无人销售的生意更小。不过，我觉得所谓做生意，说到底就是从小慢慢做到大。"

他说得真的很对呢——优衣这么想。

"你觉得怎么样？"

优衣说完所有情况之后，战战兢兢地询问那位对生意很严谨的闺蜜。

"以你的能力来说，算是做得很好了。"

樱子的回答很干脆，甚至让人觉得有些扫兴。"正式的企划书应该可以用那些来写了吧。剩下的就看你怎么闯过公司内部的难关了。"

10

几天之后，优衣品尝到英太做的甜甜圈。

傍晚五点半刚过，优衣过去一看，就见英太如前几天一样打开仓门，做着路边摊的生意。应对完前面几位顾客之后，英太看见优衣，露出无忧无虑的笑容开口道：

"前几天谢谢你了。"

"这句话该我来说呢,非常感谢你。"

优衣规矩地行了一礼,随后发现陈列箱里并排摆放着面包和三明治,中间还有一些甜甜圈,不由得窥探了几眼。

有原味、巧克力、肉桂和杂果四种口味,优衣各买了一个,然后当场尝试了肉桂口味的。新来的顾客朝站在路边吃东西的优衣瞥了一眼,那表情就像看到什么稀罕事,可是这也算是她的工作啊。

"怎么样?"

英太把那位顾客买的面包递出去之后,略带客气地问道。

"非常好吃。"

优衣怪自己没能说出更漂亮的赞美之词,不过她也实在想不出除此之外的话了。就是一个想法,好吃。有点脆口又有点黏糯,还有在嘴里层层漫开的味道。英太肯定非常喜欢甜甜圈吧,所以才能做出这么美味的口感。要是能每天都吃到这种甜甜圈,该有多幸福。

优衣整理了一份详细的企划书,并提交给人事部的伊形——这是在她品尝过甜甜圈之后的第二天。

根据樱子提供的消息,伊形只是把前几天提交的那份企划书的概要部分替换了一下,当天就把它转交给了人事部部长河上。

"部长批准了。"又过了一天的上午,优衣接到了樱子的电话,"企划书在上交到董事会之前,还要给财务部检查一下。终于来到这一步了。"

"我知道了。"优衣说完便放下了听筒。到了那天下午,那个老大难的财务部立刻就给她打了电话。

优衣确实有一种不太妙的预感,总觉得,事情没那么顺利,感觉会发生一些什么情况……

下午四点刚过,优衣来到财务部,知道自己的预感应验了。她在小型会议室里等了几分钟,就看到财务课长和课长代理一起走了进来。

课长加茂田久司,他的挑剔在公司里是众所周知的,总的来说就是一个让人觉得不好应付的人。优衣所属的营业部门被他推翻的企划不计其数,更有甚者,申请应酬经费却不予批复,不少同事因此而哭号连天。这么一位营业部门的强敌,现在化身为挡在优衣一个人面前的高墙,板起面孔坐着。

另外,加茂田旁边那位一脸假正经的就是课长代理新田雄介——就是与优衣搞外遇的那个男人。

"关于你的企划书,做这种事有什么意义吗?"

开口第一句话,加茂田的"嘴炮"就开始了。不分青红皂白地抛出各种否定的话,这是加茂田的做派。

"因为饿着肚子加班会影响工作效率,拖到很晚才能吃饭,这样对身体来说也不是很健康。之前我做了问卷调查,很多员工都赞同这个企划。"

那份问卷调查,也附加在企划书里面了。

"哦哦,是这个吧。"

加茂田取下回形针,对问卷调查只瞄了一眼,便丢到桌子上。"要是听从所有员工的要求,那事情就没完没了了。问题的关键在于,这件事是不是真的有利于公司。你的企划书里虽然写着员工肚子饿会降低工作效率,但实际上真是这样的吗?就算真的降低效率,又能降低多少呢?即便不专门弄个甜甜圈内部销售,想吃的人自己去买不就行了吗?"

"我觉得您这么说是不对的。"

面对咄咄逼人的加茂田,优衣勉强试着反抗。由于紧张,她的声音就像卡在喉咙里,但她说出口的话语听起来那么正气凛然,连她自己都大吃一惊。

"哪里不对?"

说出这句话的人不是加茂田,而是待在旁边的新田。或许是因为当着课长的面吧,他的视线相当冷漠,曾经对着优衣展现的爱意,如今一丁点儿也感觉不到了。

"这个甜甜圈真的非常好吃,并不是在外面随意能买到的。重要的是,这种好吃得不得了的甜甜圈能摆在公司里卖,而且只要花两百日元就能随时且自由地购买。"

"听不懂你在讲什么。"加茂田说,"这个问题自己花点工夫就可以解决吧。这么做不是浪费吗?"

"不是浪费。我觉得这是充实职场必不可少的一件事。因为,在公司里可以随时品尝到好吃的甜甜圈,您不觉得这样的公司很棒吗?"

优衣说完,加茂田低下头,用右手使劲挠了挠后脑勺的位置。

"我说你这个人,问题并不在这里。"

你这个人——新田这么称呼她,态度如此冷漠,视线也是居高临下。确实,从财务部精英的角度来看,优衣就是一个微不足道的人。这么一个微不足道的人,提出了一个前所未有的企划。站在财务部的立场,这个主意尽是些麻烦事。

"那么,请问是什么问题?"

新田的反应让优衣怒火中烧,忍不住用僵硬的声音开口问道。

"刚刚说过了——"新田代替不乐意再说话的上司,开始解释道,"这个企划,看不出有经营性质的必要性。我们说的问题就是这个。"

"什么是经营性质的必要性?"

优衣想也不想就发问了。其实她想说的是——正因为你们总是把这种事情挂在嘴上,不管再过多久,公司还是这么冷漠刻板。

"当然是,尽最大可能地实现股东的利益——"

"你的意思是,为此可以拿员工来做牺牲品吗?"

如果不是还差一个多月就要离职,她应该不会用这种方式说话吧。或者说,如果对方不是新田。

"我也没说要让员工做牺牲品啊。"新田说道,口气有点吓呆了,"大家都是这么过来的。如果你对这一点感到不满,为什么之前一直没提意见?"

"因为之前大家都没有那个意识。"优衣说,"现在大家都意识到自己有办法让这个职场环境变得更好。或许这只是一件小事,但若是大家的内心变得丰富,说不定多多少少会喜欢上这个公司。你说的那个经营性质的必要性,老实说,太复杂了，我听不懂，但是那些不能以数字或金钱表示的事情，也是非常重要的吧？"

"你这人，凭着感情用事的想法来提出企划，我们也很难做啊。"

面对激动的优衣，加茂田的谴责仿佛冰块一般。

"我不是感情用事，之前也做过调查问卷了。"

加茂田默默地往那份调查问卷瞥了一眼，嗤笑道："这种东西……公司可不是学校里那种闹着玩的社团。还有啊，我们公司可是隶属索尼克的、正派的中坚制造商企业，合作的对象也得好好甄选才行。但是你看看，这个面包店是什么玩意儿？创业一年？你打算让这种来历不明的家伙进入我们公司吗？"

"光凭那些资料就下判断，您不觉得不妥吗？"优衣努力地做出反驳，"或许合作对象是普通公司也不错，不过三云先生好歹是单凭一己之力做面包的专业人士。虽然刚做了一年自由职业，但是他做的甜甜圈非常好吃。他非常努力，也非常诚实，是值得信赖的人。"

"你似乎对他很执着，但那个人也不过辞了职刚成为面包师傅，对吧？从生意的角度来看，那种人是最危险的。保不齐哪一天会连人带甜甜圈消失得无影无踪。"

优衣之前一直忍受着新田，却被这句话点燃了怒火。

"你有资格这么说吗？"优衣禁不住对着新田放言道，"你有人家那么诚实做人吗？"

加茂田一脸不可思议地望向新田。新田则被吓得收起下巴，望着优衣，什么话也说不出来。

11

"你说清楚不就好了吗？"樱子皱了皱鼻子，有点使坏地说道，"为什么不说呢？反正都要辞职了，就拉上他给你作伴嘛。"

"看到那个人的慌张模样，总觉得他挺可怜的。"

见优衣神情恍惚地望着窗外，樱子一副"这女人没救了"的表情，重重地叹了一口气。

她们现在就坐在公司附近的一家意大利餐厅，从窗口望去，可以看到商业区街道上来去匆匆的人们。

"你该不会还在留恋那个男人吧？说到底，你充其量只是那家伙的精神镇定剂罢了。你要是继续扮演一个忍气吞声随传随到的女人，他就会一直厚颜无耻地持续那种关系了。"

这三年来，新田总是跟优衣说，总有一天会跟妻子离婚，然后跟优衣结婚。然而，这个"总有一天"总是被他用各种理由拖延了。什么孩子还小办手续麻烦啦，孩子想进私立幼儿园必须父母双全啦，现在是他拼事业的重要时刻啦——那些话，优衣都相信了。她相信新田。

"因为找不到借口了，就把优衣甩掉。那家伙就是这种货色。"

"或许吧。"

优衣呆呆地回应了一句。

优衣的脑中交替浮现出一派精英模样的新田和被她说得一脸狼狈的新田，她试图抛开这一切，却还是无能为力。

"看来你的伤口还很深呢。"

发现优衣不知不觉中板起面孔地盯着酒杯,樱子一脸无奈地如是说道。

"对了,那个企划怎么样了?"

"不知道。"优衣老实地回答,"不过看那个情况,可能希望渺茫了。"

"命途多舛吧?"樱子说,"你已经很努力了。只不过,对手是财务部那两个人,还是有点难搞呢。不过说实话,经过这件事,我对你刮目相看了。你做得很好哦。"

"你说什么呢,樱子?"优衣开口道,"不要随随便便给这件事画上句号好吗?我还没放弃呢。"

12

"哦,甜甜圈?是谁送来的慰问品吗?"

看到秘书送来的东西跟平日不同,副社长村西京助从文件中抬起头,表情有些意外。

下午三点过后,如果他待在办公室,秘书总会贴心地泡上一杯咖啡,不过很少附上茶点之类的。

"营业四课的滨本小姐在宣传这个。"

"宣传?"

村西一边伸手去拿甜甜圈,空着的另一只手则接过秘书递来的宣传单开始阅读。

——好吃的甜甜圈!提议设置甜甜圈无人销售区!

"噢?"

村西抬起头,秘书见状便开始解释:"这是环境会议上的提案,现在企划书已经提交上来了。"

"企划书?没看到啊?在哪儿呢?"

秘书歪着脑袋表示困惑:"我去查看一下。"

"另外——"秘书正在迈步,就被村西叫住了,"这个甜甜圈,我想买一些回去给家人吃,顺便去问问这是在哪儿买的。"

13

没过多久,优衣提交的那份企划书便得到了董事会的批准。

距她在环境会议上提议这件事后过了三个星期,无人销售的甜甜圈就装进塑料箱——箱子是英太找熟人定制的——摆放在了三楼办公区的公共走廊。

甜甜圈的定价是两百日元,有原味、巧克力、肉桂三种口味,每天下午三点之前,英太在附近卖完午餐面包之后就会过来换上一批新鲜的甜甜圈,回收钱箱。

一开始那几天,甜甜圈稍微备多了一些,一共五十个,出于好奇心理,很快就都卖完了。因为在公司内备受好评,第二天又多备了二十个,也差不多都卖完了。

这个开端超乎了优衣的想象。

不过,考虑到甜甜圈的销量总有一天会固定下来,优衣花了好几天摸索适当的预估量,最后决定目前的数量定为六十个。此时已经是九月份下旬,距优衣离职的日子还有两个星期。连着好几天参加了朋友办的欢送会,让她开始有些疲惫了。

那一天，同期进公司的同事也给优衣办了一场欢送会。当她走出丸之内的那家居酒屋时，已经是晚上九点多了。

优衣站在外头等着其他人出来，就在这时，她发现手提包里的手机在振动。

优衣翻开手机，犹豫着要不要接——这通电话是新田打来的。

犹豫了一小会儿之后，优衣摁下了通话键。

"能不能见一面？你今天去参加欢送会了吧？等你那边完了再约也行，我想为之前的事情道个歉。我们，能不能重新来过？"

朋友们都喝得有些醉意了，新田的声音差点就被他们欢闹的谈话声掩盖，但听起来相当认真。

"优衣，我们去卡拉OK吧，唱歌去！"

樱子招呼道，也不管优衣正在通电话。优衣一边点头，一边说了一声"我这边还没完"，就单方面挂了电话。

"怎么了？"

优衣是那种什么情绪都摆在脸上的人。听她说完电话的内容，樱子便横眉瞪眼，口气严厉地说道："不行！你不能去！肯定又是跟他老婆吵架了。而且，他或许觉得优衣离开公司之后，见面就更方便了。你可绝对不能纵容他啊。"

"你说的没错……"

优衣这么说。过了大概五分钟，她的手机传来振动，这次是邮件。

——我在学艺大学站前那家常去的酒吧等你。我会一直等你。

优衣进入那家店的时候，已经是接到电话的两个小时之后。本来以为新田早就回去了，结果一看，他还在那里，真的在等着优衣的出现。

优衣默默地坐到他旁边，点了一杯可乐。

"对不起，优衣。"

新田似乎就点了一杯水酒一直坐到现在，优衣刚在旁边坐下，他就开始道歉。

"我没有你还是不行。我需要你。我们能不能重来一次？我一定会努力让我们在一起的。"

新田仿佛要让别人听到似的一字一句地说道，两眼盯着优衣的眼睛。

"再给我一次机会，求你了。我希望你离开公司之后，还能继续跟我来往。我只有你了。"

明明之前说分手的时候那么冷冰冰，事到如今还说这些做什么——这个想法在优衣的胸口搅起旋涡，然而——

此时此刻的新田却泪眼婆娑地向优衣恳求复合。

这算什么。

优衣不知道该作何反应，陷入了沉默。

"你不用马上给我回复。"新田说，"你辞了工作，我想接下来也会不好过。我想帮你，想拉你一把。我想和你一起生活。所以——你能不能再考虑一下我的话？"

"你想说的，就是这些吗？"

优衣好不容易抑制住摇摆不定的心情。她想起在财务部那场冷漠无情的面谈，搞不清哪一个才是新田真正的模样。

"我再说最后一句。今后我想活得坦荡。我不会再糊弄你了。所以，相信我吧。"

"你冷不防地这么说，我也……"优衣的心动摇得厉害，"让我考虑一下。"她说了这么一句，把送上来的可乐喝掉一半，然后独自走出了那家店。

14

与新田见面的事，优衣没有告诉樱子。

要是说了，只会被樱子骂一句优柔寡断。明明之前吃了那么多苦，被人家说几句甜言蜜语就立刻犯糊涂了。对于这样的自己，优衣也感到很无奈。

不过，"我想活得坦荡"——新田的这句话紧紧地贴在优衣的心上，甩都甩不开。当时新田的眼神，有一种从未见过的认真。

"目前每天能保证一万日元的营业额就不错了，不过卖了二十天，应该也有些问题了。"

此时优衣正在和英太开碰头会。这句出人意料的话，让她赶紧从胡思乱想的思绪中抽身出来，将注意力转向英太那边。

"你看看这个。"

英太摊开一份一览表，上面记录着每日进货量、销售数量和营业额，每一天都记着三种甜甜圈各卖了多少。资料里有着做过各种分析的痕迹，对于曾经在IT企业经营企划领域待过的英太来说,这种资料分析的工作应该和制作面包一样,都是他的拿手好戏吧。

"从这份表可以看出,繁忙的日子比平日卖得更多。像这种日子,肯定很多人要加班吧。"英太这么说道。

"然后,贵公司的繁忙期都集中在每个月的下旬,所以我觉得接下来在每个月的下旬可以多准备一些。另外,下雨的时候销量也会稍微多一些,应该是有些人买甜甜圈来充当午餐吧。看来这个也得当作一个变动因素加入考虑才行。再来就是,原味、巧克力、肉桂这三种口味的销售倾向也搞清楚了,所以不用三种口味都平均备货,我决定巧克力和肉桂的多备一些。而且,我觉得这三种就当作固定品种,接下来可以每天多加一种新口味。还有,统一标价的做法,我觉得可以保持不变。"

"这样挺好的。"

优衣说道。现在的他们完全意气相投,与英太也能像朋友一样地进行商量。"那么,你说的问题是什么?"

听到优衣的询问,英太皱起眉头看着她。

"事实上,销售的数量和实际的营业额对不上数。"

优衣惊讶地抬起头,完全意料不到会听到这种话。

"你是说,有人吃了甜甜圈,却没有付钱?差了多少数?"

"差不多每隔几天会差一两个。你看,这些是不足的金额。顺带一提,目前还没有哪一天收到的钱是多的。"

英太指着资料旁边的一个金额。"我现在烦恼的就是,无人销售的模式是不是无法避免这种风险。"

"这可不行啊。"优衣斩钉截铁地说,"对不上数就是对不上数,即便只是两百日元,不付钱就是不行。要是允许这种行为,无人销售的模式就会立不住脚了。给你添麻烦了,缺的那部分我来赔。接下来我会张贴标语,告知所有人不要再有这种行为。对不起。"

见优衣低下头赔礼,英太说:"赔偿就算啦。你有这份心我就很高兴了。"

"而且我想,要是靠通知大家就能解决,那也不会成为问题。我猜,拿了甜甜圈不付钱的,会不会是同一个人?"

优衣没想到他会这么说。"你觉得有人会昨天付了钱今天却不付吗?没有吧。付钱的人就会一直付,而不付的人当然也会一直不付。我觉得就是这么回事。"

确实,或许他说得没错——优衣心里这么想。

"也就是说,不付钱的肯定是同一个人。就算你贴了标语,这一点也不会改变。那种人,只要没人盯着,就会一直不付钱。因为他根本就不打算付。"

"那么,我该怎么做才好呢?"优衣问道,"难道就让那个人一直免费吃甜甜圈?"

"我可没办法去挖出那个犯人。总不能一直在那里盯梢。"英太说道,"不过我还是有些在意,所以这一个星期,我每天上午和下午都跑去看了看情况。下午收到的钱和卖出的数量是一致的。也就是说,买甜甜圈充当午餐的人没有耍花样。问题可能出在,某些在加班小憩的时候去买了甜甜圈吃的人身上。我也不是没想办法,就这么放任不管。我看了很多书,也做了尝试。例如在甜甜圈的塑料箱子上贴一个画着大眼睛的徽章，这就是其中一个方法。"

优衣不由得点了点头。难怪某天她过去看看情况的时候，看到箱子上贴着那个，当时还觉得不可思议，不知道是什么意思。

"我听说过其他无人销售的事例，比起贴警示标语，贴这种画着人眼的图案会更有效果。据说那样更有心理警告的作用。所以我试着做了那个，结果也没什么成效。看来这种玩意儿对那个犯人来说没什么用处。"

对于能够实现甜甜圈的无人销售这件事，优衣倒是已经心满意足了，而英太还在背后承担着问题，并且绞尽脑汁思考怎么解决那些问题。

"对不起。"优衣道歉道，"我完全不知道居然发生了这种事。我没头没脑的，只知道沉浸在每天都能吃到甜甜圈的成就感里。"

"你不用这样。"英太说道，"我作为店家，这些事应该是我去思考的。"

"这样的话，我的心会很不安。"优衣说，"我只剩一点点时间了。我会试着在公司里群发邮件，让那个人乖乖付钱。"

"这个嘛，如果这么做他就肯付钱，我倒是谢天谢地。"

英太这么说着，视线再次落到手边的资料上，然后说了一句："星期三。"

"什么意思？"

"每个星期三，钱的数目总会少。我试着做了一些这样的统计，发现挺有趣的，可以渐渐预料到那个不付钱的人的行为模式。虽然其他天也会少钱，但星期三是固定的。"

"明天就是离职的日子了,还这么拼啊。"

"这是我最后一次为公司效劳。"

优衣刚说完,樱子便用力地发出一声叹息:"算了,你就做到自己满意为止吧。"

星期三下午六点刚过,两人潜伏在走廊边上的一个仓库里。仓库里摆放了很多堆积着发票的架子,仓库门缝里可以看到放着甜甜圈的塑料箱。

确实,这是她在东京建电里当OL的最后一天,却像个侦探似的在这里搜寻吃霸王餐的人,简直滑稽。与英太谈过之后的第二天,优衣就在公司里群发了一封邮件,告知大家"吃饭要付钱"这么一个理所当然的规则,也贴了警示的标语。

然而,当天晚上就发生了买甜甜圈未付钱的情况,仿佛在嘲笑优衣的努力一般。

优衣经由英太的报告得知这个情况,那么她只剩一条路了——就是直接揪出这个犯人。她知道用这种方式来锁定犯人并不是最好的,就算找出了犯人,她也不打算在公司里曝光。她只拜托那个人改过,并且让他付清之前未付的那些钱。

虽然这个对策很顾大局,但是优衣也知道,对于这种吃饭不付钱的犯人,她会轻视到底。

"你到底打算等到什么时候?"

过了差不多两个小时,在仓库里看书的樱子这么问道。

在这两个小时里,来买甜甜圈的人有十个。每次听到脚步声,优衣就悄悄打开门,提心吊胆地看着购买者把手探进塑料箱，拿出甜甜圈，再把钱投入钱箱。就目前的情况来看，还没发现那个行为不当的人。

现在又有一个员工来买甜甜圈了，正好看到那人把一个硬币丢进钱箱。听到脚步渐渐远去，樱子再次埋头于看到一半的文库本。

优衣在窗边的架子上坐下，眼下没什么事情可做，她开始回想和新田之间的那些事。

——我们，能不能重来一次？

实现甜甜圈销售之后，优衣准备开始踏上人生的全新道路，但自那天以来，她的脑子里总是不断回旋着他在酒吧里说的那句话。

为什么事到如今他还说这种话？每当优衣想到这个问题，就会思考他真的想重新来过吗？然后心中又掺杂些许期望，连她自己都不知道该作何判断，不知道该怎么办才好。

与新田断绝关系，正是她试图踏上第二段人生的契机。要是这一点变了卦，心情也会变得如希望落空一般空落落的。

优衣在独居的公寓里，左思右想自己离职之后该做些什么，渐渐地，她心里开始没底了。在这种时候，她难免渴望有个人能和她一起商量，不管是谁都好。她终究还是没有联络新田，虽然心中没有很清楚的意识，但优衣觉得自己或许也有一些身为女人的自尊。总该有些事情是从合情合理出发的。

"优衣，今后你有什么打算？"

就在这时，樱子突然出声，把优衣从思绪的迷宫里拉回了现实。樱子不知什么时候合上了书，表情非常严肃。

"还没决定。反正还有一些时间。或许先到三云先生的面包房打下手吧。"

优衣说出了自己也没料到的一句话。和三云几次碰头之后,做自己喜欢的事是怎么一回事,她也有了一个具体的印象。对于优衣来说,三云就是一个人生道路上的前辈,跟随自己的喜好活着。

"那样或许也不错。"

樱子抛来一句兴致缺缺的回应,然后又补充了一句:"只要你不会后悔、不会犹豫就行。"

"这话怎么说?"

"后悔不该辞职,犹豫要不要跟那个男人破镜重圆之类的。"

优衣凝视着樱子。不管什么时候,樱子这个闺蜜总是能明白优衣心里的迷惘。

樱子这个人可不好糊弄。该怎么回答呢——优衣陷入沉思。就在这时,又有一个脚步声接近了。她立刻侧耳倾听。

"有人来了。"

樱子说道,轻轻打开一条门缝,结果吓了一跳——因为有个人影刚好从门口经过。

一个深蓝色的裤脚进入视野,她们看到那个穿着衬衫的背影走到最里面的塑料箱前面站定。

男人伸长手臂,拿出甜甜圈——拿了两个。

然后,他快步离开。没有付钱。

"该你出场了。"

用不着樱子开口,优衣也明白。

她拉开仓库的门跑了出去，就看到新田站在那里，手里仍拿着甜甜圈。

"咦，你还在加班吗？"

新田说完，然后看向手中的甜甜圈。"要不要吃一个？"他递到优衣面前。

"你胡闹什么。你刚刚没付钱，对吧？"

优衣的话，让新田脸上的笑容消失了。优衣继续说道："我看到了。说起来，星期四董事会上要用的资料，财务部都会在星期三准备好呢。"

"听、听我说，优衣。这是个误会。"

新田试图挤出一个笑容。"我只是，忘了带钱过来。我打算待会儿来付的。别摆出那样的表情啊，我怎么可能不付钱呢。"

新田说着笨拙的借口。优衣冷静地盯着他看，冷静到连自己都感到吃惊。

她知道她不会再迷惘了，之前看到的幻想已经渐渐消逝。

"你总是满口谎言，这样很好玩吗？"

优衣说道，用冰冷的视线一直注视着新田。"要不要我跟公司说说这件事？也说说你和我的事。"

当然了，优衣并不打算这么做。她刚刚只是稍微萌生了一个坏心眼。光凭这样，新田立刻就脸色发青，嘴唇也开始发抖了。

这男人胆子真小。

那副狼狈不堪的模样，击碎了优衣对新田的最后一丁点感情，取而代之的是在她心中不断漫开的明快思绪。

"千万不要这么做,优衣。拜托了,算我求你了。"

新田慌慌张张地深深低下头,朝她投来一个恳求的眼神。见优衣不说话,他甚至打算跪地请求。

"从现在开始,我将开始一段寻找自己真正能够相信的旅程。"

优衣用怜悯的视线面对曾经的恋人。"所以,不要再让我见到你。我对骗子和虚伪没有兴趣——走吧。"

樱子走出仓库,从头到尾地看着。优衣对她说了一声,率先迈出脚步离开了。

东京建电的 OL 生活,只剩一天了。

"真是让人意想不到的'结婚离职'呢。"

优衣把樱子这句话当作耳边风,心里想着"这样就够了"。她再次意识到——为了开拓新的人生,总得舍弃某些事物。

不管未来有怎样的人生在等待着,她再也不会回望过去了。

第四章　财务行业

1

"居然比计划少了七千万日元。这是怎么回事？"

加茂田目光锐利，在他的视线前方，是刚刚当上一课课长的原岛万二。

他们正在开财务核算会议。

在这个会上，他们会汇报每个月的计划和实际业绩并进行商讨，而加茂田的态度堪称病态的严格。

"因为三河电铁原本的那个订单要推迟到下个月之后……"

新田雄介一边听着原岛万般无奈的辩解，一边从自己跟前那一沓堆得像小山一般的核算资料中，抽出营业一课整理的那份销售预算。他"啪啪"地翻着纸张，翻到明细的那一页，迅速递给旁边的加茂田。这个速度是关键，要是晚了就会被加茂田抱怨。

加茂田的脸上有些不高兴，瞥了一眼资料上的公司名称和金额。"既然有可能推迟，为什么不说？"他责备原岛。

"因为在做这份资料的时候，这件事还没确定——"

"我问的是这些吗？"

加茂田态度傲慢，像是要上场打一架似的。对此，原岛没有一丝一毫顶嘴的举动。不，其实他应该是怒不可遏的，但表面还是一副乖乖被训话的态度。

在东京建电，营业是强项，而曾经的财务部是庸庸碌碌的。在加茂田当上课长并开始主持这场核算会议之后，才把财务部拔到现在让人俯首的程度。

与新田如今的立场一样，加茂田也是做了很久的课长代理，一路看着这场会议走过来的。在晋升为课长、自己主持会议之后，他就开始发挥本领，与营业各课的课长周旋。

核算会议非常重要，会对每个月的营业、经费等等数据进行整理统计。财务课负责的是把这些数据整理为一份业绩预算，汇报给董事会。在这个会议上，加茂田追求的是数字的正确性和如何完美地达成已经提交的数字，简直就像一个专制的君主。

在这里，没有一个人敢与这位加茂田拔刀相向。

究其原因——因为加茂田拥有能够准确预判业绩前景的目光。他知道该如何推动或落实公司的业绩，也能抢先一步看透公司整体的情况。正因为有这份能力，加茂田才会被社长宫野一眼相中，在身处课长一职的时候，就被公司内部视为未来的董事候补人选。

然而，很多人不喜欢加茂田。

而新田更是讨厌他。

"业绩下滑了七千万日元，居然还蠢到在会上汇报这件事。你到底当了几年课长？这种事当然要事先汇报一声啊。"

"你有毛病吗？"

在暴怒的加茂田旁边，新田隐去表情，默默地藏起这句真心话。

虽说营业额差了七千万，可事实上，东京建电整体的业绩预算并没有太大变化。在这些琐碎的事情上发火，加茂田这个男人的神经是个什么样的构造，新田真的很难理解。

但是，不管新田怎么困惑，加茂田在这样的日子依旧会贯彻自己的做法。因此，每月第一个星期三下午召开的核算会议，都是加茂田独占舞台，并一直延续到会议结束。

"喂，把今天的资料整理一下给我。"

会议结束后，加茂田命令新田整理核算的数据。下午六点刚过，他就早早地回家了。

"自以为了不起。"

新田一边叹气一边目送这个背影，然后摊开今天参加会议的部门提交的资料，开始挑出上面写着的数字。

一旦开始投入工作，时间很快就过去了。新田按照以往的窍门整理数字，不过当他看到营业一课提交的那份详细资料时，发现了一件让他有些在意的事。

利润率下降了。那是营业一课负责的商品的利润率。

"换了课长，差别就这么大吗？"

新田想起原岛刚刚被加茂田逼到狼狈不堪的表情，陷入思考。

之前担任一课课长的坂户，为职权骚扰一事担责，出于这种令人匪夷所思的原因，他被调了职位。自那之后已经过了半年，当初传闻坂户要离职，但现在仍然留在人事部，上面也没决定要如何处置，一直处于没着落的状态。

新田一开始就很好奇到底发生了什么事，又是出于什么原因才会让情况演变至此。每次看到一课的业绩，他都会怀疑公司或许只是暂时雪藏一下坂户，之后再让他回到课长的位置上。新田一边思考着这些事，一边研究那些数字，结果又发现了另一件事，让他倍感困惑。

"'螺丝六'？"

一课负责整理资料的人提交的那份新供应商名单里，出现了一个曾经和公司有过交易的螺丝制造厂的名字。

他记得，这家制造厂不是因为成本过高被坂本果断拒绝了吗？

而新任课长原岛却让这个合作复活了。

为什么？

社长应该已经在公司里下了号令，主张首要目标是彻底缩减成本。

营业一课的决定实在让人纳闷。

或者，恢复与"螺丝六"之间的交易，其背后有什么原因吧。例如同一家公司提出了价格更低的提案之类的——

新田给一课课长原岛打了一通内线电话。

他把听筒搭在耳边，顺便往墙上的时钟看了一眼，长短针正好指向晚上八点半。本以为对方或许已经离开公司了，结果回铃音只响了一次，原岛便接了。

"我是财务课的新田。我想问问新供应商名单的事，现在方便吗？"

"方便。什么事？"

从原岛的声音可以感觉到他的疲惫。

估计是因为刚才在核算会议上被加茂田榨干了吧。想到这一点,新田的心里竟有一丝痛快。

前几天,他跟原岛因为经费运用的事情闹了矛盾。关于原岛支出的那笔应酬费用是否能视为经费这件事,两人毫不客气地争论了几句。新田认为,应酬一家没有交易业绩的公司所花的费用,应该视为私用,所以将原岛的发票退了回去。

"开什么玩笑!如果连这种费用都不批,我这个营业课长还怎么做下去!你的意思是,经营新客户都得自己垫钱吗?"

原岛平日里给人的印象总是老实巴交,不怎么起眼,但唯独那一次,居然情绪激动地对着新田怒吼。原岛之所以爆发,也是因为营业和财务之间已经有过几次相同的争论了。

新田也不免变得情绪化了。

"你在这家银座的店待了几个小时?你们谈工作谈了多久?五分钟?还是十分钟?如果就那几分钟,那我给你付那几分钟的钱呗。"

被他拒绝之后,原岛也火冒三丈。"跟你这人根本聊不到一块!"说完便站起来离开了。

活该——新田内心这么想着,可不承想后来事态严重,原岛把所有情况都汇报给上司,并以营业部部长北川的名义,把要求重新审核经费的抗议书送到了加茂田手上。

新田以为,就算是部长发来的文件,那种费用也不可能得到批准的。

然而,当加茂田收到抗议书后,竟完全认同了原岛的说法,结果这场争论中,新田落了个惨败的下场。

即便现在回想一下，新田还是很恼火。当时——
"为什么发生这种事的时候不叫我？你别一个人去应付。"
加茂田将送来的抗议书甩在桌上，对着新田狠狠训斥道。新田垂着脑袋，等着加茂田发完这一通怒火，内心只留下两种情绪。
不必说，一种是针对原岛的怨恨。
而另一种，是对加茂田的不满。
明明平常总是揪着经费各种挑剔，一旦被营业部部长抱怨几句，加茂田就立刻推翻平日里的坚持。新田有种遭到背叛的心情。或许加茂田真的有预估数字的实力，但他更懂得如何巧妙地让步。那时的新田终于彻底明白了，对于加茂田来说，比起他这位部下，公司里的力量关系更为重要。
而此刻——
新田一边看着手头的资料，一边对原岛说：
"你打算恢复和'螺丝六'的合作，把它列为新的供应商，对吧？坂户先生之前应该说过的吧，这家公司的成本不符合条件，所以中断了交易。为什么要恢复？"
"当然是因为我们又有单子必须拜托人家生产啊。"原岛一副嫌麻烦的样子说道，"成本不符合条件是之前的事。你还是老样子，总爱说一些无聊的话。"
原岛这些刺耳的话，让新田一阵血气冲脑。
"废话吗？刚才也不知道是谁因为工作计划延迟被人训得说不出话来。就是因为做事这么不上心，才会导致工作计划有误吧？"

今年三十四岁的新田是课长代理,而原岛比他年长十岁,还是一个课长。一般来说,一个课长是不会允许课长代理这么嚣张的,但因为前几天那件事,新田显得气势汹汹。

"不上心?我哪里不上心了?"

原岛问道,话里透露出对新田的敌意。说到底,营业部和财务部本来就是水火不相容的。

"所以我想问的是,成本验算的结果是什么?"

"数字不是给你了吗?"听到新田不耐烦的口气,原岛的回答也变得有些粗暴。他继续说道:"只要财务部批准目标金额,你就没得抱怨了吧。麻烦你别多事,行吗?给人添麻烦。"

"但是,如果不及时缩减经费,最后就会导致整个公司的业绩低于预算金额。我提前指出这一点,有什么不对吗?"

"这种事,不该是你这个课长代理来跟我说。我这边忙得很,麻烦不要总来说这些有的没的。"

打给原岛的这通电话,被单方面挂断了。

混账东西。

新田用尽全力把听筒甩回去,气得有好一会儿无法处理工作。

他感到一阵心烦意乱。

这种时候,要是优衣在的话,就能陪他好好聊一聊了。

这时,新田想起前几天甜甜圈的事,原本满心的甜蜜心情立刻变得苦涩起来。

他想回家了,但加茂田硬塞过来的工作还没完成。

新田再次把散落在桌面上的资料拉到跟前,不忿地叹了一口气。他重新看向笔记本电脑,继续输入那些枯燥无味的数字。看来这将是漫长的一夜。

2

新田的家,就在离小田急线经堂站徒步十五分钟的地方。

从那儿再坐两个站,就是靠近町田站的祖师谷大藏站。他的父母就住在那里。新田那间公寓的首期是他父母帮忙付的,而条件是不能住得太远。

新田的父母都健在。他的父亲多年来都在一家中坚电器企业里任总务,直到去年退休。父亲是家里的老二,老家在高崎市内经营一家很大的床上用品店铺。新田的伯父高中毕业之后就继承了家业,他的父亲则来到东京上大学。按照他祖父的想法,既然家业交给了伯父,那么至少得让身为弟弟的父亲继续学业。

父亲毕业后进了那家公司,在那里勤勤恳恳地做了三十多年,是个踏踏实实的人。新田曾听母亲说过,父亲一开始对这种低薪的上班族生活也有所不满。不过老家那家原本声望不错的床上用品店被大公司逼到破产之后,父亲的想法就改变了。

做生意是有风险的。

父亲是这么认为的,并且这个想法至今未变。

父亲领悟到一个道理,上一所好大学,进一家好公司,要想在这个社会上安稳度日,这才是最实在的方法。因此,学历是必需的。

对于这个想法，母亲也很赞同。于是两口子一起为孩子操心，也很关心孩子的教育。

新田是独生子，没有其他兄弟姐妹。

新田想做的任何事情，父母都会帮他实现。他想要什么玩具就给他买什么玩具，去了书店有想看的漫画或其他什么书都会给他买。看到这样的新田，有好几个朋友都很羡慕地说过一句"你日子过得真舒坦"。那个时候的新田对于自己身为独生子这件事，怀着一种无法言喻的优越感。

新田并不觉得自己是被娇生惯养着。

新田的父母确实想着将他捧在手心里养育，对儿子的过度保护也不曾感到后悔。

然而不管是什么理由，新田最终成长为一个有些自私有些任性、性格上也有些放纵的成年人。

新田从一所中坚的私立大学毕业之后，以应届生的身份进入了东京建电，心中没有什么期待也没有任何目标。他在二十七岁时结婚，当时是进公司后的第五年，对象比他小一岁，是大学时期与他同在一个潜水同好会[1]的校友。现在两人有一个四岁的女儿。

但是对于妻子美贵，新田一直有些不满。

这种不满的根源可能是他将妻子拿来与母亲作比较，但这一点他或许不自知。小时候，即便新田把玩具扔得满地都是，母亲也只会温和地说一句："不能乱扔哦，小雄。好好收

---

[1] 同好会是由一群支持某个艺人或运动队伍的人组成的团体。

拾吧。"说完便帮他收拾了。

就算脱了衣服随手一扔，母亲也会帮他捡起来拿去洗干净。想吃什么东西，只要说一声，母亲就会给他做。所以新田养成了见一个爱一个的性格，对于喜欢的事物总会相当沉迷。

可是，他的妻子就不一样了。如果把衣服脱了一扔，妻子就会冷冰冰地来一句："为什么要乱扔？把它放进洗衣机里啊。"吃饭时若有剩菜，也会被抱怨几句。吃完饭没把餐具拿到洗碗槽里，她又会说："自己去洗。"就连在星期六，疲惫的新田想睡一会儿，不带女儿去公园，妻子也会不高兴。

所谓妻子，到底是什么呢？与母亲相比——美贵将新田的常识整个儿颠覆，也刷新了他的认知。

孩子出生后，每当生活里与美贵之间发生一个小小的冲突，都会激化新田对于婚姻的不满，直到现在仍然无法消除。

从另一方面来说，新田究竟是不是真的想消除这些不满，也是一个很大的疑问。

虽然他经常埋怨妻子，总说打算离婚——与优衣交往的时候也这么说。

但是，当美贵因为一点小事怀疑新田出轨时，他采取的行动竟是在外遇曝光之前，跟优衣提了分手。

确实，以新田"个人的立场"来看，或许他是认真的。但从客观角度来看，新田的行为纯粹就是任性。

或者说，问题在于新田自己没有意识到自己的自私。他一心认为自己的行为是合理的，在提出分手时看到优衣勃然大怒，就认定她不是自己所寻求的女人，而甜甜圈那件事更是让他对优衣多了一分怨恨。

新田雄介就是这么一个人。

他总认为自己是正确的。

有错的总是对方。例如优衣，又例如原岛，还有加茂田。在新田的精神世界里，这个世界是时刻围着他转动的。

"我回来了。"

新田摁响门铃，等着大门打开，然后表情冷漠地走进玄关。

"回来啦。"

"今天吃什么？"

"土豆炖肉。"

喊，土豆炖肉？心里这么想，但新田没出声。他不是很喜欢吃土豆炖肉。新田的母亲做的土豆炖肉是关西口味，食材是牛肉，而美贵用的是猪肉。新田曾指出这一点，结果美贵大发雷霆，最后演变成无法收拾的争吵。因此，挑剔菜式这种事，在新田家算是一个禁忌。

"晚报呢？"

美贵在加热锅里的土豆炖肉，听到他这么问便说："在这里，自己来拿。"

她转过头，用下巴示意厨房角落里放着旧报纸的地方。

"我说，这报纸我还没看呢，为什么放到那里去？"

"我刚刚在打扫卫生啊。"

这算是什么理由。新田这么想，但还是没出声。因为他知道，再说下去的话又会引发两口子的争吵。但是，回避争吵而产生的压力，在新田内心一点点地堆积起来，再加上与原岛争执之后所积攒的焦躁,使他只能把话闷在心里。他打开冰箱拿出一罐啤酒,拉开了易拉环。

新田默不作声地喝着啤酒。

"筷子,自己去拿。"

被美贵说完,新田从餐具柜的抽屉里拿出筷子。新田面前摆放着土豆炖肉、米饭、味噌汤,还有一份失了温度、切成两块的炸猪排。这就是新田今晚的菜式。

"我开动了。"

新田用低沉的声音说了一句,然后继续默不作声地用餐。

就在这时——

"喂,过年的时候要不要去夏威夷?"

美贵的这句话,差点让新田喷出啤酒。

"夏威夷?"

"听说纱弥加和小奈她们都要去。"

美贵说出了女儿幼儿园里的朋友的名字。

"嚯。都是有钱人家呢。"

这也难怪。纱弥加家是财主,在这一带有房产。小奈的爸爸在外资金融企业上班,工资也不一般。虽然岁数跟新田一样,但他的年收入估计是新田的三倍以上。

"嗯,她们确实有钱。"

见新田犹豫了,美贵的表情就变得阴郁起来。土豆炖肉已经尝不出味道了,新田的胸口被一股郁闷渐渐塞满。

"去不了吗?又要去爸爸家过年?"

美贵的质问方式听着有些撒泼。

"要花多少钱？"

新田问。新田的得意之处并不多，其中之一便是工资没被妻子捏在手上。跟同事们说起这件事时，众人都还表示羡慕。但是，这份原本应该是绰绰有余的工资，又因为与优衣的交际缩水了不少。这件事他怎么可能跟美贵坦白呢。

"我考虑一下。你去拿点宣传资料。"

新田本来想以此拖延一些时间，但他太天真了。美贵回到厨房，从当天的购物袋里拿来一大堆宣传册子，"砰"一声搁到桌面上。

"今天去车站那边的旅行社拿了一些。你待会儿看看吧。"

此时的新田，有种被土豆炖肉堵住喉咙的感觉。

3

听完解释，加茂田的表情立刻变得瘆人，眉头之间挤出几道深深的皱痕，但新田看得出他的眼底蓄满了令人生畏的怒气。

摆在加茂田和新田面前的，是昨天营业一课提交的那份新供应商的名单。

名单上的"螺丝六"涂上了黄色的标记，还很贴心地附上一份坂户以前写的"业者选定情况"的报告复印件。在这份报告里，坂户以成本过高的理由，建议中断好几个承包商的交易，并且得到了公司的应允。

新供应商名单上，除了"螺丝六"以外，其他公司的名字也都被标上了黄色记号。一共有四家，每一家都是因为成本过高,被坂户中断了交易。

"经调查之后,还有这几家公司。"

新田向上司汇报了加班的成果。"原岛课长很不配合,还叫我不要多事,不过我还是调查了一下,发现付给这些公司的单价,都比以前贵了。"

新田向加茂田展示了一份一览表,上面记录了向那四家公司订购的螺丝和钢材的单价,之前的采购价也一并写上了,总数算下来,每个月的成本要多付几百万日元。

"这笔成本能从其他经费那边缩减出来吗?"新田说道,"就算真的能够平衡这个数目,我也实在想不通为什么要特意跟成本较高的公司订购。说不定是因为这些公司跟原岛课长私底下走得很近吧。"

新田不怀好意地补充了一句。昨晚遭受的漫骂,经过一个晚上之后转变成一股沸腾的怨恨,在他心中不停地翻滚。

"啧"的一声,加茂田发出一个刺耳的咂舌声,直接拿起小接待室里的电话,给原岛打了一通内线。

此时,手表上显示的时间是八点半刚过。营业部的人平日里都要跑外勤,不过这个时间点应该都还聚在公司里。原岛似乎也在。

"昨天新田说的那件事,希望你能解释一下。能过来一趟吗?"

加茂田用不容分说的态度对原岛说道。

新田隐约听到电话另一头的原岛在说话。虽然听不清说了什么内容,不过拿着听筒的加茂田倒是整张脸都涨红了。

结束通话后,加茂田用力地放下听筒。

"居然叫我有事就过去说。"

"怎么办,课长?"

在新田发问时,加茂田已经离开了座位,露出极其凶狠的眼神说道:"那我就过去一趟呗。相对的,我非说到他认输不可。"

两人离开座位,乘电梯来到位于二楼的营业一课。

加茂田趾高气扬地冲进营业部的办公区,径直走向原岛的桌子。

原岛似乎早就看到了他们两人,慢悠悠地站起来,不发一语地请他们移步小接待室。这个简易包厢仅以隔板隔开。或许是加茂田的错觉吧,总觉得原岛的态度与平常在核算会议上见到的不一样。事实上,率先进入小接待室的原岛,即便面对气得满脸通红的加茂田也是面不改色,一脸泰然。

"说吧。"

最先开口的人是原岛——脸上一副"想抱怨什么就说吧"的表情。

"你更换了供应商,每个月的成本就得高出几百万日元,这是打算做什么?"加茂田言辞犀利地逼问道,"我完全看不到你在努力缩减成本。整个预算之所以会拖累目标,不就是因为你的管理体制太不切实际吗?"

"我管理得好好的,不必担心。"原岛回道,"用不着你特地来指点。"

"就是因为实际上存在着问题我才来说的。你以为董事会能同意这种事？你脑子里在想些什么呢？"

加茂田用右手敲击桌子。

"我当然是有些想法的。麻烦你不要多管闲事。"原岛回应道，态度相当不客气。

"我说，你的目标不是没达成吗？所以我才会说啊。"

加茂田摆出一副无奈的表情。"让我多管闲事的人，不就是你吗？"

"那你就去跟董事会汇报一声如何？"

原岛这么说。

"什么？"原岛出乎意料的表态，让加茂田不由得盯着他看。"你这话什么意思？我去汇报也没关系吗？昨天的核算会议上，是谁因为营业额得到下个月在那里谢罪来着？"

"营业额有偏差，这确实是因为我估算有误，所以也只能道歉了。我们部门也是无可奈何。但这是两码事。"

"怎么就是两码事了？莫名其妙，听不懂你在说什么。"

"我不是说了吗，这种事没必要跟您这边解释。"

在一旁观战的新田瞪大了眼睛看着原岛——这个男人难得展露这种骇人的口气。"在核算会议上，你要揪着数字怎么说都无所谓。毕竟那是你的工作。但是，你不过是个财务课长，别得意忘形地对营业部的做法说三道四。明白了吗？"

新田暗暗地倒抽了一口气。

在核算会议上，原岛给人的印象就只是一个谦卑恭敬的人。新田原本很瞧不起他，还以为加茂田一来抗议，原岛就会忙不迭地道歉。但是这种态度算是个什么事儿？

"是吗？好吧。"加茂田也不认输似的放言道，"那我也只能跟上面汇报这件事了。你就作好准备吧。"

"请吧，随你喜欢。谈完了吗？我跟你们不一样，忙得很呢。"

说完，原岛便离席了。

"这算什么态度？"

新田哑口无言地目送原岛的背影，而让他大吃一惊的是此时加茂田脸上的神情——混浊的怒火化作一团火焰，在加茂田眼底熊熊燃烧。

加茂田什么话也没说，回到财务课的办公区后直接找财务部部长饭山孝实说了几句话，然后在部长室里待了将近二十分钟都不见出来。

饭山负责的是统筹经营相关的各种数目，现在是公司里的实力派，仅次于营业部部长北川、生产部部长稻叶。

也不知道他们聊了些什么，只见两人出来时，不仅是加茂田，连饭山也是板着一张脸，一副气冲冲的表情。新田明白了，对于原岛这个人，这两个人的看法和方针似乎已经达成了一致。那么，事情会变成什么样呢？新田觉得这两个人面对愚弄财务部的对手不会默默退缩。

我可不管喽，原岛。回头你可别哭丧着脸哟。

新田在内心暗自嗤笑，正好与回到自己座位的加茂田对上视线。加茂田晃晃右手，把新田喊过来，说道："我跟部长商量过了，决定由部长去跟董事会汇报这件事。"

"要不要事先跟北川先生说一声？说不定他还不知道呢。"

早就听说营业部部长北川是个相当严厉的人。这些成本烂账要是传进北川的耳朵里,原岛绝对免不了要被狠狠地斥责一顿。

然而,加茂田嘴边浮现一抹冷笑,说道:

"直接上报给董事会,不是挺好的吗?"

新田不明白这句话的意图。"这话怎么说?"

"就是说……"

加茂田两肘撑在桌面上,身子稍微往前探出,眼睛向上瞟着站在桌子前方的新田。"你也知道的吧,宫野社长对数字可纠结呢。北川部长会在董事会上被人训一顿,当众出丑。到那个时候,北川先生会怎么对付原岛呢?那可是一场好戏了。"

"原来如此,您是这么打算的啊。"

对于上司们的坏心思,新田很是佩服。毕竟饭山这个人是一个风评很高的谋士。

饭山的策略,加上加茂田在核算会议等场合展露的数字预判能力——这两个人正是财务部能在公司内部略胜一筹的靠山。

新田向加茂田告辞,内心的一肚子坏水却让他兴奋得颤抖。

4

在董事会开始的五分钟前,部长室的大门打开了。新田看到饭山的身影出现,加茂田也抱着一堆资料站在他身旁。两人一起离开办公区,走向会议室。

等到中午董事会结束的时候,饭山和加茂田肯定会意气风发地回来,到那时候能听到哪些逸闻趣事呢,真是叫人期待啊。一肚子坏水的新田怀着满心的期待,在接下来的三个小时里都喜不自禁,亢奋到连工作都没空搭理。

快到下午一点的时候,两位上司回来了。

"怎么样了,课长?"

新田匆忙赶到加茂田身边,问道。虽然他内心有些看不起加茂田,但至少在这种时候他们是一致对抗营业一课的同志。

然而,不知为何,加茂田一脸无趣地靠在椅背上,说道:"上头批准了。"

"啊?"新田忍不住发出疑问,再也说不出话来。心中的期待也急速地萎缩了。

"社长说,这件事交给原岛去做了,那样没问题。"

新田不知道该作出什么反应。他的表情垮了一半,一时之间无法相信这句话。若是宫野以前的作派,不管有什么理由,绝对不可能同意每个月要多付几百万日元成本。

"社长那么相信原岛课长吗?"新田询问道。

宫野原本就是东京建电的元老员工,一路升到社长,基本上都是待在生产领域的部门。新田重新回想了一下宫野的经历,实在想不通他跟专攻营业的原岛有什么机会能走得近。

"我哪知道。"

加茂田不悦地说道,并往部长室瞥了一眼。饭山比加茂田早一步返回,之后就一直闭门不出。

"反倒是我们被训了一顿,说那些明明是营业部该处理的事务,用不着我们多嘴。"

加茂田皱着眉头,看来相当不甘心。

"可是,成本增加是毋庸置疑的啊,课长。"

新田很坚持。"现在经费已经多了几百万日元，但营业一课连目标营业额都没能达成啊。社长是打算视而不见吗？"

"这些情况用不着你废话我也知道。"加茂田带着怒意，嫌弃似的说道，"我能有什么办法，社长都那么说了。关于这件事，从现在起都给我闭嘴，听到了没？"

说完，加茂田便不再理会新田，把待审批的文件摊开放在桌面上，开始审阅。

混账东西。

新田回到自己座位，内心还在为这出乎意料的局面恨恨不已。话说回来——

原本以为饭山这个财务部部长在董事会上的发言应该有些分量，可以阻止这件事，而且对东京建电来说，目标金额不应该是至高无上的吗？

新田还是无法接受这种结论，等他出去买那餐错过时间的午饭时，已经是下午一点半之后了。他走进电梯，碰见同期进公司的村下启士，便抬手打了个招呼。村下隶属营业二课，不久之前还在原岛手底下工作。

"去吃饭吗？一起去吧。"

村下发出了邀请。两人走进公司附近一家乌冬面店，这是村下最近发现的新店。虽然已经过了用餐高峰期，店内还是很拥挤。此时两人并肩坐在就餐柜台，等着乌冬面送上来。

"怎么了，心情不是很好的样子？"

村下不愧是干营销的，对别人的表情总是很敏感。所谓"能说会道、精明能干"，说的就是他这种人，在营业部门里他也算是一名干将了。

"发生了很多事。对了,有件事想问一下。社长是不是非常信赖原岛课长?"

"信赖原岛课长?"村下稍微思考了一下,便说,"应该没有这回事。他在二课的时候,经常因为没完成目标被社长训话。就那情形,我可不觉得社长很欣赏他。"

新田无法认同这个回答:

"那么,营业部是不是也一致认同,在换课长的时候,就算采购成本有所增加,也什么都不做,先观察一阵子?"

"你在说什么呢?"村下盯着新田,仿佛在看着一个稀世珍宝似的,"怎么可能会认同这种事啊?成本高了,就得马上缩减。这是常识吧?"

"说的也是。"

新田心服口服。那么,今天早上的董事会又是怎么回事?说起这件事,村下的反应也正如预料一般。"嚯,这么说也是挺奇怪的。成本居然多了几百万日元,这还真是厉害。到底是哪家供应商啊?给我看一下名单,或许我能去查一下。"

虽然现在做什么也于事无补,不过新田还是说:"我待会儿用邮件发给你。"

第二天上午,村下就来找新田回复这件事。

"关于昨天说的事。"

村下突然跑到财务部办公区,说道。

"怎么了,发个邮件说不就行了吗?"

听到新田这么说,村下的表情变得异常正经,问道:"有时间说两句吗？"

他邀新田来到电梯前厅。

"那个供应商，一课的人似乎也一头雾水。"

村下将手挡在嘴边，压低声音道。见新田对这件事很感兴趣的样子，村下便继续往下说：

"一课的人都在传，可能是原岛先生用花言巧语说服了北川部长，所以才能随他去跟自己属意的公司做交易。"

"真的吗？"这句出乎意料的话让新田不由得大叫出声，"该不会，他在私下里有钱财交易吧？"

如果这是真的，那就违法了。

"问题就在这里。"

村下把声音压得更低，毕竟这种事他不能随便作出回应。"要不你去调查一下？"

"我？"

村下一副理所当然的表情望向吃惊的新田。

"你不是很在意吗？那就去查一下。既然事情跟预算有关，你去调查也算合理。对我来说，那毕竟是其他课的事。话是这么说啦，一课的人也是责任重大。更换供应商是课长负责的，听说也没有安排助手。这件事真是越想越觉得奇怪呢。"

村下的口气有点装模作样。"反正，事情就是这么个情况啦。"他拍拍新田的肩膀，接着提起业务专用的公文包，搭乘电梯往楼下去了。

"怎么样，老公？你看过了吗？"

那天晚上，当妻子美贵这么问时，新田从正读着的晚报中抬起头，脸上露出明显不耐烦的神情。当他心下觉得不妙时已经晚了，妻子饱含愤怒的眼神越过桌子瞪着他。

"旅行去不了吗？"

新田的眼睛开始游移，伸手探向从前天起就放在桌上原封未动的旅游宣传册子。这个动作有一半是下意识做出的，并不是因为妻子生气才想看看册子的内容。现在新田整个脑子都在想如何才能从这里脱身。他手上可没有多余的钱供一家三口去夏威夷旅游。

"现在工作很忙。"新田面露难色地说道，"公司里有很多问题。"

"财务课也要忙？"妻子一脸怀疑地问，"财务不都是结算的时候才有得忙吗？"

"那是以前的情况。"新田撇撇嘴，喝了一口没有温度的茶。

"现在每个星期都要做些类似结算的工作，托那些核算会议的福，财务部门现在的压力也大得很，毕竟整个公司的数目都得我们来整理统计。累得够呛，连喘口气的时间都没有。"

"忙到连确定我们旅游行程的时间都没有？"

"这个……倒也不至于。"听到美贵的冷言冷语，新田赶紧回应，同时甚是疲惫地用力叹了一口气。

"那就看看这些宣传册啊。不早点定下来的话，想去也去不了了。"

新田听得出妻子的语气中翻滚着沸腾的怒意，便说了一句"这倒也是"，拿起手边的宣传小册，兴味索然地翻了几页,又"砰"的一声放回原来的位置。

"我还在看报纸,待会儿再看。"

美贵的侧脸眼看着越来越不高兴,此时卧室里传来了女儿呼唤妈妈的声音。原本已经睡下的七海似乎醒了过来。妻子朝新田瞪了一眼,然后才站起身走向孩子睡着的隔壁房间,在床边哄女儿睡觉。

妻子一离开,新田的心情立刻就轻松了,看到一半的报纸也放下了。他就跟拳击手一样,回合一结束就解除防御。在这个家里,报纸就是保护他的盾牌。

然而——

此时此刻,新田大脑里浮现的是当天从村下那儿听来的话。

他很在意原岛。

不,与其说是在意,其实他真正的想法是"好好教训一顿",以此发泄被原岛愚弄的私愤。新田从小到大都没被父母训过,他是那种自尊心极高的人,一旦被伤害就会一直耿耿于怀。

而原岛的那些做法,也完全没有一个合理的解释。

不管董事会的人怎么说,这件事确实有些不对劲。

但是,从村下那里打听来的情况,新田没有立刻向加茂田汇报。毕竟曾被吩咐过不要插手这件事,而且他实在想不到这位难以取悦的加茂田会有什么反应。要是加茂田说不管了,那么这些事就得画上句号。那个人,做什么都是三分钟热度。

思来想去,新田最后得出的结论是,既然掌握了一定程度的事实,向课长汇报也是理所当然的。虽然是理所当然的事，但要让那个人有所行动，也只有这么做了。

可是，为此应该做些什么，新田就不知道了。

5

过了一个星期，新田比平日提前二十分钟进公司，然后来到营业二课找村下。

村下已经来上班了。看到新田开门见山就说"上个星期说的那件事"，吓得他赶紧把人拉到一旁的小接待室。

"这里有同事看着，总不好公然讨论营业部的事。"

村下找了这么个借口，接着才问新田："说吧，什么事？"

"那天之后我也想了一下，原岛课长更换供应商这件事，反过来说，不就是有些公司被撤销了订单吗？"

"这是当然啦。然后呢？"村下又问。

"我想首先应该了解一下这件事的整体情况。他转走的那些订单，之前到底是在哪里订购的。这些情况，你了解吗？"

"我哪能知道这么多。"村下回答，"我想一课的人可能知道吧。"

"你能不能帮我暗中打听一下？可以的话，尽可能地调查一下那家公司。"

"好吧。不过，你得给我一些时间。"

说完这些，新田便回到财务课，若无其事地投入工作，度过了忙碌的一天。等到村下再次联络他时，已是一周后的星期二。

"昨晚我和一课的梶本去喝酒,顺便打听了那件事。今晚要不要找个地方,一边喝一边聊?"

村下说起八重洲一家店的店名。新田也去过那里,是一家卖炭烧的别致小店。

他们约定的时间是晚上八点。等新田忙完工作来到那家店时,村下已经先到一步喝起生啤了。新田也点了一杯啤酒和几样下酒菜。

"你打听到了什么?"

酒过几巡之后,新田问道。村下没回答,反而突然问道:"你知道'透明科技'这家公司吗?"

"嗯嗯,这名字倒是知道。"

新田稍作思考,回道。各课提交的发票最终会集中到财务课这里,就算无法直接了解对方的情况,公司名头和大概支付的金额还是会记在脑子里。新田记得,确实有一段时间经常要给"透明科技"支付款项。

"原岛课长转移的订单,就是原本向'透明科技'订购的建材。"

村下这么说。

"为什么要转移订单?"

"这就不知道了。"

村下摇了摇头,继续说道:"'透明科技'这家公司,虽然是刚成立十几年的新兴公司,不过上一任的坂户课长很中意,就把它定为新供应商。据说是某个在大公司做过的部长自己出来创办的公司,在很短的时间里就有了急速的发展。"

"那家公司的单子,被原岛课长中断了?"

"没错。"村下喝完一大杯生啤,回道,"他非常坚决。这次接手订单的供应商,以'螺丝六'为主,公司每个月支付的总额高达数千万日元。"

"这件事你怎么看?"

新田问完,村下一声不吭地思考了一会儿,然后才说出几个想法:

"例如,虽然原岛先生没说,说不定我们公司和'透明科技'之间出了什么麻烦吧。"

"什么麻烦?"

"这我哪知道啊。"

村下丢掉一个毛豆的壳,继续说:"要么就是和对方谈不拢,或者因为别的什么原因,让原岛先生闹情绪了呗。毕竟要跟哪家公司订货,就看课长自己心里的分寸了。"

"可是,因为这样就增加成本负担,也不是很妥吧。原岛先生会做这种事吗?"

新田摆出这个疑问。

"要么就是信用方面有担心吧。"村下说起另一个让人意外的点,"供应商要是倒闭了就会影响到生产计划。所以原岛先生才未雨绸缪,更换了供应商。这么一想,也不是不可能啊。"

"原来如此。"

确实有这种可能。但是,原岛对于"透明科技"信用方面的担心到底有多严重呢?这个问题与其问村下,还不如自己去查会更快一些。公司会派人定期调查零件供应商的信用情况,已获批复的结算文件也都由财务课保管,只要看了那些资料,就能知道"透明科技"的业绩是个什么情况。

"这方面我会去查一下。"新田说,"相对的,新的供应商与原岛课长之间关系如何?有没有什么传闻,说他们之间有勾结之类的?"

"这些我就不太清楚了。"

村下说出的这一句,让新田的期待落了空。

"就算'螺丝六'的三泽社长跟原岛课长私下有交情,梶本也不会知道啊。不过,原岛课长前不久还是营业二课的在编人员,那时候二课和'螺丝六'没做过交易。这么说的话,原岛课长是当上一课课长之后才遇见三泽社长的。那就是最近的事了。才一个月的时间不至于做什么勾结吧?"

"但是,一课就没有这方面的传闻吗?"

"没根没据。"

村下的回答让新田很是失望,拿起装着啤酒的大酒杯往嘴边送。

"只不过,原岛课长的决定有些反常,所以大家似乎都有些猜疑罢了。"

"说到底,他不跟课内说明原因,这一点就很奇怪了。"新田又摆出一个疑问。

不过,村下说:"供应商要定哪一家,也不用一一解释吧?"他似乎已经对这个话题失了兴趣。

"以原岛先生的能耐,就算成本暂时高了一些,说不定之后能找到一些有赚头的资源。"

到了这个地步,新田也不得不认同原岛跟供应商之间有勾结的可能性极低了。

可是——

对于公司里的传闻，村下漫不经心地替原岛帮腔，这让新田实在无法接受。

既然担心信用方面有问题，那在新田指出问题的时候解释一下不就好了吗？但是原岛没作任何解释，为什么？

那种态度，怎么想都觉得不对劲。新田一直思考着那个原因，没过多久，那个答案就仿佛理所当然似的，浮现在他眼前。

原岛隐瞒着一些事。

6

工作完成了一段落之后，新田开始调查"透明科技"这家公司的相关情况。此时是下午三点刚过。

他打开存放着客户资料的文件柜，从营业一课的标签中抽出他想找的那个文件夹。

那是该公司提交的财务报表。东京建电对于来订货的采购商都会进行很严格的信用管理，每年临近结算时，都会请客户们发来一份财务报表。

文件夹里一共有三期财务报表，最新的一份是去年三月份的。今年三月份应该也快到结算的日子了，但文件夹里并没有这份财务报表。

文件夹里装订了三期——也就是三个年度的财务报表。新田拿着这些资料回到自己的座位，然后打开了最久远的那份。那是第九期的财务报表。

营业额三十亿日元，经常利润——即营业利润与营业外利润之和——是两亿日元。

"赚得还挺多的啊。"

新田自言自语道。创业仅仅九年就能有这样的业绩，肯定是有一些办法的。要么是技术方面，要么是营销方面，要么是他们社长本身强大的关系网——或者，这三者都具备。

在财务这一行业做了这么久，新田也深刻体会到，让一个公司持续发展并一直存在是多么困难。

东京建电有一条规则，不跟创业未满一年的中小型企业做生意，定下这个规则也是有依据的——据统计，新兴公司创办后一年内倒闭的概率超过了三成。若公司创办了五年，这个概率则有五成左右，创办越久概率越大。在这个世道里，长年经营一家公司才是最难的事业。

正因为如此，"透明科技"这些突飞猛进的业绩给新田留下了一个很好的印象。

他接着翻阅夹在文件夹里的公司概要表。

社长是江木恒彦，从出生时间来算，今年是四十五岁，算是一个年轻的老板。根据简介上的介绍，他从一家大型零件制造公司离职后，创办了这家公司。公司的股份有百分之六十归江木持有，是公司最大的股东，一个名叫江木顺子的女人则持有百分之二十——估计是他的妻子吧。除此之外，股东名单里还有几个应该是董事会成员的名字。

公司的资金是三千万日元，员工一百五十人，以这样的规模也不能说是小公司了，至少在中小型企业当中，也算得上是较大的那一类了。

新田又看了之后一期的财务报表，营业额已经更上一层楼达到了三十五亿日元，经常利润也有两亿五千万日元。也就是说，这是一份"增收增益"的报表。再往下一期的财务报表上记录的是，营业额达到三十七亿日元，经常利润也上涨到将近三亿日元，上升趋势相当稳健。在如今这个严峻的经营环境中，能有这样的成绩实在不简单。

新田心想，照这个趋势，今年最新的结算成果应该也有不错的业绩吧。如果真是这样，很难想象原岛会以"信用有问题"为理由，中断与这家公司的交易。

新田将那个位于相模原的地址抄写下来之后，便把文件夹放回原处。接着他开始调查东京建电去年给"透明科技"一共付了多少货款。

只要用财务专用的终端机搜索一下，那个金额很快就找到了。

这一年里支付的总额，大约是三亿日元。

"透明科技"的营业额中，东京建电占了将近百分之十，算是一个大客户了。反过来说，原岛转移那些订单后，不难想象会给这家公司造成多大的损失。

原岛和"透明科技"之间到底发生了什么事？

为什么原岛要不惜多耗成本，坚决从"透明科技"转走订单？

新田从终端机的屏幕中抬起头，确认课长不在座位上之后，自己也站起身走开了。这天下午有课长联络会议，加茂田应该一时半会儿不回来了。

新田前往的地方是人事部。

"你现在方便吗？"新田走到老朋友伊形的桌子前，压低声音开口道，"关于坂户先生的事情，有些情况想跟他说一下。他不是调到人事部了吗，人在哪儿呢？能不能让我跟他见一面？"

找坂户问一问应该能知道些什么。但是，伊形露出困惑的表情，说道：

"他是归部长管的，现在在休假。我们也被吩咐不能跟他有任何联系。"

"为什么？"这个意想不到的回答，让新田不由得盯着伊形的脸，"难道发生了什么糟糕的事？"

伊形也觉得纳闷，不让人跟坂户联系确实不太妥当。

"区区职权骚扰，有必要做到这种地步吗？"

"什么叫'区区职权骚扰'？"

听到新田这么问，伊形回了这么一句，但随后又泄露了一点真心话："不过，我确实也觉得做得太过火了。"

"我说，真的是因为职权骚扰吗？"

新田突然有些担心地问道。

"你这么问是什么意思？"

"没什么。只是觉得因为职权骚扰就下了这么一个处置，实在是反应过度了。公司把坂户先生隔离开来，会不会是基于别的什么原因呢？"

"隔离坂户先生的原因？没有这回事吧。"

伊形立刻否认了。

看来找伊形是问不出真相了。新田的脑海里浮现了一个男人的身影——营业部的八角。

说到底,跑到职权骚扰委员会投诉的人就是八角。如果这个职权骚扰事件本身只是一个台面上的理由,那么参与这件事的八角,应该是知道一些情况的。

新田意识到自己心中对于原岛的愤怒已经急速褪色了,取而代之涌现的是对于这件事的兴趣,让他实在难以抗拒,就像无可取代的恶魔诱惑一般不停地驱使着他。

朦胧的亢奋让新田面露红潮,开始思索下一步对策。

7

虽然脑子里冒出了八角那张脸,但要真的跟他打听事情可不是那么简单的。说到底,身为营业一课系长的八角,与财务课的新田之间,几乎没有任何交集之处。既然没那么熟稔,那跑去问"投诉职权骚扰的真正用意是什么",八角这家伙是不可能轻易松口的。

他和八角也没有什么共同的好友。很遗憾,新田无计可施了。

过了一个星期之后,解决问题的线索终于出现在他眼前。

契机是八角上交的收据。他在新桥某两家店里,花了七万日元的应酬交际费。东京建电有规定,如果需要支付一万日元以上的应酬费,必须事先提出申请,而八角没有遵守这个规定。不过,以八角的性格,说不定从一开始就没把公司的规定放在眼里。不管怎么说，公司最近对花费抓得很紧，应酬交际费用算是一项特殊支出，现阶段就连部长级别的人也不敢花这么大一笔钱。

通常发生这种问题的时候，财务课都会向该员工问清楚详细的支出情况。

"关于前几天应酬费用那件事，有些问题想请教一下。"

下午四点多，新田给八角打了内线电话。不出所料，他果然就在座位上。

"哦哦，你问那个啊。那算作临时开销吧。"听筒里传来八角的声音，听起来似乎很费劲。

"你就想办法帮我解决吧。我这边也会跟课长说一声的。"

"八角先生，事情可不能这么办啊。"新田带点讨好地回答，"那么做的话，我可是会被课长骂的。您也知道的，我汇报应酬情况的时候，总要解释一下为什么会漏了提前申请这一步嘛。我现在过去您那边，不知道方不方便？"

"现在？哦哦，也行，来吧。"

八角有些诧异，停顿了一下才这么回道。平常财务课都是叫人过去的，现在居然要亲自上门，八角会感到意外也是无可厚非的。

新田放下听筒之后，匆匆赶往营业一课的办公区。

这个时间段，大部分推销员都还没回到公司，而八角是极少数的一个。传闻八角总是"晚出早归"，看来是确有其事了。而对于新田来说，另一个"方便"的情况是，身为课长的原岛也外出了。虽说新田跑来找八角有正当理由，原岛不在的话,也省去被多问几句的麻烦了。

新田靠近八角的座位,低头行了一礼。万年系长什么话也没说,指了指角落的小接待室。

"真是的,你们这些做财务的,做事总是那么刻板,所以才讨人嫌啊。"

八角说话一向不怎么好听。接着,他就把应酬中"迫不得已"的情况细细道来。听起来像是那么回事,但又像是推托之词。

新田耐心地听到最后,才摆出一副苦恼的表情:"那就难办了。"

"你有什么难处吗,新田?工作上的花费都算是经费吧?这种事不是最最基本的吗?"

要是这笔钱不能当作经费,就得自掏腰包了。所以八角也在努力争取。

"您说的也没错,只不过,我们课长对一课的经费盯得很紧。"

"问题出在上个月的营业额没达标吗?那家伙真烦人,服了他。"

"不不不,不是这么回事。"

八角咂了一下舌头,抛出一个问题:"那是因为什么?"新田终于等来了切入话题的时刻。

"转移订单不是导致成本增加了吗?这就是原因啊。您没听说吗?"

"喔。"

八角的眼睛深处似乎有什么东西闪动了一下，但没等新田确认，便在八角装糊涂的表情中消失了。"没听说过呢。你能跟我说说吗？到底是怎么一回事？"

"您知道'透明科技'这家公司吗？"新田迫不及待地开始说道，"原本从那家公司采购的建材，原岛课长都换成向其他供应商订购了，对吧？就因为这样，每个月的成本多了几百万日元。这可是一个问题啊。"

"可是，这件事应该跟你们家课长没什么关系吧？"八角说，"财务课那边，只要按照预算推进工作不就行了吗？要跟哪一家订购，应该是交给原岛课长去斟酌吧。"

这个绰号"睡神"的懒散员工，说出的道理倒是很合逻辑。

"因为他没做任何解释啊。"新田回道，"为什么要特地把订单转给成本较高的供应商，这件事他完全不肯说明白，我们课的人也很难做。"

新田摆出一个很为难的老实表情。

"这也没什么难做的吧。"随着一声短促的笑声，八角说道，"这跟你们压根没有关系。我劝你最好不要插手这件事，你管不着的。"

"我管不着？"

八角的那句话，听起来像是包含其他意思。于是新田提出了最关心的一个问题："我反倒有点担心，原岛先生特地转移订单，是不是因为跟那些供应商有些什么关系？"

"能有什么关系？"

"比如说，私下勾当。"

八角那只骨节分明的右手在面前摆了摆。

"哪有啊,没有那回事儿。我们课长哪有那个胆子啊。"

"真的吗?"新田开口,顺势切入正题,"那么,坂户先生呢?"

就在这时,八角脸上的表情都消失了。

平日里的他浑身散发着的悠闲懒散的气息,此时消失殆尽,八角突然用充满猜疑的眼神望向新田。

"你想问什么?"

他目光骇人,平静地问道。不服软的新田继续说:

"我只是在想,坂户先生会不会跟客户之间有私下勾结?例如,他跟'透明科技'之间,是不是有那种关系呢?"

八角的视线一动不动地注视着新田,有好一会儿没回话。没一会儿他就移开视线,扫视了这个无趣的小接待室,又把视线转回来,然后嘀咕了一句"听不懂你在说什么"。然而,新田也在这个时候确定了一件事:

八角知道某些情况。

"坂户先生现在调去人事部,听说除了部长以外,其他人都不能联络他。区区职权骚扰,需要这么严重的处分吗?"

八角抬起原本低垂着脑袋,往上瞟向新田的眼神中有着强烈的戒备。

"如果是我会错意,那就请您告诉我吧,八角先生。我是这么觉得的,坂户先生,之前跟'透明科技'有勾结,对吧?所以,一换上原岛先生做课长,就把订单转走了,一般来说是不会这么做的。不对,在此之前——"

八角此时的神色变得十分可怕。新田继续追着说道："他做了一些不可告人的勾当，因此才被换了下来，对吧？而对外就宣称，是因为你向职权骚扰委员会投诉了他。我说的对吗，八角先生？"

"那些事，跟我的发票有什么关系吗？"

八角问道。

"刚刚说了，没有直接关系。"新田的唇边浮出浅浅一笑，"不是说了吗，我们家课长对一课的花费很敏感。"

"这些事，加茂田先生也知道吗？"

八角言辞犀利地质问道。新田笑了笑，敷衍似的说：

"不，课长不会在意这些琐碎的事情。最多就是关注订单转移后成本增加的问题。只不过，我想以自己的立场调查一下，毕竟我实在太好奇了。"

新田这么说着，从正面直接窥探八角的眼睛。

"真相是怎么一回事呢，八角先生？你在隐瞒什么，能不能告诉我呢？"

"你在说什么，我完全听不懂。"

八角刚站起来。新田说了一句"要不我去问问'透明科技'的人好了"，立刻让他停下动作。

"你说什么？"

"我在想，或许可以追究一下这些转移的订单意味着什么。你就别让我费工夫了，八角先生。毕竟大家都这么忙。"

"你是认真的吗？"

八角的两眼仿佛在燃烧。

"这还用说吗。"

抓到关键的新田冷言冷语地说道。在说出那句话的当下,他觉得自己在跟八角——不,是跟整个营业部对着干,浑身莫名有种亢奋的感觉。成本、应酬交际费——居然能从这些财务的领域犀利地切入公司的黑幕。或许新田对于这样的自己也有些陶醉了吧。

"我会彻查到底的。"新田这么宣称道,"一直无谓地隐瞒下去,到时难做的可是你们哟。"

"随你便吧。"

丢下这句话后,八角快步离开了小接待室。面谈就此结束了。敞开的门口似乎看到某个推销员回来了,于是新田也起身离开了。

八角那种轻视的态度,让新田窝了一肚子火。这个从小到大被人捧在手心里养大的男人,此时此刻深感自尊受损,完全切换成了战斗的模式。

"走着瞧,八角。我一定要毁了你。"

新田一边走回财务课,一边自言自语道。

8

对于财务课的人来说,上门拜访与公司有来往的银行是难得的外勤机会。这天下午,新田因为要务来到位于横滨的白水银行横滨支行。

公司设在大手町的东京建电之所以特地在横滨的支行开

设账户，是因为公司成立时在横滨市内设了工厂。公司从那个时候便和白水银行横滨支行有来往，每到月底都会把一部分周转资金汇入这里。虽然这个操作很麻烦，但财务部长饭山认为银行交易就是得这么办，所以这个惯例从未间断。

"感谢您对本行的支持。"

负责融资的人郑重其事地致谢，目送新田离开了支行。此时的时间是下午两点刚过。

支行的地点设在横滨站前的黄金地段。平常新田总是直接坐车回到东京站，不过今天他转而走向横滨线的站台。他搭上快线来到桥本站，上了计程车后，将写在笔记本上的"透明科技"的地址告诉了司机。

"是这里吧。"

司机说着，计程车渐渐减速，停在"透明科技"的招牌前方。这里是工业区的一角，离车站差不多有二十分钟的车程。眼前有一栋两层楼高的建筑，占地面积不小，门口的左边是三层楼的事务所，从外往内窥探，可以看见穿着制服的员工。

新田走进去打了一声招呼，一个素面朝天、表情冷淡的年轻女人走了过来，眼睛频频打量，估计以为他是突然闯进来推销的吧。

"我是东京建电的人。"

新田递出了名片。"哦哦，承蒙贵公司关照了。"女人的接待多少变得有些和蔼了。

"请问贵公司的社长在吗？如往常一样，我是来取财务报表的。"

一般来说，见社长是需要预约的，毕竟不知道他在不在。

"请稍等一下。"说完，负责接待的员工退了回去，把名片交给坐在里头一个上了年纪的男人。男人的视线在名片和新田身子来回看了一下，然后才站起来开口道："请吧。"

男人立刻出来接待新田，递上名片说道："承蒙贵公司关照。"这个瘦削的男人看似将近六十岁，头衔是财务课长。新田告知来意之后，男人说了一句："我去请社长过来，请稍等一会儿。"然后就把新田独自留在房间里离开了。

大概等了五分钟之后，门上传来敲门声，一个矮小又微胖的男人走进房间。

"啊，你好。"

男人的嗓门很粗，从外表看绝对想象不到。他倒也没摆出一副谄媚的笑脸，而是麻利地坐进对面那张带扶手的椅子，问道："你要的是财务报表，是吧？"这位是社长江木，给人干练的印象，全身都散发着"我很忙"的气场。

"我是负责财务的，出来前查了一下，发现还没收到最新的财务报表。"

"哦哦，是这么回事。"

江木回应道，接着问了一句："还有必要寄吗？"

"为了方便信用管理，我们公司规定有生意来往的公司都要提供报表的。"

"可是，我们都不跟你们做生意了。"

江木这么说，又询问新田："你不知道吗？"

"我知道最近没有向贵公司支付货款。"

茶端上来了。新田伸手拿起茶杯，说道："不过，这也并不意味着以后都不会有交易了吧？"

在回答之前的短短一瞬间，江木谨慎地看了看新田。

"大概，不会有了。"

"负责人换成原岛之后，这生意就断了，对吧？请问是有什么原因吗？"

在回答之前，江木沉默了几秒。他似乎很诧异新田为什么会这么问。开口之前，他的视线再次落到新田的名片上，应该是在确认上面的头衔。终于，江木回答道：

"我哪知道有什么原因。"

"可是，交易的数目不是挺大的吗？"

新田不肯罢休。"每个月都有数千万日元。恕我直言，照贵公司的销售规模，那种营业额绝对不算少，但是没有任何理由就中断了交易。原岛没有说明取消订单的原因吗？"

"新田先生，你上门不是为了拿财务报表吗？"江木再次问道，"那么，正如我刚才所说，今后我们不打算跟贵公司做交易了，所以没理由提供财务报表。至于交易中断的原因，我这边没什么好说的。要不要跟我们订购是贵公司的决定。我之后还有预约，就说这么多吧。"

与江木的会面就此结束了。

心有不甘的新田离开事务所，走向园区门口。

原本以为和江木谈过之后可以了解一些情况，看来他还是太天真了。但是，江木刚才那种固执的态度是怎么回事？这一点反而让新田越来越坚信当中有某种原因。

门口有一辆计程车驶了进来。新田一边走一边思考,毫无察觉地与车子擦肩而过。

"喂,新田。"

听到呼唤,新田终于回头了。看到刚从计程车上下来的男人,新田不由得停住了脚步。

"哦哦,你好。"新田含糊地说道。

"你在这里做什么?"

原岛的口气像是在质问,眼中没有一点笑意。被瞪了一眼的新田突然紧张起来,感觉心脏开始疯狂跳动。

"我是到这附近办事……"

新田假装淡定地说道。他顺路拜访这里的事,也没跟加茂田报备一声。这完全是新田的自作主张。"然后突然想起还没收到'透明科技'的财务报表。"

原岛不作回应。也不知道他信不信。

原岛面对新田站着,投来的视线像锥子一样尖锐。空车状态的计程车掉转车头,在两人之间的空地驶过。

"财务课会特地上门做这种事吗?"原岛有些怀疑地说道,"你说到这附近办事,是去了哪里?"

"这跟你无关吧。"

新田企图蒙混过关,但原岛严厉地问道:"去了哪里?"

"银行。我去了银行。"新田粗鲁地回了一句。

"说到底,如果营业部能乖乖拿到那份报表,我也没必要特地跑一趟。请你不要太过分,好吗?"

将自己的行为正当化,是新田的拿手好戏。他一直是这么做的。

没等对方回复，新田便迅速转身，迈步走开。

新田本以为原岛会对着他喊几句，于是留心听着身后，但直到他走出"透明科技"的园区，始终什么都没听到。出了园区往右一拐，在回头望去的视野中，只见到原岛的身影消失在事务所里。

"不是说不做交易了吗？那为什么还来这里？"

这场不可思议的相遇，让新田心生纳闷。

与原岛在这里偶遇，实在是出乎他的意料。新田试着自问，这样会不会造成什么问题？得出的结论是——没问题。毕竟没收到最新一期的财务报表确实是真的。作为财务课的人，新田说来这里拿报表，也不是什么问题。

新田走向大街，准备招一辆计程车。

9

临近傍晚，新田一回到公司，就被一脸不悦的加茂田喊了过去。每次加茂田摆出这种表情，肯定又是哪个部下犯了严重的错误。新田起身走过去，心里回想着这几天的工作，然后小心翼翼地站到加茂田的桌子前方。

"听说，你今天跑到'透明科技'去了？"加茂田说道，表情很是瘆人。

"你去做什么了？"

新田没想到他说的是这件事，内心吓了一跳。

"因为我没收到财务报表，"新田说出事先备好的答案，"所以就想着去白水银行的横滨支行办完事，可以顺便走一趟。"

"那是你该做的事吗？"加茂田慵懒地靠在椅子上，一脸愤怒地看向新田，"让营业部去拿不就行了吗？"

"或许也可以这么做。不过现在公司好像也没找'透明科技'采购了。"

"既然这样，还要财务报表做什么？"

"有些交易是留到四月份结算的。"这本应是一个设想周到的借口。

"按照公司规定，我觉得应该去找他们要一份最新的财务报表。"

"你觉得这种借口说得通吗？"加茂田提高音量，直截了当地说道，"你跑去拜访'透明科技'，不是因为跟营业部转移订单有关吗？我已经跟你说过了，忘了那件事！"

即便隐瞒也无济于事，加茂田已经知道了。肯定是原岛来跟他说过这件事。

"可是，课长，那个交易很可疑。"没办法，新田只好这么说了。

"之前公司和'透明科技'每个月都有几千万日元交易额，现在却没有任何理由就转走了订单，这个做法非常奇怪。而且，坂户先生直到现在仍是挂在人事部的闲职，这一点也很怪。我认为，这里面肯定有什么勾结。"

新田以为加茂田一听到"有勾结"就会转变态度，然而他的期待落空了。

"我说过了,那是你的多疑。真是的,净给我找麻烦。营业部都来抱怨了,说财务课的人擅自跑到客户那里闹事,让他们很难做。饭山部长也恼火着呢。你到底脑子里在想些什么?"

不管说什么,加茂田都听不进去了。新田眼见加茂田无法沟通,不得不道歉:"对不起,给您添麻烦了。"

然而,加茂田这个人不是一句简单的道歉就能打发的。

整个财务课的人都竖起耳朵,听加茂田揪着新田训斥了将近一个小时。训话过程中,加茂田摆给新田看的脸色,简直就像有仇一样。新田的作为让营业部抓住了把柄,再加上被上司臭骂一顿,让加茂田气到将一肚子的怒火百倍奉还。

新田的自尊被打击得荡然无存,虽然嘴上没说,但是愤怒已经化作好几个巨大的旋涡,在他内心深处形成混浊的黑洞。

这头蠢猪,去死。这头蠢猪,去死——

新田表面不断重复着道歉的话语,暗地里却用脏话把加茂田骂了好几遍。

那团怒火最终逐渐蔓延,扩散到其他人身上。首当其冲的人就是原岛。在"透明科技"被原岛喝止的时候,那种责难的态度,当时的声音和表情,仿佛都变成海报贴在新田内心的记忆告示板上。明明是你没有解释清楚,那种态度是什么意思——新田很想对原岛这么说。可是原岛竟敢向财务部抱怨。错的又不是我。错的明明是他们,却没有一个承认。真是岂有此理。还有身为部长的饭山,还有加茂田,放着那么明显的可疑点视而不见,只会揪着丢了面子的事来教训我。

天底下居然有这么不讲道理的事!

你们这群人，都是垃圾。

看到加茂田气得满脸通红，新田忍不住对他丢了一个轻蔑的眼神。

"你有没有反省啊？"

加茂田的怒火立刻被再次点燃，原本告一段落的谩骂又得延长了。

10

畜生。可恶。去死——

坐在回家的电气列车中，新田的脑袋里塞满了愤怒，几乎就要立刻爆炸。晚上十点过后，列车里有一半以上都是醉汉，到处都是让人看了就窝火的家伙。新田的内心怒意翻滚，心情极其不爽，稍微一点点小事就可能引发争吵。有个学生伸直双腿打瞌睡，这一幕也让新田一阵恼火，死死地盯着不放。幸好那个学生没有发现他的视线。

前往八割方向的乘客们坐上了这趟从新宿出发的列车。置身于这些人当中，新田满脑子想的是如何报复加茂田。然而越是思考就越是火上浇油，气得他面红耳赤。当列车行驶到经堂站，新田心中萌生一种极端的攻击冲动，下车时还将挡在车门附近的上班族狠狠推开。

"喂，你这人。"

就在这时，新田被身后一个声音叫住了。

回头一看，只见刚刚被新田推开的上班族也下了车，堵住了他的去路。

男人跟新田差不多年纪，不过个子比新田稍微高一些，身体也很结实。

新田不说话地盯着对方。

"你推我做什么？"

男人这么说，右手一把揪住新田的西装前襟。新田知道站在车门附近的乘客都在看着他们，但气血冲脑的他已经顾不上这些了。

"因为你挡道了。车到站之后就有人要下车。你连这点事都不懂吗？"

说着，新田将揪着自己西装的那只手臂用力推开，结果却失去平衡，往后踩空了几脚。

"搞什么，有问题的是你。"

强烈的憎恨往上冲撞，新田也不知道这些恨意是纯粹针对这个男人，还是源自加茂田那件事。

他只知道自己从来没体验过如此强烈的憎恨。

电车关闭车门，滑出了站台。看热闹的人少了一半，留在站台上的乘客也只是远远围观着。

"你说什么，混蛋。"

男人往前踏出一步，朝新田的脸上挥出拳头，动作非常敏捷。在那一瞬间，新田感受更深的不是疼痛，而是耻辱。居然在众人面前被人贬低——对新田来说，这是他绝对无法容忍的屈辱。

嘴唇尝到了血腥味，新田用手背擦了擦，狠狠地仰视刚刚揍了自己的男人,正好对上那人自鸣得意的眼神。

新田盯着自己的手背。

在站台灯光的照耀下,他感觉到皮肤的潮湿,但分不清那是血还是唾液。这个时候,男人站到新田跟前,浑身散发着酒气——这个男人醉得厉害。

新田没说话,忍着疼痛直起上半身。

男人戒备地摆出架势。但是新田没有朝他冲过去。只有不懂这个社会套路的低能儿才会这么做。在日本这个国家,就算打架打赢了,也跟输了差不多。新田从胸前口袋掏出手机,当着男人的面,报警了。

"这到底是怎么回事?"

美贵来接他,开口第一句就这么问。她眉头紧皱,脸色苍白,声音里的情绪与其说是担心新田的伤口,倒更像是气恼他惹了麻烦。

"是那男人找茬儿,冷不防就揍了我一拳。"

警察赶到后,新田说明了情况,随后搭车去医院,路上打电话跟美贵说了一下。新田把当时的说辞重复了一次。经诊断,伤口要两个星期才能痊愈。警察询问了原委之后,开了一份受害申报,等到放行的时候已经临近深夜十二点。新田彻底累垮了。

"他为什么要找你茬儿啊?"

美贵一脸无法接受的样子,又问道:"总该有个什么理由吧。"

那种口气，让新田不由得一怒。听起来就像在说他编造了跟人打架的原因。

"我要下车的时候，他挡在门口。我推开他下了车，他就揍了过来。"

"原来是因为你推了人家。"美贵仿佛在责怪新田做错了一般。

"以你的性格，推的那一下肯定很粗鲁吧。叫人家闪开之类的。"

"你有毛病吗？"

新田停下解领带的手，说道。几个小时前，看到那个男人被警察押走的一幕，让他的怒火稍稍收敛了，然而现在再度沸腾起来。

"那个人也只是碰巧站在门口而已吧？可能也没注意有人要下车呀。突然被人推了一把，难怪会生气。"美贵还在继续强调自己的正义。

"你自己也有不对的地方。"

"开什么玩笑。"

新田被妻子气得头昏眼花。

他打从心底痛恨这个女人。

什么都不了解，就知道批评丈夫。装出一副什么都懂的面孔，能说会道，还自认为比丈夫高出好几个段位。

"你到底是站在我这边的，还是跟我搞对立？"

"我又不是在说这些。我只是在陈述事实啊。"

桌子边上堆放着夏威夷旅游的宣传册子，仿佛在讽刺这一切。新田一把抓起册子,狠狠地丢进一旁的垃圾桶。

"你干什么!"

美贵尖叫了一声。但新田不管不顾,将装着宣传册子的垃圾桶用力踢翻。塑料制的垃圾桶撞上电视柜,留下无法修复的痕迹,一路滚向对着阳台的窗户,直到窗帘下方才停下。

"早知道就不该跟你结婚!"

美贵说道。

"我也是这么想!"

说完,新田抓起外套走向大门。

"你要去哪儿?"

"去吃饭!"新田头也不回地喊道,"你完全就没想过我没吃饭,对吧?告诉你,我已经饿到快死了!你倒好,吃了饭泡了澡,就知道小瞧我。日子过得真舒坦。"

11

"新田君,来一下。"

被殴事件过了两天,新田被部长饭山叫去了。被点名的时候,新田还以为部长想问的是被殴事件的详情。不承想进入部长室,等待他的是一句意想不到的话。

"虽然还没下达正式的通知,不过公司决定派你去大阪。"

饭山完全不看新田,而是盯着手边的资料,告知了一声。

"去……大阪吗?"

这件事实在太突然了,新田甚至未能马上理解自己听到了什么。现实整整慢了一拍,才慢慢渗进新田的大脑。

"请等一下,部长。大阪没有会计吗?"

话一出口,新田的脑子里就冒出一个新的想法。

对了,是不是因为业务扩张,组织需要进行改革?之前大阪那边没有财务部门,所以要设置一个财务部。上头会不会是这个意思?如果真是这样,这就相当于提拔了。说不定会顺势晋升为课长。然而,饭山将老花镜往上一托,脸上极其不悦地盯着新田。

"派你去大阪,是做营业的工作。"

新田顿时说不出话来。

"可是,我一直做的是财务——"

"财务……"饭山打断新田的反驳,继续说道,"财务这份工作,就是处理钱财方面的问题。照我的意思,这种工作必须交给值得信任的人来做。你,之前跟营业四课的滨本君搞过外遇吧?她是不是因为这件事才辞职的?"

部长这番话,像一把突如其来的尖刀,截断了新田的性命。

事实上,新田确实有几秒忘记了呼吸,只能目不转睛地盯着部长的脸。他思考着该找些什么当借口,却怎么也想不出该怎么说。

"本来我是打算解雇像你这种有不正当关系的员工的。"饭山说着,眼神唾弃似的瞪着新田。

"这个人事安排就有这层意思。下个星期就会下达任命通知了,你做好准备吧。"

部长把资料摞成一份,在桌面上"咚咚咚"地敲了几下,然后冷冷地看向新田脸上的创可贴："那些伤是怎么回事？说什么自己啥都没做就有人来找碴儿？以你的性格，该不会又多嘴说了些什么吧？"

又——？

新田震惊地看向部长，而饭山已经站起身，背对着他离开。

把我踢走，真的是因为那个外遇吗？

新田从部长室回到座位后，这么自问道。如果真的是这个原因，应该更早之前就踢走他了。但是公司并没有那么做。

如果——如果有其他真正的原因，那究竟是因为什么——

新田试图绞尽脑汁去思考，就在这时，桌子上的电话响了。

"听说你要去大阪的营业部了，"听筒里传来了八角的慵懒嗓音，"你终于知道自己犯了什么蠢吧？"

说完这一句，八角就挂了电话。

惨败的感觉从内心深处逐渐往上涌，新田的大脑快炸了。

这到底……是怎么回事？

这种公司，我一定要辞职。

然而，与此同时，新田也非常清楚，在现在这个世道，换工作并不是那么简单的。

新田在公司给美贵发了邮件，将自己即将调去大阪的事告诉她。

"我可告诉你啊，我——不去大阪。"

新田比往日早一些回到家，等待他的是这么一句话。

解领带的手一时静止了。他看着妻子——

"是吗？"

他只说了这一句。

妻子没再说什么，而是继续料理晚餐。

又是土豆炖肉吗？

新田心里这么想着。还有，夏威夷之旅也泡汤了。

又过了一个星期的星期三，派他去大阪的任命通知下达了。

公司的人在车站前的居酒屋里给新田办了一个小小的送别会，之后他独自出发前往大阪。三个月后，新田与妻子离婚了。

第五章　公司里的政治家

1

认识佐野健的人，会怎么形容他呢？

投机取巧、见风使舵、阿谀奉承、表里不一的墙头草。还有——"公司里的政治家"。

不过，这些都是以前的评价了。

佐野，即佐野健一郎，大概两年前晋升为营业部次长，一时风光无限。但现在的佐野，被贬到东京建电的"穷乡僻壤"——客服室，勉强顶着一个室长的头衔，但充其量就是一个被公司冷落的干部。

客服室的主要工作，就是处理投诉。

这里每天要应对顾客们发来的各种投诉，以适当的措施进行处理。佐野有两名部下，一个是二十七岁的平庸男人，一个是三十二岁的迟钝女人。这两人在工作上的无能简直到了骇人听闻的级别。当初公司敲定这个职位调动，北川递出任命通知时所说的话，佐野至今还记得。

"你的工作是解决投诉，非常适合你。"

这句话相当于宣告他被屏除在推销主力之外。对于东京建电来说，顾客的投诉根本不值得一提——这是北川的看法，而公司也是这么认为的。

这么一份任命通知，就终结了佐野之前一帆风顺的上班族生涯，还被过河拆桥，赶到组织的角落里去。

佐野全家住在江东区一带的公寓里，他是家里的老二。

他的父母是双职工，父亲是就职于日本桥一家纤维商社的推销员，母亲就职于一家零件制造商，总公司位于神田，她是那里的财务助理。佐野从小就是一个"钥匙儿童"，放学后回到家，先吃完母亲准备好的点心，然后到小朋友家玩。偶尔也有小朋友到他家来玩，但由于他母亲不太喜欢没有家长陪同的小孩子自己在家玩，所以基本上都是佐野自己去小朋友家。他每天都玩到很晚，算准了母亲晚上六点归家的时间才回到自己家中。

佐野的家在江东区一栋海景公寓的五楼上，房子的格局是三房一厅附带厨房。他的父母合计了两人的收入，用三十年贷款买下了这间中级公寓，也没什么值得骄傲的。若真要说一个得意之处，就属从阳台望出去的港湾美景吧。

远远望去，可看见东京湾上鳞次栉比的吊车、仓库，还有交错往来的各种大轮船。不管是晴天还是雨天，就算一整天眺望那些缓慢挪动的船只也不觉得腻烦。其实，当小佐野没有地方可玩的时候，就会站在阳台上，看那些景色消磨时光。

成为一个水手——这是佐野小时候的梦想。乘船出港，周游世界各国。国外肯定有很多自己未曾见过的美丽港湾。在那里，肯定也有让他心潮澎湃的冒险。少年的佐野眺望大海，穿着旧旧的短袖衬衫和别人留给他的短裤，赤脚套着拖鞋，海风吹拂着头发，潮水的气味也温柔地抚过他的脖颈。

在当地的公立中学毕业之后，佐野入读了附近的都立高中。

那所高中的升学实绩还算可以，但佐野的成绩在那里只能算中等。他好不容易考进了都内一所私立大学的经济学院，毕业后进入了一家大型的家电销售公司就职。儿时那个想当水手的梦早已经忘记，回头想想，他过往的人生还真是非常平凡啊。

在那个家电销售公司，佐野取得了极好的成绩。

因为他的口才很好。

他会笼络客户，又会奉承上司，并且在这家公司学会了处世的手段。在临近三十岁的时候，为了寻求更大的舞台，他参加了东京建电的招聘面试并且合格了。之后的两年里，身为一名优秀的推销员，佐野拿出了亮眼的成绩，成了公司里人人佩服的人物，直到他从晋升的楼梯上踩空。

当时担任营业部次长的佐野，是公司里消息最灵通的人，既能说又能干。对于直属上司北川，他始终唯命是从。谄媚上司，苛待部下，尽情地施展中级主管的职权，仕途一片大好。

然而，这样的日子突然出现了转折。

某次佐野偶然听说北川在董事会上汇报，指出营业方面没有成绩是因为佐野太无能。

佐野相当气愤。明明他那么努力，但北川最多只把他当作一枚弃子。

顺带一提，董事会上的这些事，是生产部部长稻叶告诉佐野的。

稻叶与北川之间的关系势如水火。北川常说都怪产品不够好才导致营业额无法提升，而稻叶也常抱怨营业部的能力太弱。

那一年，社长将住宅相关的产品视为重点销售项目，但该部门的业绩相当低迷，因此北川才作出了那通汇报。

恰好那个时候，美国那边的金融环境也动荡不安，导致日本的景气指数跌到谷底，社会上也开始倾向于抑制大件商品的购买欲。

在这样的逆境中，住宅相关产品部门的营业额严重下滑。虽然负责人是佐野，但大家都觉得业绩不振是环境因素导致，而不是佐野个人能力的问题。

佐野至今还是认为，不管是谁来做，以当时的环境来说，都会得出同样的结果。

但是北川把一切责任推到佐野一个人身上，以此保全自己。

他说出这种话，实在让人难以谅解。

"机会难得，要不要去喝一杯？"

因为对北川心有不满，佐野答应了稻叶的邀约。在居酒屋，佐野将北川的暴君行为和蛮横的营业手段一股脑地倾吐出来。稻叶也有的放矢地说了心里的话。两人很快就聊得很投机，结成了共同以北川为敌的同盟关系。

在公司里，大家都知道北川是一个严厉的营业部部长。

事实上，他总是把琐碎的数字交给佐野处理，不和部下做任何交流沟通。营业部里现在发生了什么问题，部门里的人是以什么状态工作的，北川对这些都毫不在意。他只会制定一个目标数字，若是没能达成就破口大骂。为了自身的利益，就连本应是他最好帮手的佐野，也可以轻易地被他丢弃。

这种众叛亲离的做法是不可能成功的——佐野还记得第一次和稻叶喝酒时,满腔愤慨的自己非常情绪化,喋喋不休地念叨着这些话。

自那之后,佐野和稻叶就变成了偶尔能去小酌几杯的关系。两人会针对公司里的各种问题交换意见,佐野也一如既往地抱怨北川。

"你要是技术人员,还挺想让你来我们部门的。"

佐野也忘不了,当时的稻叶一边表示同情,一边利用从他这里获取的信息,在董事会上攻击营业部。

受社会形势的影响,东京建电的业绩相当吃紧,连董事们也是一逮到机会就叫嚣着让人负起责任。从稻叶的角度来看,只要掌握营业部的真实状况,指出营业部的不足,他就能占上风。

某一次,北川把佐野喊来当助手,让他亲眼目睹了那场争论。

谈及某件产品时,北川开口挖苦了生产部一句:

"难道不是因为产品设计不受消费者喜欢才卖不动吗?"

"北川先生,听说公司内部打算针对消费者进行问卷调查,这个意见却被你打压了,不是吗?你这种人懂什么?这么说不是自相矛盾吗?"稻叶立刻回敬了一句。

虽然北川当场强词夺理地反击将事情应付过去,但在坐下之后,他满脸愁容、眼神在会议室里四处漂移的样子,给佐野留下了深刻的印象。

被稻叶指出问卷调查这件事,让北川出现些许动摇。

活该。

审时度势，占尽先机——佐野内心一阵得意。他一方面是公司内众所周知的包打听，一方面又与稻叶私下勾结威逼北川，名副其实就是"公司里的政治家"。

每次和稻叶在董事会上起了争执，北川都印象深刻，稻叶对营业部内部的情况了如指掌，他开始对此提高警惕。直到他知晓稻叶的消息来源是佐野。

稻叶差不多每个月会有一次来约佐野去喝酒。当时的佐野几乎每天都会找些理由，跟同事或走得近的客户去喝几杯，所以不知不觉间，喝酒就变成了他们交际的一环。偶尔佐野也会主动去约稻叶，稻叶总是一个人前来。佐野也是。两人并没有事先商量好，不过或许彼此内心都有点过意不去吧。

两年前的七月份，稻叶来邀约，说有一家店可以吃到鬼虎鱼，问佐野要不要去。

两人一起去喝酒的地方，大多数离公司较远，避免撞见其他同事。

那家店在新宿靖国大街沿道一栋大楼的七楼。

"我老家是福冈的，冬天就要吃河豚，不过夏天没有河豚，就一定要吃鬼虎鱼了。"

稻叶带着些许自豪地说着，看了看店员装在提桶里的鬼虎鱼，点了点头。之后两人聊了一些工作上的事，什么新产品的企划太糟糕啦，什么社长理解能力有限、导致生产线的修改可能要推迟啦。稻叶的嘴巴很毒，很少听到他说些肯定的话，聊天的内容主要是批判某个人。另一头的佐野则说上次那个定额很难完成。"部长认死理，说定额一定要达标。要是这样就能达标，我们也不用那么辛苦了。"他一边叹息一边讽刺北川的无能。

那是佐野第一次吃鬼虎鱼。

白色肉质的鱼，或许确实可以算是河豚的替代品。不过，佐野对食物没多大兴趣，不管是鬼虎鱼还是河豚，对他来说都没什么差别。反正，凡是必须勉强自己的荷包才能吃到的鱼，佐野都兴致缺乏。顺带一提，和稻叶一起吃饭的时候，基本上都是对方请客。也就是说，稻叶动用了生产部的经费，到头来，这餐饭不过是生产部收集消息活动的一环，不过佐野没有这个意识。

他们在店里待了将近三个小时。星期五的店里客人挺多，而且料理的工夫做得很细致，所以很费时间。

稻叶付了钱之后，两人一起从七楼搭电梯下去。电梯里人很多，所以稻叶先行一步，佐野则搭了后一部。

"喂。"就在这时，有人突然抓住了他的手臂。

佐野大吃一惊，望向对方，不由得哑口无言。

北川就站在那里。

看他的脸，似乎已经摄入了不少酒精，还流露出些许怒意和讽刺。他冷冰冰地瞪着佐野，说道："真是巧啊。"又向走在前方几米的稻叶的背影瞥了一眼。

突如其来的状况，让佐野想不出任何借口。

"你们，感情挺好的啊。"

北川只留下这句话，就走进电梯消失了。

过了半个月之后，佐野接到任命通知，调职到客服室了。

现在的佐野，坐的就是公司里所谓的"冷板凳"。

事实上，佐野的位置在离窗户最近的地方，从那里可以看到大手町的街道。他在营业部那会儿，经常在外奔波，从来没想过有一天自己居然会从早到晚望着公司窗户度日。

"小时候还想着当水手呢。"

每天眺望着窗外的佐野，终于想起了这件事。这片混凝土建筑物的海洋，与自己家里阳台望出去的那片海真是迥然不同。他一边俯览这片景色一边感慨。

真是愚蠢啊。为什么我没有以水手为人生目标呢？

那个梦想到底是什么时候忘记的？

此时此刻的佐野，作为中坚制造企业东京建电的一介员工，在没有前景的职位上虚度光阴。他无计可施，只能待在这里，对着派不上用场的部下发火。

2

部下小西从刚才就一直在偷偷摸摸地讲电话。也不知道电话里说的是什么内容，时不时看到他似乎很不耐烦，张口就是一句"我都说了，那是因为……"，勉强看得出来那是在应对客户的投诉电话。

佐野抬头看看墙壁上的时钟。此时已过下午三点，办公室窗外投射进来的阳光在墙壁上落下斜切的痕迹。

他到底要说到什么时候？

小西的座位被蓝色隔板隔开，当佐野很是恼火地瞪向那边时，就听到一声"那么就这样，我挂了"。这通持续了将近一小时的电话终于结束了。

"小西君。"

佐野开口道。小西越过隔板探出半张脸。"过来一下。"佐野说完，小西便慢吞吞地走到他的座位。

小西太郎这个人，总是脸色苍白，无精打采。他的身材瘦削颀长，俯视着佐野的那张脸感觉不到一丁点儿知性和活力。

"刚刚是什么投诉？"佐野问道。

"对方说冰箱门有点松动。"小西回答，"说是小孩子用力撞了一下之后，就关不紧了。"

"我说你啊，干什么花时间应付那种投诉？"佐野倚靠在椅背上，眼神恐怖地望向小西，"话说回来，那孩子撞冰箱门做什么？当我们公司的冰箱是攀登架吗？"

"那主妇太烦人了。她是个住在大阪市的全职太太，三十七岁，名字叫——"

"那种事不用汇报，我也不想听。"佐野打断小西那些不成借口的话，"再说了，你也太浪费时间了。像那种电话，说一句'只要正确使用就不会出现问题'就能解决的吧。你原本不是营业部的人吗？"

小西原本是营业部的，不过佐野也知道他"派不上用场"。大学毕业后，小西作为新人在营业部待了两年，之后调到总务部，然后又转这个客服室——因为他在总务部也成不了气候。

"对不起。"

小西垂下脑袋,不说话。这个部下完全不具备社交技能和营销常识,相当死心眼,也非常老实。

"算了。"

"请问,这件事要写在客服报告里面吗?"佐野刚说完,小西又小心翼翼地询问了一句,这让佐野愈发无奈。

"这种事怎么能写啊?要是报告里写了这件事,只会让生产部和营业部的人来双面夹击,质问客服室做了什么好事。"

所谓客服报告,就是客服室每个月都要完成的汇报书,其目的是记录客户方面有哪些索赔投诉,以便要求各个部门作出改善。

佐野每个月都要烦恼怎么写这份报告。

要是写得太委婉,会被人反击一句"这点小事应该客服室自己去说服吧",说不定会扣上一顶"无能"的帽子。

"投诉应该有所控制"——这话并不是营业部部长北川本人说的,但在东京建电内部有共识,大家一致认同,像这种不来钱的工作,交给那些不顶用的人随便应付一下就行了。

话虽如此,顾客的索赔投诉也不能一个也不汇报。那样的话,就会被反问客服室的存在是否有必要。这方面的斟酌真是微妙又复杂。

因此,客服室提交的每一份报告,经常得写一些息事宁人的内容,以免引起纠纷。

这个月也没什么投诉值得东京建电认真对待——虽然心里这么想,但佐野也明白,在某些索赔里,客服室也算是一个挡箭牌,稍微控制一下事态。可以说,佐野现在需要具备的技能,就是如何斟酌这些情况。那是他曾经习得的权衡技巧,也因此才会被誉为"公司里的政治家"。

佐野看着被呵斥了一顿的小西怯生生地回到自己的位置,然后才翻看手里的一捆东西。这些是本周内收到的投诉明信片和信件。

这些邮件用橡皮筋扎成一捆,上面还有一份简单的清单,是另一个部下仁科理美整理的。

每张卡片都以内容是否为投诉做了区分,若是投诉的卡片,就按照紧急程度分为A、B、C三类。A是可以无视的,B是需要讨论如何应对的,C是必须立刻处理的。

刚刚仁科整理的那份清单里有五十多宗投诉。由于东京建电涉及多个领域,从住宅到工业产品都有所涉猎,就这个量还算是少的了。

信件形式的投诉基本上都是单个顾客寄来的。像产品生锈弄脏了手啦,掀开盖子的时候有怪声啦,这一类的投诉比较多,仁科都把这些归为A类,这么做倒是没问题。

佐野瞥了一眼清单,跟平常一样,B和C多到让他吃不消。到了C级别,就必须联系相关部门,汇报处理结果。

"仁科君,过来一下好吗?"

仁科慢吞吞地从座位上站起,走到佐野跟前。

"为什么这个算是C类?"

这是一宗用信封寄来的投诉。

"之前我拿架子上的东西时身体失去平衡,于是整个身子坐进了贵公司制造的折叠椅，结果座椅面掉落，差点受伤了。考虑到椅子的用途广泛，我认为贵公司应该提高一下这款椅子的坚固性，或者附上一份说明，写明这款椅子的负重是多少公斤。"

顾客还很周到地标注了商品的名称，从字迹上看得出他上年纪了。

"因为上面写了，差点害他受伤。"

仁科说明了原因，佐野好不容易才抑制住痛斥的冲动。

"可是，这不是没受伤吗？你不知道我们公司的折叠椅在市面上卖出了多少把吗？再说了，其他人并没有发来这种投诉，对吧？难道你就不觉得纯粹是这个顾客的使用方法比较特殊吗？"

"哦……"

"哦什么哦！"佐野夸张地叹息了一声，吓得仁科缩紧身体，"这种投诉，就算上报了也只是让生产部为难。再说了，说什么拿架子上的东西时身体失去平衡，这种事谁管得着。虽然不知道这个人体重是多少，但生产部肯定也考虑到了这种情况，设置的承受重量应该超出一般的标准。而且，他也没写自己是怎么使用这把椅子的。说不定是淋了雨生锈了之类的。别那么随随便便就归为 C 类，只会把事情闹大。要是椅子没有任何缺陷，我们的应对就成问题了。"

"是不是调查一下比较好？"

仁科说出意料之外的回复，让佐野痛感身居客服室这个闲职的自己很窝囊。

"调查了又能怎样？这种事无视就行了。别管了别管了，这个最多算 B 类。"

佐野的手在面前摆了摆,接着若有所思地说道:"话说回来,就这形势来看,这个月的报告要怎么办啊?"自从来到这里,佐野的脑子里全是客服报告的事情。

"有没有什么好的投诉?"

虽然这么问很奇怪,不过他说的是适合写在报告里的投诉。那些令人联想到客服室的辛苦、听来也不碍耳且无必要做太大改善的来信——

见仁科陷入沉思,佐野自顾自地用一句"麻烦在编辑会议之前整理好"就结束了谈话。客服报告上应该写些什么,三人会再开个"编辑会议"商定。虽说是会议,但发言并作出决议的人,总是佐野一个人。

仁科鞠了一躬后转身离开,佐野便抬头看着天花板,失望地叹息了一声。

无聊。每天总在重复这样的事。

"在这里待着,人会变笨的。"他一如既往地在内心里嘀咕着这句话。

3

客服报告定在每个月五日发放。

在发放之前,要先把主要内容写成报告书,在定期召开的联络会议上获得部长级以上的领导们认可之后,才可以制作成定期刊物派发,在公司内传阅。为此,每当将近月底的时候，客服室都要开一次称为"编辑会议"的总结会议。会上，他们会挑选值得汇报的索赔投诉，并制定报告的方向。

从刚才开始，佐野的脸色就很不好看，一直把手交叉在胸前不说话。

现在是编辑会议的时间。

在佐野面前，与这个月的索赔投诉有关的资料已经堆积如山。会议桌旁除了佐野之外，小西和仁科两个人正带着几分紧张的神色在翻阅资料，摆出一副思考的样子，却没说出一句值得听的发言。

"话说回来，为什么净是这种不正经的投诉？"

佐野发出一声刺耳的咂舌后，有些不耐烦地说道。虽然东京建电的产品涉及多个领域，不过在技术方面是有定评的。只要照平常的使用方法去用，也不会出现严重的故障或损伤。

但是，现在堆积在眼前的大多数投诉，有的是因为使用方式非同一般而导致损伤；有的是吹毛求疵；还有一些自以为是的蠢货，净提一些不值一驳的说教内容。

顺带一提，为什么说这些索赔投诉"不正经"呢？原因显而易见。

因为不够积极，也没有建设性。

佐野想要的是具有提案性质的投诉，例如"这个产品的这个部分很容易生锈，建议把原本的铁质材料换成不锈钢"之类的。光是批评产品的投诉，汇报了也没有意义，只有那些能够改善产品的内容才值得听一听。而打捞这些内容，就是客服室存在的意义。更进一步地讲,处理这样的索赔投诉,说是为提升佐野在公司内的地位做贡献也不为过。

话说回来,说到这个月的索赔投诉,没有一个能用在报告上的,产品本身也确实没出现什么大问题。

每月一度召开的联络会议上,社长以下的董事都会出席,佐野被赋予了在此汇报客服报告的机会,但是按照这个情况下去的话,这个让他强调客服室室长存在意义的场合,就会变成董事们打瞌睡的时间了。

虽然被北川仇视,还被赶到客服室这种小旮旯的位置,但佐野还留着一份无法舍弃的野心。在他的内心深处,一直有一团熊熊燃烧的火焰,心想总有一天要回归公司的"主流"。

毕竟他才四十二岁,而且曾经取得的赫赫业绩让他有一种自负。在别人看来,或许这不过是一份客服报告,但佐野把自己的未来都赌在这份报告上了。

"说起来,室长,有几宗投诉是针对营业方式的。"

就在这时,小西开口说道。看来他完全不理解佐野的那份干劲。

"嚯?"佐野猛地从思绪当中回过神。不过,在这个阶段,心中闪过的念头并不是这些能不能用。之前他总是着眼于与产品相关的投诉,没想到还有关于服务的投诉,所以感觉到一种眼前一亮的新鲜感。

于是,佐野问道:"是什么投诉?"

"投诉我们公司营业部的人不懂礼貌。"小西一边看着顾客寄来的信件内容一边说道,"这封信上说,'拒绝了好几次还一直来,而且是晚上七八点的时候上门。晚的时候甚至九点上门的也有。跟他们抱怨的话,对方就说他们有目标要完成,尽是一些只顾自己的理由。请问贵公司是怎么教育你们的推销员的?如果再有这种强制性的推销,我们会找警察商量一下'。同样内容的,还有其他两封。"

佐野倚靠在椅背上,一边啃着拇指的指甲,一边转动脑筋。

在之前的客服报告里,还从未把营业部的做法摆在台面上来说。说到底,之前也不存在那种投诉。

不过最近这几个月,确实时不时地、稀稀落落地看到同样内容的投诉。

虽说幕后原因是北川对定额催得很紧,但佐野的继任者、那个姓中下的男人用了一种不同寻常的激励方式,也造成了很大影响。为了达成目标,营业部居然默许了那种近似于违法的推销手段。在佐野负责的那会儿,这种行为实在是难以想象。

"有意思了。"

佐野内心很是满意地嘀咕了一句。如果把这件事写在报告里汇报上去,也能证明曾经作为营业部次长的他是多么优秀。

"小西,找找之前跟营业部有关的投诉,都给我标出来。这个月的报告就以这个内容为主。还有——"佐野的心情就像豁然开朗了一般,转而望向仁科,"是不是有个投诉座椅面的?另一个内容就写那一类投诉。列举几个那种内容的,就这么写——"

佐野口中妙语连珠,流淌出一个个句子。"虽然这些问题谈不上是我司产品的瑕疵,但由于顾客们的使用方式超出我们的预估，导致破损之类的索赔投诉日益增加，本客服室也一直在尽力安抚顾客。这么写的话，应该也很明白我们有多努力在抑制顾客的投诉吧。"

这一天的佐野相当精神。

仁科的表情也瞬间变得明亮，仿佛一个孩子解开了苦思许久的数学题。她似乎想说几句感想之类的话，但开口说出的还是一句很单纯的"你好厉害啊，室长"。

那还用说。佐野在心里这么说道。

我的大脑构造跟你们的可是不一样的。

"还有其他的吗？"

之前像触礁轮船一般的编辑会议，仿佛刮来了突如其来的顺风，开始运作起来了。现在就差动手写报告了。

两名部下都没有什么特别想说的。

"那你们回去整理一下吧。"

说完，佐野结束了这次编辑会议。会议历时将近两个小时，但最关键的部分五分钟就敲定了。或许世事往往都是如此吧。

这样就能向北川报一箭之仇了。

佐野回到自己的座位，俯览窗外的景色，同时低低地嗤笑了一声。

4

"那么，客服室可以汇报了吗？"

会议主持兼执行董事熊谷，是一个很会装腔作势的男人。

之前他在营业部的时候，在新加坡分公司取得了不错的业绩，因而得到赏识成了董事，当时养成的一身洋做派，直到现在还没能摆脱，简直俗不可耐。

会议室角落处的佐野站了起来，没让那些私人情绪有一丝一毫的外露。终于等来的出场机会，让他感到些许兴奋，开口说出一如既往的那句话："请各位看看手上的资料。"

其实不用他说，几乎每个董事和与会者都已经在看那份客服报告了，没人在意他。

"请允许我汇报一下本月的投诉情况。"

佐野流利地说出这句话，同时没忘记若无其事地观察混在董事们之间的北川。

佐野站起来汇报，从他那个位置只能看到一点点北川的侧脸。

看到他强忍着愕然的表情，佐野内心冷笑了一下。

"最近本客服室收到的投诉有增加的趋势，尤其是关于营业部的态度问题，所以在此汇报一下应改善的地方。"佐野斟酌着用词，那口吻就像在国会演讲一般。

"大部分寄来的投诉信件是关于夜间上门、强行推销等问题，包括营业部推销员们的营销口才，都超出了常理。本客服室也尽力做了一些应对，不过还是希望营业部内部也能就一些该反省的问题进行反省，并明确一下对待顾客的基本态度。"

看到北川气得满脸通红，佐野的心情大好，接着具体地列举了一些针对营业部的投诉，并不经意地提及规范松懈的原因所在，甚至连问责主管的话都说了。

就连佐野自己都觉得这一番话说得很精彩。

佐野的发言时间差不多十分钟，大部分都用来汇报如何处理营业部相关的投诉，最后还加了一段关于产品的索赔情况，包括客服室如何说服顾客并获得谅解，另外，这些基于无法事先预料的使用方式而引发的意外情况，希望今后在产品企划阶段就考虑在内。这番发言附加这些要点作为收尾，非常完美。

留了一小段时间让众人回味之后，熊谷才开口道："你怎么说，北川部长？"

"这种事，无聊至极。"

北川立刻很不屑地说道，愤怒的眼神也投向了佐野。这个男人，对于任何一个向自己挥刀的人都会一一击溃。他的眼神里充满了激动的情绪。

"这点程度的投诉，哪家公司都有。营业可不是什么漂亮工夫，要么是吃掉竞争对手的公司，要么就是被他们吃掉。客服室的人不知道竞争对手公司的营销是什么情况吧？还是说，你们调查过了？"

熊谷将北川的质问丢给了佐野，什么话也没说，装模作样地伸出右手。

"不，我们没调查。"佐野回答道，"这份报告书的主要内容是顾客发来的投诉，我们的目的是创造一个零投诉的公司。其他公司这么做，那我们也可以这么做，这种歪理我实在难以理解。"

"不那么做的话，产品怎么能卖！"北川的怒气爆发了，"你就是因为这样的德行，才会被烙上没资格待在营业部的烙印！"

当着所有人的面，北川把佐野奚落了一顿。

突然涌上来的屈辱和怒火，让佐野仿佛听到自己心脏的跳动声。但北川没有就此收手，继续往下说道：

"推销员负责的家庭，有不少是晚上很晚才回到家，甚至可以说，这种家庭占了大多数。推销员在自己负责的区域里奔走，顺便拜访一下那附近的客户，这可是营业的基本。这份报告只是单方面地写了顾客的不满，却没问清楚是谁强买强卖了什么产品，对吧？"

这个问题朝佐野发射了过去。

"这个……你说的也是，但……"

佐野气得话都说不利索，但又只能承认这一点。事实上，他的调查没有做到那一步，或者应该说，电话或明信片上的投诉有很多是根本不知道对方姓名的。

"那你怎么知道这些就成问题了？"北川已经是狂怒的状态，"就算有几宗投诉，哪有人就因为这种事改变营销策略的？说到底，还是你的态度有问题。你知道营业部所有人要负责多少个客户？又得谈拢多少个谈判方？开玩笑也得有个分寸吧。"

北川的两颊被无法排遣的愤懑震得微微颤抖，手中的圆珠笔用力敲着桌面。

"虽然有人投诉也很遗憾，但北川君说的没错。"

说出这句话的人，偏偏是社长宫野。这个形势是佐野料想不到的，全身的血液"刷"一下都消失了，指尖也在颤抖。

"现在这个世道可没那么容易，循规蹈矩的营业手段怎么可能完成定额。希望客服室的人，也能多多体谅一下我们。"

"真的非常对不起。"

道歉的人是总务部部长长濑。在组织架构上，客服室是挂在总务部名下的部门。低头鞠躬之后，长濑抬起头，表情阴森地瞪向佐野，好像在说："都怪你，害我得这么跟人鞠躬道歉。"

"那我可以再顺便说一件事吗？"生产部部长稻叶请求再一次发言，"刚才客服室室长指出的，无法事先预料的产品使用方式，关于这一点恕我不能接受。"

稻叶根本不往佐野那边转头看一眼。佐野一被赶去坐冷板凳之后，这个曾经共餐的男人，就与他断绝了一切联系。虽然佐野也曾主动去约他吃饭，但稻叶没有应承。这种事有个两三回之后，佐野也知道稻叶的想法了。总而言之，就是他已经没有利用价值了。

"那些情况，怎么可能在企划阶段就考虑在内？我们也知道有很多不一样的顾客，但说到底产品是基于某一种目的制造出来的。你说要我们把产品做得即便使用方式超出目的，也不会导致故障或受伤，这样的话，大部分生产应该都无法维持下去了吧。归根究底，使用说明书就是为此存在的。所以，在这里汇报的案例以报告的形式在公司里分发，我觉得是不合适的。拜托客服室的人，在追求消灭投诉的同时，也能作出更有常识性的判断。"

"事情就是这么回事，佐野室长，你有反对意见的话，请说。"熊谷用一种令人讨厌的口气说道。

"今天在此提出的投诉,确实都是顾客们发来的意见。"佐野的声音仿佛失去了张力,试着弱弱地反驳道,"重复的事实——"

"事实重复又怎么样?"北川爆出一句话打断了他,眼神很是轻蔑,"现在就是在说怎么看待这些事实!你的判断未免太武断了!"

"所以,我们确实是接收到顾客的声音——"

"情况我了解了。"宫野口气冷静地插话道,"各个部门也有各自的情况,不过投诉就是投诉。关于这件事,我希望各个部门都带回去,重新商讨一下报告指出的内容。"

宫野原本是东京建电原有班底的员工,一路攀升成为第一任社长。正如公司里的风评,他是一个公平的理智派。佐野的指摘遭到北川和稻叶连番攻击,他不置可否地出面阻止,成了佐野唯一的救命稻草。

然而,北川和稻叶两人不会罢休。为了发迹和自保,他们利用了佐野,又加以贬低,还厚颜无耻地在公司中枢耀武扬威,佐野却被扔到客服室坐冷板凳,未免也太没道理了。

北川和稻叶都是有仇必报的人。不管是用什么方式——

但是,现在的佐野充其量就是一个做闲职的人,负责一些处理索赔投诉之类的琐碎工作。像他那种人,不管说出什么,应该也没什么人听得进去吧。

佐野内心这么想:我陷入难以摆脱的困境了。一旦陷入这个窘境,不管怎么爬都爬不出去,越是挣扎,砂石就会倾斜得越厉害,就像今天的会议一样。

会议一结束，佐野第一个离开会议室，逃也似的回到客服室。

"客服报告要重写。"

佐野开口第一句就这么告知。闻言，小西和仁科都不约而同地"咦"了一声。

"为什么，室长？"仁科问道，"不是都做到快下印那一步了吗？"

"快下印又怎样？"

佐野将内心熊熊燃烧着的怒火直接抛向部下，那种剧烈的愤怒让仁科吞回了反驳的话。

"喂，小西。把投诉的一览表给我拿来。"

他要从编辑会议的阶段重新做起。

小西急忙拿来一览表，表上又追加了一些这几天新收到的投诉。

"嵌在椅子座椅面的螺丝坏了。"

就在这时，这行字跃进了佐野眼中。是那种折叠式的简易椅子。

又坏了？

这次又是怎么用坏的？难道是要挑战椅子上能坐几个人的吉尼斯纪录吗？

但情况并非如此。出现问题的椅子是正常使用的情况下损坏的，真要挑一个问题的话，也就是使用者是一个超出一百公斤的大汉，而且落座的方式也说不上很温柔。

那封信是某团体的职工寄来的，非常详细地记录了椅子的使用状况，也很明确地表达了一种有限度的愤怒："仅仅因为这样的用法，螺丝就坏了，实在让人难以接受。"

佐野从信中抬起头，一动不动地思考了一会儿。

"小西——"佐野叫来部下，把信上所写的那款椅子的型号写在便签上交给他，"去查一下还有没有哪些投诉跟这款椅子有关。我觉得肯定还有。说不定，我们能写出一份真正有意义的客服报告。"

5

"室长，我联系过了。那个给我们寄信的是涩谷某个团队的人，这是他的名字。"

小西递出的便签上写着"社团法人亚洲交流开发协会　森岛"。

"这是个什么团队？"

佐野瞥了一眼便签，抬头问道。

"好像是电子零件业的团队。听说在亚洲开设了公司作为生产据点，筹集资金负责研修和收集资料。"

森岛的头衔就是那个团队里的总务理事。"对方说今明两天能挤出时间谈谈，所以我预约了今天下午两点见面。"

佐野看了看便签上那个位于涩谷区的地址。虽说来到客服室已经两年了，这还是他第一次认真对待顾客的投诉。

下午一点多，佐野离开了公司，搭乘电气列车来到代代木站。寄来投诉信的这个团体在一栋杂居大厦的五楼，离车站大约徒步十五分钟。就算进入了电梯大厅，还是能听到大马路上的噪声,配上大厦那破旧的模样,给人一种很凄凉的印象。

佐野来到五楼,推开一扇上半部分是磨砂构造的门,走了进去。

室内摆放着几张书桌,员工还不到十个人。佐野开口喊了一声,就见一个坐在里头、有点年纪的男人站了起来,自称他是森岛。他穿着有点宽松的裤子和卷起袖子的白衬衫,伸出一只骨节分明的手。

"这次给您添了太多麻烦,实在对不起。这是一点心意,请收下。"

佐野毕恭毕敬地深深鞠了一躬,递上一个盒子。盒子里装着十个豆馅点心金锣烧[1]。单价每个一千五百日元的金锣烧,是在公司附近一家和果子店买的。

本以为对方会抱怨一两句,不过森岛表情淡淡地接受了佐野的致歉,说了一句"请往这边来",便迈步走开。

佐野被带到同一楼层的一个会议室里。

这个房间跟学校的教室一般大,还有讲台和一块白板。很容易看出,这里应该是给会员企业的员工们举办研修会的场所。

这一天没有研修,因此房间里空荡荡的。

折叠起来的长桌都倚靠在墙边,后面的一面墙边也堆放着几十张折叠椅。

森岛走向那些椅子,把其中一把分开放着的椅子搬了过来。

"就是这把椅子。"

---

[1] 金锣烧是日本传统点心的一种,在薄薄的糯米表皮里裹上红豆馅制成。

说着，他把椅子平放在地板上。

椅子的座椅面已经倾斜了。森岛上下晃动了一下座椅面向佐野展示。

"实在抱歉。"

佐野蹲在椅子旁边，仔细端详原本镶嵌着螺丝的地方。

"估计是螺丝断了吧。"森岛说道，把椅子翻转过来，揭下贴在座椅面背面的胶纸，示意佐野。

螺丝断了。

"我想这东西也不能丢掉，就先这么贴着了。"

"多谢您考虑周到。"

佐野一脸老实地说道，两眼盯着粘在胶纸上的螺丝。他拿出手账，看了看贴在椅子靠背背面的金属板，确认了一下型号，把生产批号抄写在手账里。

"当时我正好看到这个座椅面损坏的场景，"森岛开始讲述，"那个人在研修会上发完言，刚坐下就听到'咔嗒'一声，整个人翻了过去。幸亏那人没受伤，不过想想也是危险。"

据森岛说，当时坐到这把椅子上的是一个一百公斤以上的男人，但按理说也不会因为这点程度的负荷就损坏啊。

"真的非常对不起。"

佐野道了歉，又一次仔细查看折断的螺丝。这枚长度约五厘米的螺丝断得不成样子，估计是座椅面的构造给螺丝造成了超出预计的负荷吧。螺丝断开的前端部分，还残留在螺丝孔洞里。

"我想先把这椅子带回公司，然后立刻给您送一把新椅子过来。您看这样行吗？"

"可以换的话，就麻烦你了，"森岛说，"毕竟这椅子用了快两年了，我也不知道还能不能保修。"

"您客气了，请不必在意这一点，"佐野诚惶诚恐地说道，"比起这个，您特地写信告知我们这件事，才值得感谢。今后我们一定会非常留心，不再出现这样的问题。还请您继续关照我们。"

佐野朝森岛深深鞠了一躬之后，便告辞了。

佐野带着破损的椅子回到公司，喊来小西，把型号和生产批号写在便签上交给他。

"你去查一下，这一款是什么时候生产的？"

小西把终端机连上网络，很快就查到了佐野想知道的信息。

"是两年前的二月生产的。"

"是广州建电公司吗？"

佐野问道，结果得到一个出乎意料的回复："不，是高崎工厂。"

从十五年前起，这些简单的量产货品基本都外包给了中国的工厂，有一部分产品可以全自动化生产，无需耗费人力，所以就在国内的工厂负责制造。这样比外包给中国的劳务费还便宜一些。高崎工厂是一家最先进的工厂，在国内曾拥有三个生产据点。

负责这款折叠椅的是商品企划部一个姓奈仓、三十五岁左右的男人。

佐野来到那个部门。原本紧盯着电脑的奈仓,像是把自己的身体硬生生从电脑上扯开似的站了起来,然后盯着佐野摆在眼前的椅子看了好一会儿。

"有顾客来投诉,座椅面脱落了。就是这把椅子。你怎么看?"

奈仓把椅子搬到办公区一旁的小接待室,放在阳光明亮的地方,开始仔仔细细地研究。

这个奈仓看似有些神经质。他戴着银边眼镜,穿着印有东京建电商标的罩衫,也不怎么说话。奈仓一语不发地观察座椅面上的螺丝孔洞,接着开始拧开其他螺丝,也不知道是不是看出了情况。

在他沉默的操作期间,佐野滔滔不绝地说起这个座椅面是如何破损的。

"幸好人家没受伤,不过这个也算挺严重了吧?"

佐野说完,就见脸色本来就苍白的奈仓,表情变得更加铁青。

如果是椅子的设计有问题,那么这就是奈仓的责任了。

奈仓卸下座椅面,掏出一个放大镜,开始检查螺丝孔洞周围的摩擦情况。他仔仔细细地查看了破损的位置之后,把其他螺丝孔洞也检查了一遍。

"从设计上来说,不可能因为影响了螺丝而导致损坏。"终于,奈仓像松了一口气似的说道。

"真的只是因为那样就坐坏了吗?"对于佐野说的那些使用情况,他提出了疑问。

"我觉得是的。"

佐野不认为那个极其老实的森岛会说谎。如果真要说谎，也不至于特地说明是一个一百公斤以上的大汉坐了椅子。

"那个一百多公斤的男人，是怎么坐到椅子上的？"

"这个，不管人家是怎么坐的，反正就是坐到椅子上了呗。但椅子坏了就不好办啊。"

佐野说得没错。

"这倒也是。"

奈仓表示认同，之后就陷入了沉默。过了一会儿，他又嘟囔了一句："既然设计上没问题，那可能就是材料的问题了。"

"材料？"佐野问，"这话怎么说？"

"比如说，用于制作这个座椅面的钢材刚度不够，或者是螺丝的硬度有问题之类的。"

"这个能调查出来吗？"

"要花点时间，你能等吗？"

"没关系。不过，能不能帮我瞒着生产部的人？"

佐野的拜托，让奈仓愣了一下。佐野又说："毕竟他们原本就看我不顺眼了。"

闻言，奈仓才露出理解的表情。

"稻叶部长确实挺烦人的。"

"就是啊。如果不是设计的问题，那就是制造上出了纰漏。要是让那个人事先知道了，说不定他会插手调查的事。这样一来，客服室就难保公平公正了。"

佐野说出一个貌似最合理的意见。

"还有，对营业部也要保密对吧？"

奈仓说了一个有意思的点。他说的的确没错。毕竟估算成本、选定供应商是营业部的职责。

你们就等着瞧吧。

佐野想起前几天在董事会上当众出丑的场景，在内心里嘀咕道。

为此，他最好谨慎行事。

首先要彻底地追查这宗投诉的起因，重点是明确责任所在。在此前提下，派发一份与以往风格不同的客服报告，把事实摆在众人面前，容不得他们不问青红皂白地责骂，也由不得他们找任何歪理推托。

他已经没什么好怕的了。

此刻的佐野，是认真的。

6

"请问室长有什么想法？"

佐野说完和奈仓对话的内容后，小西露出小动物一般的眼神望着他，问道。最新一期的客服报告开了天窗，为了重写报告，此时他们又开了一次编辑会议。说是开会，其实氛围跟下午三点多开的茶话会没什么差别。佐野拿起切成小碎块的年糕放进口中，又喝了一口仁科泡的茶，念了一句"这个嘛"，然后倚靠在椅背上，视线抛向天花板，说道：

"估计是生产上出了问题吧。"

如果真是这样，他就可以用客服报告向稻叶报一箭之仇了。

"室长，我查了一下过去三年的索赔投诉，关于折叠椅的总共大概有四十宗。"

以小西的能耐来说，这种做事方式算是很机灵了。佐野一边这么想，一边翻阅小西递来的投诉清单。

其中，座椅面脱落的索赔投诉有七宗，其他则是投诉坐折叠椅子时手指被夹、板子褪色之类的问题。

"居然有七宗。"

佐野吃惊地抬起头。椅子的座椅面要是脱落了，实在无法安心坐下。虽然不知道之前一共生产销售了多少万把折叠椅，但是像这样的投诉，即便只有一宗也是个问题。想到之前都把这些情况归咎于顾客的使用方式不对，佐野就萌生一种愤怒和罪恶感，还有一点点后悔没有早点把它视为问题去处理。

"可是，在董事会上说这个，会不会又被他们赖账，然后不了了之？"

仁科说出了自己的担心。闻言，佐野也口气沉重地说：

"这确实是个问题。我已经告诉商品企划部的奈仓，让他瞒着生产部和营业部帮忙调查一下。你们也不要对外说起这件事。万一泄露了，就情况来看会影响我们的存亡。"

佐野并非妄自菲薄，不过客服室就是这么弱不禁风。如果北川和稻叶联手，他们注定瞬间就灰飞烟灭。接着，客服室会更名改姓，换上一批听话的人。到了那个时候，此刻在这里的三个人，就会被踢到公司的最边缘，直到退休之前，上班族生涯都像终身监禁一般。

怎么能让他们得逞！

佐野又咬了一口年糕，心里这么想。

"关于前几天那件事……"

过了三天，奈仓来汇报调查的结果了。虽然说过需要花点时间，看来他也加快了调查速度。

佐野道了一声谢，结果奈仓顺势说出了一句心底话："因为我们也经常被人抱怨啊。"

他们在商品企划部一角的小接待室交谈。

"稻叶部长那个人，就算出了什么问题，除非是大事，否则绝不会承认是生产部有纰漏，他经常把错误怪到我们头上，说什么设计得太复杂。"

"看来我们利害一致啊。"

佐野嘻嘻一笑，又问："那么，结果如何？"

奈仓从口袋里拿出一个装着两枚螺丝的塑料袋，将它放在桌面上。袋子里装着一枚折断的螺丝，另一枚是同个产品编号的螺丝。

"我调查了几个方面，从设计、生产到材料，彻彻底底地查了一番。我先说结论吧。"奈仓从塑料袋里取出螺丝，捏在指尖上，"折断的原因是，螺丝的强度不够。"

"螺丝的强度不够……？"

佐野原本暗自期待是制造上有问题，闻言竟有些失落。

"这颗螺丝，不符合我们公司指定的规格。硬度方面存在问题，因此才会折断。"

"也就是说，螺丝是次品。"

"就是这么回事。"

奈仓说着，在佐野面前摊开一份设计图。据奈仓说，这就是那款折叠椅的设计图。

在设计图下方，记录着材料相关的信息。奈仓从胸前口袋抽出圆珠笔，在某个零件编号上画了记号。

"这就是这款椅子所用的螺丝。"

"知道厂商是哪一家吗？"

"这个，我们部门可查不到。要营业部的人才知道。"

奈仓回答道，又补充了一句："但是，我觉得这件事情并不寻常。"说着，他用指尖捏起其中一枚螺丝。

"为了调查这宗投诉，我抽取了几颗螺丝，这是其中的一颗。这一颗的强度倒是符合规格。"

佐野默默地接过那枚螺丝，然后凝视着这个在指尖上放光的银色小东西。

"符合规格……？"

佐野下意识地重复着奈仓的话，又问道："你的意思是，符合规格和次品混在一起了？"

"没错。"奈仓一脸无法释然的表情，用手指揉了揉眉间。

"同一家工厂生产的螺丝，强度却参差不齐，这个解释说得通吗？"

"我不否定因为某些原因导致这种情况，不过我觉得，也有可能是因为换了厂商。"

"换了厂商……?"佐野问,"为什么你知道换了?"

"为了查这件事,我可是费了老劲啊。"奈仓强调了一句,然后拿出一份新的清单,"以样品数量来看,也不知道这些算不算足够,我调查了公司里现有的一部分折叠椅。按照生产编号和生产年份搜索之后,我整理出这一份一览表——"

这份按生产年份排列的一览表上,有着很明显的趋势。

"你看看这份表就一目了然,旧椅子的螺丝,全部符合规格。而那些强度不够的螺丝,几乎都集中在三年前的产品中。"

"原来如此。"

闻言,佐野来了兴致,两眼放光地看向奈仓:"请教一下,从这些能说明什么问题?"

然而,奈仓把圆珠笔搁在桌上,一本正经地盯着佐野。

"佐野室长,探究这个因果关系不应该是你的工作吗?"

7

这款出了问题的折叠椅"Rakun"是十年前开始投入生产的。佐野嘱咐仁科,把东京建电内部规定留存的资料找出来,调查一下七年来同款产品的投诉记录。

"关于'Rakun'的投诉,这七年里一共有三十八宗。与座椅面脱落或螺丝破损相关的投诉是三年前开始出现的,在此之前没找到类似的。"

此时他们正在客服室召开编辑会议。

这个会议本来应该是讨论刊登在报告上的投诉案例,不过今天改成了就这个折叠椅的问题商量紧急对策的会议。这种时候,更是要展现出被人赶到公司边缘的"冷板凳"员工们的骨气。

仁科用一种前所未有的认真表情做完汇报之后,将一份筛选过的一览表滑送到白色会议桌的另一边。

投诉的变化,的确与奈仓之前的小调查结果一致。

"当中果然有情况。"

佐野嘀咕道,并思考到底是什么情况。他的目的是找北川和稻叶报一箭之仇,所以也渴望这个问题能与营业部和生产部有某种直接关系。他真想在董事会上看看那两个人焦虑的模样。

"从这些资料能看出……"佐野一边整理思绪一边说道,"一开始'Rakun'所用的螺丝,估计是符合规格的,但因为某种原因,从三年前开始就变成强度不够的次品。我想知道生产这个零件的厂家有哪些。"

正如奈仓说过的,负责管理厂家的是营业部。在东京建电这家公司里,商品企划部负责的是产品的企划和设计,奈仓所在的商品企划部成员并不多,是一个弱小的部门,所以大部分生产工作都由生产部负责。虽说商品企划部负责设计,但基于公司内部的权力关系,只要生产部不点头,这款产品就做不成。就维持商品质量的问题上,生产部在公司里有着绝对的话语权,而按照生产部的要求采购必需的材料,是营业部的职责。

营业部除了各个营业课之外,还有一个供应课,负责的是制定售价和核算管理，以此获取一定收益。供应课之所以没有独立为一个部门，是为了通过统一管理采购和销售上的钱财"支"与"收"，进行彻底的收益管理。每一件产品都由营业部的人任主要负责人，供应课也派一个人跟。由营业部任产品的主要负责人，一力承担产品的核算管理，这可算是东京建电的一个特征了。作为主要负责人，营业部的人发言当然更具威力，因此在架构上会与生产部产生矛盾。

"我查了一下营业部的负责人。"

小西做事难得机灵了一回。

"是谁？"

"原岛课长。"

"原岛？"

佐野以前在营业部待过，所以也认得原岛。半年前，前一课课长坂户因为职权骚扰而换了岗。原岛就任没多久，就算找他打听三年前的情况，也不知道有没有结果。而且，佐野也不太放心找原岛商量这些事。要是原岛跑去跟北川通风，自己的行动就会曝光。

"要是有职位低一些的人就好了。"佐野说，"有没有哪个能悄悄找来问一下的？"

他这么说着，同时试着在脑海里回想营业一课的一张张面孔。对方必须是那种可以瞒着北川或原岛找来问问情况的家伙。

说起来，是有这么一个人。

就是"睡神八角"。

八角在营业部里的地位很特殊。虽说是一个懒散的万年系长，但他与营业部部长北川之间有着不可思议的关系，唯独对他，北川不敢抱怨什么。或许是因为同期进入公司的交情，像八角这种没什么工作表现的人，居然没有任何职位调动，一直赖在系长的位置上，在营业一课里混吃等死。

佐野在营业部那会儿，跟八角的关系还算比较亲密。当他被北川盯上，继而被贬到客服室的时候，八角还曾来安慰了几句。以八角的性格，应该不会顾虑北川或原岛，愿意跟他说出一些情况吧。

只不过，突然找八角商量螺丝厂商的事也不太自然，总得有个什么"套路"。当然了，设定"套路"这种事，正是佐野擅长的。

那天，佐野看准下午四点左右的时间，悄悄来到营业部的办公区窥探。

办公区里除了负责杂务的女员工，其他人几乎都去外勤了。如往常一样，八角似乎是第一个回到公司，正享受着罐装咖啡。

"八角先生。"

佐野走近唤了一声。坐在位置上的八角原本翻看着杂志，闻言便抬起头来。

"有时间谈谈吗？"

"该不是有哪个蠢蛋来投诉我吧？"

听到八角的回应，佐野苦笑着说道："不是投诉，你请放心吧。"接着，他把一份打印出来的文件递给了八角。

"我们那儿收到这么一份投诉。"

佐野观察着八角阅览那份资料的表情。

"两年前，我购买了贵公司出品的'Rakun'折叠椅，上个月在某次活动中使用时，落座的瞬间座椅面居然脱落了。我看了一下，是螺丝损坏了，可是我们一向是正常使用的，实在难以理解为什么会损坏。希望贵公司调查之后，告知一下这究竟是怎么一回事。"

从打印的文件中可以看出，这是一份投送到官网的投诉。发帖人一栏写着当事人的名字——"社团法人亚洲交流开发协会　森岛"。

亚洲交流开发协会的森岛确实发来了投诉，不过他寄来的是信件。也就是说，现在给八角看的这一份是佐野写的。这就是佐野准备的"套路"。

"嚯……"八角脸上不甚在意，把文件交回，"客服室真是辛苦，还得应付这样的事情啊。"

"就是啊。"佐野一副泰然地回道，"我们可为难了。不过像这种团体的职工啊，最是无赖了。总得做一点形式上的应对，不然还不知道对方会来说些什么。总而言之，我们部门得做一份资料，能不能跟我说一下，这款叫'Rakun'的椅子所用的螺丝，是哪家厂商供应的？"

"我哪知道那个啊。这是课长负责的，"八角回答，"你去问课长。"

"我不好意思问啊。"佐野一脸为难地说，"之前我在董事会上被北川先生骂得体无完肤，要是问了原岛，人家又会以为我来找事。拜托你了，八角先生。"

"那你就死心吧。"

八角无奈地说道，然后不再搭理佐野，继续翻阅杂志。

佐野偷偷地观察着八角的侧脸。

虽然八角假装平静，不过脸上还是渗透出一丝严厉又可怕的气息。

有情况。

"没办法了。反正也不是什么严重的投诉。"佐野也装作不在意地说了一句，"既然八角先生都这么说了，就算我去调查螺丝厂家，应该也没多大收获吧。我这么想，对吗？"

"没错。"

佐野对这句回应置若罔闻，说了一句"百忙之中麻烦你了"，便转身离开了。

他刚走了两三步，就听到身后传来一声"喂"。

佐野回过头，八角这么说道："你最好不要随便掺和这件事。"

见佐野一时之间说不出话来，八角又继续道：

"凡事总要讲究一个操作的方式。"

"这是什么意思呢，八角先生？"佐野浮出一抹假笑问道，"这么说，八角先生知道哪些操作的方式吗？"

八角不说话，朝佐野送去一个意味深长的眼神。佐野无法形容那个眼神，看着就像准备针对某件事进行一番雄辩似的。但是，八角还是什么都没说，把脸转向一边。

佐野微微鞠了一躬便离开了。在走出营业部办公室之际，佐野的头脑里已经将八角那些难以理解的话，完全转变为螺丝的问题。

既然没法靠八角，还有什么办法能查出螺丝的厂家呢？要不干脆拜托财务部的某个人，让他看一下原岛提交的那些付款发票吧，虽说这么做实在没劲。

然而当他想起那个刻板固执的财务课长加茂田的脸，立刻打消了这个念头。

有没有其他简单省事的方法呢？

就在这时，佐野看到一个恰如理想的"解决方法"从对面走来，立刻停下了脚步。

那个夹抱着文件袋走过来的人，是营业部一名女员工，名叫谷口友纪。谷口是个老员工，为人开朗且通情达理，很会照顾别人。就算有人拜托她做事，也从没摆过脸色，而且能做得妥妥帖帖。佐野当营业部长那会儿还是相当依赖她的。

"嗨，谷口君。"

佐野出声招呼。谷口微微瞪大眼睛，露出笑容道："哎呀，是室长啊。好久不见了。"虽然同在一家公司，但自从佐野去了客服室，就很难碰上一面了。

"实在不好意思，有件事想拜托你。等你有空的时候做也行。"

佐野把谷口拉到走廊一边，压低声音这么说。

8

"'螺丝六'？"

佐野隐约记得这个公司的名字。

谷口还周到地附上一份公司概况，她的做事方式总是那么完美。面对曾为营业部次长的佐野的委托，谷口没有任何怀疑就交出了一份超出期待的成果。

现在是晚上七点刚过，地点是客服室。谷口做完营业部里的工作之后，就把佐野委托的事情调查了一下，还特地把结果送了过来。小西和仁科一边忙着工作，一边竖起耳朵听谷口说。

"是一家在大阪的公司。我查了一下，自从原岛先生当上课长之后，就委托了这家公司生产螺丝。"

"从原岛当上课长之后？"

佐野禁不住反问了一句。原岛就任一课课长是半年前的事。

"那在此之前找的是哪一家？"

"一家叫'透明科技'的公司。"

他听说过这家公司。虽然没上门拜访过，不过还记得在资料上看过几次。两年前佐野担任次长的时候，公司跟这个供应商订购了不少零件。

佐野把"Rakun"所用的零件编号告诉了谷口，拜托她在所知的范围内找出以前的厂家。

"在坂户就任课长期间，这种零件一直是向'透明科技'订购的，但好像是换了原岛先生当课长之后，就转向'螺丝六'了。"

"也就是说，转移了订单吗？"佐野问，"为什么呢？"

谷口也困惑："不清楚。不过，这种螺丝原本就是在'螺丝六'生产的。"

谷口说出了出乎意料的一件事。"'Rakun'开始投入生产时的记录也是这么写的。我查看过五年前的记录，确实是这么回事。"

"等一下。这么说来，就是……"

佐野抬起右手打断谷口，整理了一下情况："企划开头的七年里是由'螺丝六'生产螺丝，之后才被坂户转给了'透明科技'。然后原岛又把订单转回了原厂家。"

"就是这么回事。"

越过谷口的肩膀，佐野看到小西抬起头望着这边。

螺丝出现问题的时间，就是奈仓指摘的三年前，那么那些螺丝很有可能就是由"透明科技"生产的。

佐野死死地盯着"透明公司"的概况表。该公司位于相模原市，公司规模还不小，其历史却不长。他们是否意识到自家生产的螺丝强度不够呢？

"转移订单这件事，一度成为公司里的话题。"

此时的谷口这么说，佐野抬起头，脸上一副苦思的表情。

"怎么说？"

"原岛课长把原本向'透明科技'订购的零件全部撤回了。"

"全部……撤回？"佐野问道，"是什么原因？你知道吗？"

"据传闻——"谷口压低声音回答，"'透明科技'是一家风险企业，坂户课长很是中意。所以，大家都说原岛课长可能是想夸耀自己的能力，显示自己和坂户不一样。"

佐野一动不动地盯着谷口的脸。

"公司之前跟'透明科技'订购的量有多大，你知道吗？"

"查一下的话应该能知道准确的数量,我想应该一年成交额有三亿日元吧。"

佐野看到公司概况表上记录着该公司一年的销售额是三十七亿。也就是说,这家公司的营业额有一成左右是在东京建电完成的。要是没了这笔生意,"透明科技"很有可能因此出现赤字。如果真的是因为原岛的一己之见而造成这个局面,这种蛮横估计连独裁专制的君主听了也会脸上发青吧。但是,那个原岛真的会做出这种事吗?

不,不对。

原岛为人耿直,既然他会中断与供应商的合作——即便那家公司每年订单金额高达三亿日元,一定有合理的原因。

佐野看着手头那份与螺丝相关的资料,就在这时,一个令人心里发毛的假设突然清晰地浮现出来。

"透明科技"生产的螺丝是次品,所以才会从供应商名单中剔除这家公司。如果真是如此——

这一点非常关键,不过佐野认为,原岛很有可能知道那些瑕疵螺丝被用于生产折叠椅,并且大量上市。

不,不光原岛知道。北川和生产部的稻叶肯定也知道那个情况。因为转移订单这种事,不可能单凭原岛的个人意见就做得成。原岛肯定向自己上司——北川汇报过。

那些家伙,明明知道还瞒着不说。

"喂,谷口君。"佐野开口问道,"最近有没有打算回收'Rakun'之类的传闻?"

"回收?"

谷口目瞪口呆地看着佐野，然后才面露诧异地说："没有，我没听说过这种事。"

"是吗？谢谢你啦，下次请你吃饭吧。"

佐野说完，谷口露出一个笑容，便离开了客服室。

"室长，刚才的谈话——"从座位上起身的小西，眼神相当认真地对佐野说，"他们该不会想暗地里回收吧？"

"慢着，小西。"佐野用手指使劲地揉搓额头，说道，"不要急着下结论。在此之前，去调查一下'透明科技'的情况。之后我们再商量。"

9

"为什么要调查这些？"

当佐野再次拜托谷口调查时，连她也面露困惑了。佐野想知道"透明科技"生产的所有零件的明细，请她帮忙查一下。

"这件事还不能透露。有些投诉跟这家公司生产的零件有关。"

谷口不是那种可以随便打发的人，所以佐野格外慎重地回答："不过，也不是什么大事，我不好意思去麻烦原岛课长，这些内容也不知道能不能写进客服报告里。"

这话有一半是诓人的。如果直接说他所做的调查是为了曝光营业部搞暗地回收的行为，即便是谷口，也会犹豫该不该帮这个忙吧。

谷口投来一个疑问的眼神，不过她也没再追问下去，只是说了一句"可以晚点再帮你吗",这让佐野松了一口气。

"当然可以。你有空的时候帮一下就行了。"

为了不让谷口多心,他还故作轻松地加了一句:"就是些无聊的琐事嘛。"

佐野满脑子都想着怎么去掌握情况,对于欺骗谷口这件事没有一丝罪恶感。

那天下午五点多,谷口就把一份明细表送到佐野跟前。

用黄色马克笔做了记号的那个零件编号,就是佐野昨天打听的折叠椅"Rakun"所用螺丝。除此之外,还有大约三十种螺丝是由"透明科技"生产的。

"真的太感谢了。"

听到佐野道谢,谷口笑着道:"室长,你可真的要请我吃饭哟。"说完,她便回去了。

"这数量还真不少。要怎么做?"小西问道。虽然也用了一下脑子,但他提出的主意很少能派上用场。"要去一趟'透明科技'问问情况吗?"

"难道要上门去问,您家生产的螺丝是不是次品吗?"佐野用无奈的口气问道。

"我们又不是营业部的负责人,上门拜访是不可能的。先不管这个,能不能拿到一些实物?"

"拿到实物?"小西呆呆地问,"怎么拿呀?"

佐野倒是希望他能想出个办法。看来小西脑子里的螺丝也是个次品。

"仓库存货。"佐野回答,"工厂从'透明科技'采购的螺丝，应该还保存了一些吧？"

"可是，室长。那得闯进生产部的地盘啊，没问题吗？"

仁科一脸震惊地问道。

"这就看我们要怎么做了。"佐野说着，稍作思考后又道，"小西，帮我写一份企划书。"

"写企划书？"小西反问，"什么内容？"

"为了回馈顾客，组织一次工厂参观团的企划。然后我带上那个上高崎工厂一趟。"

高崎工厂的副厂长是前川，佐野认识他。只要带上企划书去拜访前川，应该不会被怀疑是来调查"透明科技"生产的零件吧。

"十万火急，赶紧完成。"

之后的事，就等到了高崎工厂见到前川后再考虑吧。走一步是一步了。

"哟，工厂参观团吗？挺好的呀。"

没想到，前川对此的评价倒是积极。

"我想，来现场观看产品的制作过程是最好的。这样就可以让顾客清楚地看到大家是如何认认真真地做出这些东西。"

"要是能办个大学生的参观团，说不定会有更多学生想到这儿工作呢。"佐野拿出那份信口胡诌的企划书这么说道，"对了，我最近也很少认真参观工厂，能不能带我转一转？"说着，他便站了起来。

"欢迎欢迎。我也要跟各个生产线的组长说些事，你就慢慢参观吧。"

佐野带着神情有些紧张的小西一同走出了办公室，在前村的带领下踏进了工厂内部。

入口处有人递给他们一顶头盔，戴上之后便沿着绿色地板上的黄色指引线走去。

这里一共有四栋厂房，每一栋的面积约有一万平方米，光是逛一逛就得一天。

"最先看到的是工业用的机械臂。从这里开始的一段路，都是工业机械的生产线。"

前川将之后的讲解交给现场生产线的组长，并且一路陪同。参观生产现场确实很有意思，即便佐野内心另有目的，也觉得这个企划做得还不赖。

看完工业机械的生产线，中间吃了顿午餐，接着就参观车载相关的电装制品和通信机器相关的产品等等。佐野一个接一个地逛了大批量生产的现场，过了差不多一个小时，终于来到折叠椅的全自动生产线。途中，前川因为有事要处理，得回办公室一趟，这对佐野来说正中下怀。

"过去一旦决定要批量生产，除去一部分附加价值较高的产品，大部分都会移交给中国的工厂，不过就全自动生产线来说，还是国内的比较便宜。"

为他们带路的组长内藤说完这些，就打算赶紧走过这里，却看到佐野和小西站在那里不动，不由得露出诧异的表情。

"有什么问题吗？"

"没有没有。"佐野露出笑脸，手在面前晃了晃，"我们公司收到了不少索赔投诉，其中关于折叠椅的还是蛮多的。"

内藤闻言，脸上也是来了兴致的表情。

"待会儿能给我看看折叠椅的螺丝吗？很多投诉都说螺丝会脱落呢。"

佐野说完，内藤便道："哦哦，要找螺丝的话，待会儿我带你们去看的仓库里就有。问题出在螺丝上吗？"

"就是啊。"佐野皱起眉头，做出一个为难的表情，"如果能拿到样品就太好了。从我们的立场来说，有没有实物可做参考解释，情况可是大不相同啊。"

"这话说得也是。我很明白你的想法。"

内藤听信了佐野的说辞，又迈开了步伐。

没过多久，两人便来到了保管材料的仓库。

厂房的设置都会优先考虑生产效率，所以仓库的位置就设在正中央，各栋厂房呈半包围结构围着仓库而建，不管从哪一栋出发，与仓库的距离都是一样的。根据生产计划采购而来的材料都积存在仓库里，生产现场需要多少就运多少过去投入生产。仓库按照每个部门进行了分类，出入库都有电脑记录在案。东京建电引以为傲的仓库管理系统在这里发挥了作用。

内藤朝仓库管理员轻轻挥了挥手，然后就走了进去。

这里的通道分布就像围棋棋盘上的线，或许因为之前聊起的内容，内藤一来就把他们带到了一堆几乎快顶到天花板的螺丝山前面。

"和其他材料不同，螺丝很小，而且我们会考虑到核算的情况，采购一些可以通用的规格，然后集中放在一个地方。"

佐野忍不住朝小西使了一个眼色——这样倒也省去翻找的工夫了。

"原来如此。那么'Rakun'用的是哪一种螺丝呢？啊，是这个吗？"

螺丝按照零件编号摆放着，佐野逐个逐个地查看，找到了自己想找的那种螺丝的存放箱，往里窥探了一番。在昏暗的仓库里，箱子里的螺丝正闪烁着暗沉的光芒。

"内藤先生，我想问一下，听说最近这种螺丝换了一个生产厂家。那么旧的螺丝会怎么处理呢？"

"不是贴着标签了吗？换了厂家的话，零件编号应该也会更改。在公司决定正式销毁之前，都会在这儿放着。要是我们随便丢弃，就和财务的账簿对不上数了。"

佐野仔细地查看每一个塑料箱，发现标签上不仅有零件编号，还有厂家的名字。

"虽然和这次的企划内容没什么关系，不过这个架子上的东西可以为我们公司业务提供参考，能不能让我们看一下？还有，如果方便的话，可不可以每种螺丝都给个样品？每种几颗就够了。"

"你随意拿吧。"内藤说，"那我先回岗位了。你们完事儿了就联系我吧。"说完他便离开了。

"小西，明细表。"

佐野简短地说了一句，之前满不在乎的表情也骤然一变。小西掏出放在内袋里的明细表，将其打开。

"给我念一下。"

佐野看到一个贴着零件编号的箱子，确认一下标签上确实印着"透明科技"的公司名字，便取出事先藏在口袋里的塑料袋，拿了几枚螺丝装了进去。袋子上还用油性笔写着零件编号。他事先的准备工作做得真是完美。

佐野差不多用了十分钟就拿到了明细表所记录的一大半螺丝，剩下的几种似乎没存货了。不过，能拿到"透明科技"生产的大部分螺丝——最重要的是"Rakun"的螺丝，也可以算是最好的结果了。

稻叶在索尼克的群马工厂开完会，坐着公司的车来到高崎工厂的园区，刚好看到两人走出办公楼大门。

那是客服室的佐野，年轻男子应该是他的部下。

那两人坐着工厂的车离开，与稻叶乘坐的公司车相错而过。

"真是稀客啊。"

副厂长前川正好送完那两人走进了办公室。

"听说他们在做一个工厂参观团的企划。还说这是一剂良药，可以促进顾客对产品的理解，借此扑灭索赔投诉什么的。"

"无聊。"稻叶语带嫌弃地说道，"他们以为带人参观一下工厂，就能减少投诉吗？说起来好听，其实就是浪费经费，没有什么成果的。"

"或许是吧，不过他们看来也是挺努力的。"毕竟是熟人，前川袒护了佐野几句，"他还挺爱研究的，刚刚还说收到很多投诉，所以拿了一些螺丝当样品带了回去。"

稻叶拿起送来的茶,正要喝一口,闻言突然停下了动作。
"螺丝?哪里的螺丝?"
"折叠椅的螺丝,还有其他各种各样的。"
前川拿起自己座位上的板子,这么回答。板子上写着提供了样品的螺丝和数量,待会儿还得转告给出库管理的人。
稻叶朝板子瞄了几眼,又盯着那些内容看了好一会儿,然后视线越过窗户,望着刚才两人乘车离开的方向。
"索尼克的会议开得怎么样?"
前川一问起,今天的谈话内容也就此进入正题。
"跟预计的一样,下个月开始有百分之五的生产计划需要调整。"
"那可吃不消啊。"
前川一边说一边翻开资料。这时稻叶又问:"是什么投诉来着?"
话题突然折回,前川一时反应不过来。"这个,我倒没问那么多。"说完,脸上露出诧异的表情,又道:"是不是最好去问一下?"
"不用,算了。"稻叶说,"晚点儿我自己问吧。"

那天傍晚,佐野回到公司后,就把抽样的螺丝送到奈仓那里。
"'Rakun'所用的螺丝是一家叫'透明科技'的公司生产的,这些螺丝也都是他们家的。"
佐野说完还告知奈仓,在那之后,"透明科技"的订单就被转移给其他公司了。

"转移订单?"

奈仓一边听一边将双手交叉在胸前,接着抓起手边的塑料袋死死地盯着,仿佛那里写着订单被转移的原因。

"我想请你查一下,这些螺丝是否符合规格。"

"好的。交给我吧。"

说着,奈仓就把桌面上的螺丝装进袋子里,并把袋子放进一旁的纸箱中。"能不能给我一天时间?等我仔细查过之后就给你汇报。"

"有劳了。"

佐野说完这一句,便离开了。

10

"喂,佐野。"

佐野趁着午休去了一趟附近的便利店,回来的时候就听到稻叶的招呼。其实他早就看到稻叶,为了不打照面,正准备走小路回去。结果刚走了半步就被叫住,只能停下脚步。

"你去了一趟高崎工厂,对吧?去干什么了?"

佐野暗中观察稻叶的眼睛,说道:

"我打算做一个工厂参观团的企划。"

稻叶没有回应,似乎有所斟酌,过了一会儿便面露不悦。以前他常常来约佐野去吃饭,从未有过这样的表情。

"既然要做这种企划,提前来跟我说一声啊。这样也不用特地坐新干线去高崎工厂跑一趟了。因为那种企划，我不会同意的。"

"我觉得这个企划会很有意义。"

佐野面无表情地回道。联络会议上的点点滴滴历历在目，稻叶曾经彻彻底底地利用了佐野，等到察觉佐野没有利用价值了，就冷酷地弃之不顾。对这个男人来说，佐野不过就是一块垫脚石。

"听说你拿了一些螺丝回来？打算做什么啊？"

"您不知道吗？因为投诉很多。我就是想确认一下是什么螺丝。"

佐野对稻叶这么说。如果事情败露，他也没办法了，反正样品已经拿到了。

"你用不着这么多事。"稻叶低低地说了一句，声音里饱含怒意，"身为客服负责人，好好处理顾客的不满就够了。要是你多管闲事，说不定连客服室室长的头衔都保不住喽。这样你也觉得无所谓吗？"

"你的误解让我很为难，我只不过是认真对待顾客的不满，稻叶部长。"

佐野勉强挤出一抹笑容，虽然他的口气很平稳，但眼里肯定浮现了藏也藏不住的敌意。

"'Rakun'座椅面脱落的投诉没完没了，虽然部长说有可能是因为使用方式不对导致损坏，但是很明显，这三年里所生产的椅子是有瑕疵的。问题就在于螺丝。这些情况，您不是已经知道了吗？"

稻叶不作回应，视线牢牢地钉在佐野脸上。

"下一期的客服报告，还请您阅览一下。我打算在报告里好好写清楚，这到底是个什么情况。"

"你难道不知道自己会落得个什么下场吗？"

"谁知道呢？会有什么下场呀？"

佐野知道自己正在一座无法回头的桥上走着。此时此刻，他与实力派稻叶正面交锋，赌的就是自己的整个上班族生涯。

"我会就次品的情况，做一份精彩的报告。这本来就是客服室该做的事嘛。那么——我先告辞了。"

说完，佐野背对着稻叶快步离开。

"我刚刚被稻叶先生训话了，叫我不要多管闲事呢。"

佐野一回到客服室就这么说，这让小西和仁科都不约而同地浮现不安的神色。

"螺丝那件事，败露了吗？"

"好像是呢。"

看到佐野居然以一种轻松的态度这么说，小西的脸色一变：

"您没事吧，室长？情况是不是很糟糕？"

"事到如今也没办法了。正义会在我们这一边的，大概。"

随着这句不是很可靠的话语，佐野靠上了椅背，面露难色地将双手交叉在脑后。

现在他能做的事就是等待。不过，事情很快就会解决。估计，再等个几分钟——

正当佐野望向墙上的时钟，奈仓的身影出现在客服室门口。

佐野站起来，默默地示意旁边的会议桌。仁科赶紧站起来，急急忙忙地跑去泡茶。小西也离开自己的座位，来到佐野身边，拉开椅子坐下。

"这是检查的结果。"

佐野和小西一起查看奈仓出示的资料。满脸疲惫的奈仓继续解释：

"螺丝的品种一共有三十二种。出现问题的'Rakun'螺丝，五颗样品螺丝全都强度不够。"

"啧！"

佐野唾弃了一声。果然不出所料。要是把这些写进报告里发表，一定会引发问题的吧。到时北川和稻叶的脸色可就精彩了。

"关键在于，'透明科技'生产的螺丝，有多少已经用于生产折叠椅。如果要进行回收保修，成本相当可观啊。你觉得呢，奈仓？"

佐野抬起头，结果遭遇了奈仓那双暗淡的眼睛。他似乎在看着佐野，焦点却是落在佐野的身后。从奈仓走进客服室那会儿开始，他的状态就有些不对劲。

"奈仓，你怎么了？"

佐野询问道，终于把奈仓落在远处的焦点拉了回来。奈仓露出一个凄凉的笑容，说道：

"或许现在不是担心折叠椅如何的时候。"

奈仓说了一句奇怪的话。

"这话怎么说？"

"在这次检测中,三十二种螺丝里,只有三分之一,即十个品种是符合规格的。其余二十二种样品的检测结果,要么是完全的次品,要么就是带有瑕疵。其中,问题尤为严重的是这三种螺丝。"

奈仓从口袋里抽出圆珠笔,勾出明细表上的几个零件编号。

"这是什么螺丝?"

单凭零件编号,也看不出这些螺丝用于什么地方。

"这些都是用钛合金制作的特殊螺丝。"奈仓颤抖的声音微弱到几乎快中断,"我查过了,这些螺丝用于制作这种东西。"

奈仓递出的资料上,记录着三个生产编号。

佐野很清楚,按照东京建电的内部规定,以"R"开头的生产编号指的是"椅子"一类,但他不知道是哪种椅子。

佐野用眼神表示疑问。奈仓口中抖出了那个答案:

"列车的座椅。"

佐野感觉到身边的小西整个身体都僵硬了,猛然抛向他的视线里也附着惊愕。

"不光是列车,飞机的座椅也用了。全世界的高铁和飞机,凡是安装了东京建电生产的座椅的,都有可能存在强度不够的问题。如果将这些全部回收,我们公司立刻就垮了。"

奈仓回去之后,他们又开了编辑会议。如同往常一样,参加这个小会议的只有客服室的三个人。

"怎么办,室长?"小西小心翼翼地问,"这些情况,要写吗?"

仁科也死死地盯着佐野。

佐野不知道该怎么回答。面对这样的事态，他应该作何考虑？又应该做些什么？

这种状况，已经远远超出客服室能够介入的级别了。

一筹莫展的佐野转动椅子，透过房间的窗口望着大手町周边。

当他看到晚秋的阳光，脑海里立刻展开一幅港口的美景——是他小时候从阳台上眺望的那一幕景色。

自那以后已经过了三十年，现在他眼中看到的却是混凝土和柏油的海洋。

如果能够一直天真无邪地眺望那片海洋，该是多么幸福啊。要是他能乘船周游世界，那样的人生该是多么精彩啊。然而——

我到底是在哪个节点走错了呢？

第六章　假狮子

1

那一天，生产部部长稻叶没有事先联络就闯入了北川的办公室。虽然时值十一月，他却满脸通红，额头上还冒出一层汗水。让旁人退下之后，他们开始密谈。

"有人给我寄了这份东西。你这儿也收到了吧？"

一脸震惊的北川接下稻叶递来的文件，看到文件上"螺丝强度不足，建议回收产品"的标题，他倒抽了一口气。

发送人是客服室的佐野，收件人有好几个，除了稻叶和北川，还有社长宫野的名字。

北川发出低沉的声音，却说不出一句话来。这时，他发现收纳着未处理文件的盒子里有一份还没开封的信件，是客服室送来的。信件上盖着"亲启"的红印，但北川以为那不是什么要紧的文件，想着之后再处理。打开一看，果然是举报信，与寄给稻叶的那一份一模一样。

稻叶坐到客用沙发上，问道："这样下去可不妙啊。你打算怎么做？"听他这口吻，仿佛事情会演变至此都是北川的责任。

在回复之前，北川再一次阅览了文件的内容。

"根据顾客提供的信息，客服室进行了调查，证实了透明科技股份有限公司（以下简称'透明科技'）生产的多种螺丝存在强度不足的缺陷。螺丝次品被运用于多个领域，其中一部分用于国内外的高铁、飞机的座椅，在该产品的质量管理上，将引发重大的问题。"

这内容，让人不由得想咂舌。

"——'透明科技'作为供应商，与营业一课前课长坂户开始合作，直至今年六月，一课的原岛课长中断了该交易。在此三年多的时间，我司向其采购的零件金额将近十亿日元，并大量使用该类零件生产了约二十种产品，销售至国内外多达数十家公司，然而依据法律规定或客户要求，大部分产品的强度很有可能都未达到要求。"

举报信上还写道："虽然一课的原岛课长突然中断与'透明科技'的合作，但由此可推测，营业部以前便对此舞弊行为有所了解，甚至生产部也对此有所隐瞒。不得不让人认为，这些应对措施均源自营业部北川及生产部稻叶两位部长的指示。本人在此汇报该情况，并提议设置代表全公司的第三方委员会，开展正式的调查，寻求相应的对策。完毕。"

"佐野不是你的部下吗？"稻叶冷冰冰地说道，"去叫他闭嘴别乱说！"

"比起我，你不是跟他走得更近吗？"

北川不悦地反讽了一句。为了自身的利益，稻叶会利用一切能够利用的事物。他就是这样一个人。差不多两年前，他接近曾为北川部下的佐野，借此打探营业部内部的问题。

那件事让佐野彻底失去了北川的信任。与人事部交涉之后，佐野便从营业部次长降级，被调到客服室去了。

"是他主动来接近我的。作为补偿，我就是听他发发牢骚。被你误会了，我还真是难做。"

北川冷笑一声，把稻叶的借口当作耳旁风。

"早知道这样，我就把他拉到生产部算了。"

北川对佐野的评价并不高，甚至有些贬低他。因为这个家伙总是很会来事儿。营业部的人跑得满身大汗取来成果，他就在空调房里坐等。明明自己没做出行动，部下一旦失败就加以严厉训斥，简直就是一个无赖的中级主管，同时也让北川联想到那些轻浮肤浅的同事——从学生时代起，他就很讨厌这种人。

而那家伙现在居然敢反抗北川。

"佐野的目的是什么？"稻叶问道，"什么第三方委员会，他应该不是看上这个吧？是不是想捞个什么职位？"

稻叶的见解一针见血，其实北川也有同样的感觉。

佐野并不是正义人士。他是一个精打细算的人，曾被人揶揄是"公司里的政治家"。他不可能抱有大仁大义，试图去改变公司，这一切应该都是为了满足他自己。

"说不定是吧。或许，他纯粹想找我们报仇。"

"要不给他安排一个职位，怎么样？"稻叶说道，"说到底，那小子就是不满意现在的职位呗。这样的话，让他去一个合适的职位应该就不会说什么了吧。还是说，让他回营业部更好？"

"开什么玩笑。"北川拒绝了。

"我们部门没有佐野能待的位置。我的上一任也是靠着花言巧语当上次长，但我还真没见过像他那样完全不做事的家伙。就跟老早之前的主管一样，以为摆个架子就什么事都能办成。而且，明明自己没有实力，光会耍嘴皮子，还自认为比所有人都聪明。这家伙的自我评价跟客观评价有差距，让他当客服室的室长都觉得浪费了那个职位。像他这种人，口头说服一下就行了。就用这一招。"

北川心里涌现出一股情绪，那并不是危机感，而是愤怒。不过，靠稻叶是说不过那个人的。北川没有什么确切的理由，只靠半桶水的直觉领悟了这一点。"我去跟他说说。"说完这一句，北川把摊开的举报信重新放回信封，丢进了收纳未处理文件的盒子。

2

那天下午，北川拿着举报信来到三楼的客服室。

"有时间吗？"

他对佐野搭话道。佐野似乎也早有预料北川会找上门，便默默地跟着走了。

两人走进附近一间小会议室，北川便怒气冲冲地问道："这是什么意思？"

在北川心里，没有一个选项是要靠说好话拉拢对手的。威迫和谩骂是他掌控部下的唯一技巧。

"就是文件上写的那个意思。您要是有什么反对意见，我洗耳恭听。"

佐野的两颊都发僵了，那是一向懦弱的男人在虚张声势的表情。

"反对意见？"北川抛出一个疑问句，"那是你的妄想吧？收回去！"

北川把手上的那封举报信狠狠地拍在桌上。佐野一动也不动，将视线转向北川：

"这封信我也发给社长了。事到如今，已经没有退路了。"

盛怒之下，北川什么话也说不出来，只能瞪着对方。佐野继续说道："就算您用近乎威逼的方式，把举报信攥破了也没用。我已经不是您的部下了。对您来说，这个位子或许不值一提，但是身为客服室的室长，我不过是做一件力所能及的事。"

在此之前，从来没有一个部下敢顶撞北川。不，就算有那样的人，也会被他彻底击溃，直至体无完肤。

"你可别太得意，佐野。你是打定主意了吗？"北川狠狠地瞪着佐野，用低沉的声音威胁道，"这些事不是客服室的工作。你只要集中精力处理好顾客发来的投诉就行了。"

"这个问题跟公司的根基息息相关，不是吗？"佐野反驳道，"您还想继续隐瞒吗？您所做的事情，不就是为了自保吗？"

"不是！"

北川突然情绪爆发地吼道。这绝不是为了自保。他自负地认为，自己做的一切也是为了公司。

"你以为自己很聪明，是吧？总是居高临下地看着别人俗不可耐的工作模样，还自以为是地教训部下，叫他们做这个做那个。结果你自己却没谈成一笔像样的生意。摆出一副精明的样子,光会坐着却一点也不想玷污自己的手。这种人脑子只会想着自己。只为自己考虑的人,哪会理解那些为公司流汗卖命的人。一旦发生什么事,就只想到明哲保身。你的境界也就这种程度而已。"

看到佐野原本发青的脸涨红,北川感觉到一种复仇的喜悦。不管佐野使用举报这种手段是对是错,反正看到这家伙如获至宝般的得意,北川就有一种想狠狠伤害他的冲动。

"算了,不说了。反正事情的真相如何,就交给第三方调查委员会去查明吧。"

那种狡猾的口气,让北川愈发感到厌恶。

"你以为这种妄想,他们真的会听信吗?"

"当然会啦。"佐野回答,声音里含着一种敌意,"宫野社长知道这件事之后会怎么想呢?我真的很期待呢,北川先生。到时候,我得好好学学你能说出什么借口——就这样吧,我还有事情要忙。"

佐野站起来,单方面结束了这次面谈。

3

"又发生什么麻烦事了吗?"

北川眯着眼睛抽烟,眼睛瞟向酒馆里空无一物的空间,听到这句话才转而望向身边的八角。

这家小小的酒馆位于八重洲的后巷,北川常来光顾。这家店说不上多豪华,不过食物和酒都不错,而且价格在这附近一带也算是很便宜的。

这一天，八角正收拾东西准备回家，就听到北川一声招呼："去不去？"

虽说北川是营业部部长，八角是万年系长，两人在公司里的地位天差地别，但基于同期进公司的情分，说话也不用太客气。

"这个，有些事……"

八角一声不发，等着下文。于是北川继续说："佐野发来一封举报信。"

"哦？"

八角的表情很平静，没有一点震惊的样子，接着说出一件让北川意外的事："说起来，他前几天来问我螺丝厂商的事。"

"那你是怎么说的？"北川着急地问。

"我跟他说，这种事别来问我，得去找原岛。"

前几天的联络会议上，佐野就折叠椅意外事故的情况做了汇报。或许那件事就是他发现秘密的契机吧。听稻叶说，佐野甚至跑到高崎工厂去回收了螺丝。他连举报的证据都拿到手了。

"然后呢，他去问原岛了吗？"北川又问。

"没有，应该没去。他应该是觉得，找原岛打听的话，事情会变得很棘手吧。"

八角的回答让北川沉默了一会儿，接着开口道："话说回来，你和佐野走得挺近的吧？"

"所以？"八角瞬间眯细了眼睛。

"为了避免事情变得太麻烦,你去帮我警告一下那小子。跟他说,如果不打消那个念头,没什么好果子吃。"

在做出回复之前,八角向路过的店员要了一杯凉酒,点了一根烟。

"那种事,我可不做。"

八角低吟似的说道,被烟熏得眼睛眯起。他看着北川:"事情都这样了,你还想怎么做?说到底,佐野那样做才是对的吧?"

"那小子只想着怎么让自己显得讨巧,"北川驳斥道,"他根本没想过公司会怎样。"

"这跟讨不讨巧无关吧。"八角用沙哑的声音说道,"对就是对,错就是错,就是这么回事。违规的是坂户,而你们企图帮他隐瞒这些事,还骗了我。你真的觉得自己做的事都是对的吗?"

为了撤掉坂户的课长一职,且不招致其他混乱,北川才来拜托八角去职权骚扰委员会投诉。虽然八角不情不愿地答应了,但幕后隐藏的事实在让他不痛快。

"公司怎么办?"北川说,"这种事要是公开了,我们公司就垮了。"

"够了!"八角将声音压得很低,但其中有着难以隐藏的怒意,"螺丝被用于生产交通工具的座椅。我们在这儿聊着的当口,这个世界正有人坐在这样的座椅上。这件事你又是怎么想的?我可不是为了隐瞒才去告发那件事的。"

"那么,你能叫停那些列车和飞机吗?"明知这样反驳毫无意义，北川还是反击了，"你能说我们准备更换座椅，让他们在那儿等着吗？我们公司没有那种能力去补偿人家的休业损失，撤回市面上的几万把椅子，再换上新品。这种情况你难道不知道么？"

"出卖了灵魂的男人，这就是你的末路吧！"八角眼神轻蔑地看着北川，"喂，假狮子，说说吧。你有资格责备佐野或坂户吗？"

4

北川是在单亲家庭长大的，家里只有母亲和他一个孩子，他不知道父亲是谁。听说父亲原本在武藏小杉开一家小餐馆，他去世时北川才三岁。从鱼市回来的路上，一辆闯红灯的卡车撞上了父亲的小货车。

北川的脑海里残留着一些模糊的片段，庄严的葬礼上聚集了很多穿着丧服的人，那场景看起来仿佛很遥远。父亲是个怎样的人，用什么声音说话，又怎么疼爱年幼的儿子，这些北川都不记得。母亲曾告诉他，父亲是个不怎么喝酒的人，个性老实，对工作也很热心。这样看来，北川可能不像他父亲，而是更像他母亲吧。

父亲去世之后，原本两人一起经营的小餐馆就由母亲独自打理了。母亲是个要强的人，很开朗。毕竟她才三十多岁，还是个有点姿色的寡妇，或许这些就是她吸引男性顾客的原因吧。虽然不知道父亲在世那会儿的情况，不过母亲的小餐馆一直生意兴隆，坐台上总是坐满了常客。从傍晚五点开门起，母亲就一路工作到深夜十二点关店，用赚来的钱供北川一直读到大学毕业。

餐馆的生意再好，充其量就是一家小店。虽然用良心价留住了常客，却相当忙碌，盈利也不多。北川很清楚，为了供他上大学，母亲一直过得很辛苦。同年级的人都忙着参加网球社团或联欢会，唯独北川对社团活动不感兴趣，一有时间就去打工，算是一个人缘挺差的学生。因为他必须尽可能地自己挣到学费，让母亲少一些负担。虽然心里并不是那么渴望玩乐，但看到同学们拿着父母的钱四处游玩，那种精神上的鸿沟还是会让北川感到恼火。

这些人没有危机感，对于存在的问题也缺乏认识，只会坐享安稳和现状。这些蠢货既轻浮又肤浅，实在令人唾弃。在北川还是个学生的时候，就对这种人萌生了厌恶感。

北川进入成立没多久的东京建电之后，这个想法依旧没有任何改变。那已是二十八年前的事了。

在同期进公司的人当中，北川比谁都认真对待工作，接连取得令旁人惊叹的成绩。而自从有了部下之后，他对于怠慢工作的人就绝不留情。有些人觉得就算稍微偷懒一下也不至于丢掉饭碗，这种天真的上班族秉性，北川是绝不原谅的，所以他非常厌恶公司里那些只挂名不办事的家伙，也一直在尽力铲除他们。

北川的做事风格，俨然拼命三郎，这种拼劲支撑着他快速成长；而暴躁的性情和重达九十公斤的结实身体，让他得以熬过那些很多人都撑不过的状况。进入公司的同时，北川就被分配到产业课，处理与住宅相关的材料。总公司索尼克加诸的目标也在他的努力下一一完成，从根基上支撑着东京建电成长为索尼克的主要分公司。

当时的北川，被人冠以"狮子"的绰号，因为他的行动就像狮子一样迅猛。

进入公司的第五年，产业课——即现在的营业一课——在总公司的格外关照下得以重点强化，日后在索尼克担任要职的梨田也被送上了课长的位子。当时，北川的头衔是系长，而八角就是在那个时候调到了产业课。与北川一样，八角在公司里的成绩相当显赫，也是以第一名晋升为系长。于是就形成了以梨田为课长、北川和八角两位系长相辅相成的体系。

虽说相辅相成，但实际情况是，上头给他们布置了一个高到几乎不可能达成的定额。为了完成这个任务，他们每天都仿佛置身于地狱之中。

八角的团队做的是一体化浴室和住宅内部的产品，而北川负责的是热水供应设备和太阳能系统，主要是一些设置在室外的设备。他们各自从公司里精挑细选了几个部下。

那是一项繁重的职务。由于课长梨田总在早上七点半就到公司，为此所有人都是七点左右就来上班，趁着清早汇报前一天的成果或制作资料，然后在上午九点，所有人一起外出去跑业务。从索尼克派遣过来的梨田，是一个对数字非常纠结的人，绝对不允许他们没完成定额。为了营业额，道德也被视作毫无价值。因此，只要能拿下定额的数字，北川什么都愿意做。例如向老年人或客户强买强卖，给厂家一些甜头，甚至私底下给房地产公司的负责人提供回扣——他看重的不是怎么卖，而是能否多卖。

梨田担当课长一年多之后，业绩提升的代价是课里好几个人或熬坏了身体、或精神出现异常而停职、辞职。有一个男员工出了公司之后就再没回来，梨田以无故缺勤的理由，毫不留情地将他清除，让周围的人都胆战心惊。梨田身上带着索尼克的威势，整个公司里没人敢与他唱反调，包括社长在内。梨田说是这么回事，那便是规定了，连营业部部长都不敢提一句反对意见。

不过，能在梨田底下做事，北川反倒觉得很舒适。那些矫情到令人反感的同事和部下，北川一如往常地反驳和否定到底，不过梨田对此也没有多说什么，毕竟北川能拿出业绩。他发挥与生俱来的严谨和韧性，脚踏实地一点一滴挣来的业绩是不争的事实，不管是谁，任何未能达成定额的理由，在他这儿都是没用的。

但是，即便是这么能干的北川，总公司设定的那个目标也不是那么容易完成的。要是完成了今年的任务，索尼克明年就会再丢来一个数字更高的定额。越是拼命干，就感觉自己的脖子被绞得越紧。除了指挥部下，北川自己也要四处跑业务直到深夜，连他也渐渐觉得定额的完成情况不乐观。

当时北川负责的是一家大公司——大和制造厂的订单。该制造厂生产的新型列车即将交付于关东电铁，公司命令北川拿下那些列车所用座椅的订单。

如果这个订单能谈成,不仅能开拓全新的事业领域,而且肯定能获得巨额的收益,定额也能完成了。

为了这个订单,北川做尽了所有能做的事,但直到最后,还是有一个问题没能解决。

成本。

订单要以竞价来决定。

北川收集了各路消息,掌握了一个大致的中标价格,但是当时的东京建电不管怎么缩减生产成本,离那个价格还是有些许距离。必须想想办法,再试试压成本,否则订单就要被其他公司抢走了。

北川伤透了脑筋。在某天跑完外勤回来时,生产部部长拿着一张写了生产成本的便签来找他商量:"要不要试试这样?"北川看到那个数字,吃惊地抬起头,问道:"真的能按这个价格去做吗?"

便签上的数字,甚至低于北川渴求的成本价。

生产部部长对着目瞪口呆的北川说道:"就看你怎么决定了。"这句话似乎别有深意。

"销售也需要讲究智慧。"

生产部部长这么说。

"智慧?"

北川听不懂这句话。于是生产部部长说出了一个恐怖的计划——捏造耐火性的数据。

捏造。这个单词让北川退缩了。生产部部长又说:

"做买卖这回事,能卖的人才是赢家。只要能安装到列车上，这些座椅的耐火性如何，能承受多大的冲击，又有谁会知道？虽说降低了强度，但是只要没发生什么重大事故，就不会出现检验这些性能的机会。而且，那些重大事故未必会因我们公司的产品缺陷而起。到那时候，也不会有什么人责备我们的过失了。"

"除了这个，没有其他方法缩减成本了吗？"

北川问道。

"没有。"生产部部长回答得很干脆，"你想要的东西根本是没有指望的。要是以你出的那个价格去做这笔生意，我们公司怎么样都会赤字。你想平衡这两者并且有所盈利，那是不可能的。"

这笔交易无论如何都要拿下——这个严令，现在是北川一人承担着。

"有哪些人知道这件事？"

北川稍作思考之后问道。他感觉到自己大脑核心渐渐变得灼热刺痛，喉咙也变得干渴，连吞了好几次口水。

"只有——我和你。"生产部部长低声回答，"负责生产的人只会照指示做事，不会知道强度的事。"

"请让我考虑一下。"

北川如是说。第二天早上的营业会议又在背后推了他一把。在那个会议上，课长梨田因为业绩增长过慢一事气得发疯。梨田说，定额是至高无上的，没完成的人都罪该万死。北川花了太多时间与大和制造厂交涉，导致没有足够的人手处理其他公司的业务，要想完成定额，除了拿下这个订单别无他法。

这场让人胃部紧缩的会议结束之后,部下们已被梨田的跋扈吓得脸色发青。北川与他们一起回到自己的座位上,第一时间拿起桌上的电话联系了生产部部长。

北川也自知以前做过几单卑鄙的买卖,但真真正正做出舞弊行为的,这还是第一次。

他觉得,这件事应该不会败露。

事实上,谁都没发现那个成本的秘密——表面看起来是如此。

北川取得了出色的业绩,另一边的八角却一次次与梨田发生冲突。

八角原本是与北川并驾齐驱的精英,但他居然在会议上向梨田公然提出反对意见,批判上司的做法。对于这一点,梨田的反应更是激烈,他总是以八角未能完成目标为理由,在会上近乎羞辱地痛斥八角。

北川和八角是同期进公司的,私底下还走得挺近,也知道八角对待工作是很认真严肃的。但是八角为什么会公然批判梨田呢?北川事后才知道个中缘由。原来之前八角听从梨田的吩咐,以老年人为目标,遇到谁就向谁推销,结果某位顾客因为签下高额的合约,苦恼不已,最后竟然自杀了。

八角也是一块顽石,就算遭到梨田的羞辱,他依然坚持认为那种做法是错误的。

"就算你用那种方式提出反对意见,梨田先生的想法也不会有所改变的。"

在某次酒席上,北川说了这么一句。结果八角回道:"我不做那种连灵魂都要出卖的买卖。"

这句话相当于对北川说——你正在出卖灵魂。

如果说我为了完成定额出卖了自己的灵魂,那么公司公然认可总公司布置的定额,也算是一丘之貉了。只要你还在公司工作,就没有资格指责这件事。

"那你干脆辞职吧。"

北川这么说道。当时的八尾闻言,朝他投来一个轻蔑的眼神,然后说道:"你有资格说这种话吗?"

看到那个眼神,北川感到一种背脊发凉的不祥预感。

"你在说什么呢?"

"听说你拿到不错的业绩,真的觉得那样没问题吗?你就是一头假狮子啊。"

这家伙真是敏锐。八角没再说什么,然而北川立刻明白了——八角知道那件事。

到头来,这种舞弊行为持续了将近五年,随着十五年前生产部部长退休,以及关东电铁变更规格,才算画上句号。没有人知道这件事——除了八角一人。

5

从大手町搭乘东急目黑线延长线的地铁,到新丸子站下车,再步行十分钟回到自己家中。十五年前翻盖的两层楼房,一楼住着他母亲，二楼则住着北川、妻子和他们今年上高三的独生子。

一回到家，就看到儿子宏英躺在沙发上看电视。毕竟那是自己的儿子，北川也知道他的学习成绩没那么好，但此刻看到这个本该准备高考的高三学生竟然没有一丁点儿危机感，一副吊儿郎当的模样，他就忍不住想说教一番。

"喂，你功课做完了吗？"

与北川不同，宏英这孩子长得瘦瘦弱弱。妻子与北川一样，也是个急性子的人，说不定儿子是继承了他父亲的脾性。

"好好好。"

儿子一脸不耐烦，立刻起身离开了客厅。北川刚想起儿子还没跟自己道一声"您回来啦"，就听到他"砰"一声关上了房门。

"那小子能不能行啊？"

"你打算唠叨他的学习到什么时候？他都是高中生了。"北川向妻子抱怨了一句，结果她冷言冷语地回道。

妻子在都内一家建设公司做办事员。北川的话让她的口气变得有些责难。

"你也得说他几句吧。那小子肯定是放学回到家就一直泡着电视吧。"

"谁知道啊。我自己也很忙。"

妻子的语气变得粗暴，为自己倒了一杯茶，视线落到刚才看到一半的报纸上。

在公司的时候，北川一有什么不顺就会发牢骚，在家里却是另一个模样。他压抑着想挖苦妻子几句的心情，从冰箱里拿出啤酒，打开了易拉罐。

"你不是喝了酒才回来的吗？"妻子又开口了，"会不会喝太多了？"

你真啰唆——北川咽下这句话，默默地任啤酒流过喉咙。

家庭的温馨、放松和一团和气——在北川这儿完全感受不到。

在这个家里，北川既反感那个疏远又自大的妻子，又气恼那个不如他意的儿子。

他辛辛苦苦地工作，结果只得到这个吗？你过得幸福吗？——要是被人这么一问，北川还真不知道该怎么回答。

事情不应该是这样的。

这天夜里，北川整个人都被思绪塞满了。既想不出该如何说服佐野，又介怀八角说他是一头假狮子。

要是佐野知道没法成立第三方调查委员会，他会做出什么行动？

不论如何，一定要避免这件事泄露给外界。

万一泄露了，东京建电就没有北川的容身之处了。不，东京建电在社会上也无地自容了。

"我说，你是不是喝醉了？"

妻子不悦的声音，让北川回过神来。仔细一看，杯子已经空了，可他还一直握着空杯陷入沉思。

北川把易拉罐里剩下的啤酒倒入杯子，一口气喝完。变得苦涩的啤酒让他整张脸都皱了起来。"我去洗澡了。"说完，他便起身离开。

6

第二天早上，北川六点就起床了，把面包放进面包机。在等待烤制期间，他打开了报纸。

这段时间以来，他总是先打开社会版，快速浏览标题，确认没有刊登与自家公司产品相关的报道，心中才会觉得放心。

最近他变得有点害怕看早间新闻和报纸了。

根据北川的估算，若在国内私下里进行整改，大概需要两年时间才能彻底完成。若要算上国外的高铁和航空公司，则需要将近五年的时间。飞机的使用年限大概有五十年，头十年由发达国家使用，之后会转卖给发展中国家之类的地方，越是拖延，整改的困难就越大。

光从内部举报未必会揭发螺丝强度不足的问题。现在客服室手上已经收集了几个不良产品，铁路和航空等方面也未必会因为乘客意外事故发生同样的事情。这个秘密不知什么时候、从什么地方曝光，那种不安让他没有一刻能放心。

那一天的北川很忙碌。他先从家里直接赶去横滨与客户碰面，中午过后又跑了几家公司，直到下午四点多才回到公司。

北川处理完堆积在自己位置上的文件，想了一想，便朝客服室走去。说到底，他还是认为不跟佐野谈一谈的话，什么事情都无法解决。在判定没用之前，还是应该先试一试。当北川还是一个优秀的推销员时，他的行动准则就是如此。

佐野正好在客服室，就坐在靠里的座位上盯着电脑。

北川朝佐野走去，默默招了招手，就像他招呼部下时一样。对此，佐野也只是稍微犹豫了一下，然后默默地站了起来。

考虑了一个晚上，北川还是想不出应该怎么说服佐野。但就在刚才，从营业部办公区来到这里的短短几分钟里，他仿佛受到指引般地找到了方向，实在让人觉得不可思议。

"举报信那件事……"一关上会议室的门，北川就出声说道，"这件事不宜拖延下去，这样大家都累，我就直说了。你举报的那些内容，大部分是事实。"

此时的佐野，眼神像探索似的，直直地看着北川。

他的眼中没有任何惊愕，只有戒备，但就连这种情绪他也深藏不露。北川继续说道：

"我们部门的八角在半年前就发现了坂户的舞弊行为。坂户过于看重缩减成本，就算知道螺丝存在强度方面的问题，还是收了货，并且将那些螺丝用于生产列车和飞机专用的座椅，还交了货。现在，这些有问题的座椅都已交付给国内外多个客户，并且一直在使用。坂户承认自己舞弊，经过商量之后，我们得出的结论是，这个问题不能公开。所以坂户被调到人事部，现在由原岛秘密地处理这件事。顺便跟你说明一下，我和稻叶真的没有指示坂户去做这种事。只不过，考虑到事态的影响，只能无奈地选择隐瞒。要是这件事曝光了，我们公司估计也留不住了。到时候，你——还有我，都得流落街头了。"

佐野眯起眼睛，但什么话也没说。

"你举报这件事，得不到什么好处的。"

"所以您的意思是，什么都别做，是吗？"

佐野问道，声音低沉。

"不是什么都别做,而是隐瞒这件事。保住这家公司,就是守护我们的生活啊。你说你都这把年纪了,难道还想出去找工作?你以为现在还有哪里比这家公司条件更好吗?你应该也很清楚,这个社会没那么好混。"

"那么,就请您承担这个责任吧。"佐野直言不讳,"听您的口气,似乎一切都是坂户的责任,但是身为营业部的部长,不是也得问责管理者吗?这么严重的情况,不能单凭撤了坂户的职位就当没事了。您是不是也应该卸任呢?"

原来,这就是他的目的。

北川一时之间语塞了。佐野进一步施压道:"如果想让我撤回举报信,条件就是您辞职。闹出这么大的丑闻,部长还恬不知耻地霸着职位,这样的公司未免太奇怪了。请您辞职吧,北川先生。"

"我必须守着这件事,看看最后是什么结果。现在我们正在偷偷地整改,等完成这些工作之后,我会考虑一下的。"

北川说了一个临时应付的借口。当然了,他根本无意辞职。更何况是听从佐野的意思而辞职,根本是无稽之谈。

"说到最后,这不就是自保吗?"

"不是的。"北川激动地摇头,"要是我现在丢下工作,谁能来接手?这样只会给公司添麻烦罢了。"

"不知道这种借口,能不能唬住宫野先生呢?"

佐野讽刺地说道。他有点得意地看着一时无语的北川,又说道:"或者,刚才那一番话,敢当着社长的面说一遍吗?您也觉得那些话相当自以为是吧?不仅掩盖丑闻,还要用偷摸进行的整改来摆脱困局？让坂户一个人承担责任，自己却留在部长的职位上？这也太荒唐了吧。您也知道的吧，这封举报信并不是只发送给您。社长那边我也发了哟。"

"所以呢？"北川问，"难不成你以为，是我自己决定要隐瞒这些事的？"

"您的意思是，那是董事会的决议喽？"

"不——"

北川的视线落到会议室毫无风雅的地板上，然后再次望向对峙中的对手。"我不是这个意思，但对于这个事态，你还有一点没搞清楚。"

听到这句话，佐野便探索似的窥视北川的眼睛深处。

"这话怎么说？"

"不是我下令隐瞒这件事的。"

北川回答。

"那么是谁下的命令？"佐野探出下颚，眼神变得犀利，"告诉我。该不会是……和稻叶先生商量之后才作出的这个决定？"

"不是这么回事。"

北川摇了摇头，瞪着这个自命为"公司里的政治家"的男人，开始慢慢讲述。

7

"北川，有件事要跟你谈谈。"

半年前，八角跑来这么跟他说。八角擅自坐进了部长室里的客用沙发，然后摊开一份由营业一课负责的产品的一览表。表格最上边的一栏，用红色圆珠笔做了记号。

"这是什么？"

北川正忙着，突然被塞了一份莫名其妙的东西，难免有些恼火。

"就是我们课长负责的产品的一览表啊。"八角回答，"我前几天整理其他资料的时候偶然发现的，这些产品的收益率未免有些太好看了。你知道是什么原因吗？"

"不就是因为坂户缩减了成本吗？"

看着八角与往日不同的严肃表情，北川恼火地回答。然而——

"并不是。"八角表示了否定。

"我说八角啊，我现在忙得很。无关紧要的事稍后再说——"

"因为他用了不符合规格的零件。"八角打断北川说道，"——所以才会那么便宜。"

北川凝视着八角的脸，有好一会儿没说话。他正在反刍刚才的话，重新理解话里的意思。隔了一口气的时间，才感受到冲击来临。

"是什么零件？"

提出反问的声音嘶哑难听，仿佛卡在喉咙间。

"螺丝。"八角回答。

"螺丝？"

"他用了强度不足的螺丝。"

翻开资料一看，上面记录了好几个手写的零件编号。这些颇有特征的字迹是八角的。

"大概在一个月之前，我从一个熟人那里得知折叠椅出现损坏的情况。对方是一个私立高中的老师，去年买了三百把椅子。我当下就给他换了新椅子，但心里还是有些在意，就跟工厂反映了一下，顺便调查一下那些折断的螺丝的强度，所以才发现了这个问题。以防万一，我也跟稻叶说了一下，让他偷偷检查一下，结果确实没错。"

"是我们自己生产的零件吗？"北川问道，同时感觉自己全身的血液都在倒流。

"不，是一家叫'透明科技'的公司做的。"

北川认得这个公司名字，应该是坂户几年前找来的新厂家。他感觉胃部一阵绞痛，无法静下心来思考。

虽然现在的八角一副吊儿郎当的模样，但是他原本也是一个能干的人。以椅子螺丝的强度不足为线索，调查了厂家，并筛选出同一厂家生产的螺丝用于哪些产品，从中验证螺丝的强度。

刚开始给北川看的那份营业一课经办产品的清单，上面加注的记号就是用来区分该产品的螺丝是否符合规格。

"不符合规格的产品，居然有这么多？"

北川张口结舌，万分苦恼。这件事该怎么处理，其实根本用不着细想——用符合规格的螺丝替换那些强度不足的。但是，折叠椅的问题还好说，要更换已经安装在火车和飞机上的座椅，几乎是不可能的。

如果东京建电对外公开螺丝强度不足的问题，全世界的火车和飞机都必须停止运行了。到时会影响多少乘客,造成多大损失,这些社会层面的影响根本无法估计。

"坂户——他知道这些事吗?"

北川终于能发问了。八角向他投去一个骇人的眼神:"关键就在这里。"

坂户宣彦,是北川很中意的部下。

当坂户以应届生新员工进入东京建电的时候,北川的头衔是营业一课的课长。坂户参加了人事部组织的轮岗研修,在工厂和销售点工作了半年后,终于回到了营业一课。当时北川对他的第一印象是:感觉这小子不太可靠啊。

当时的坂户又瘦又高,待人也挺和气,不管什么指示都会乖乖听从,从来不会摆臭脸。

但是要北川来说的话,他还是更喜欢那种性格强势的部下——就像他自己一样。

气场大,不服输,不管面对任何局面都能有坚持己见的固执一面,还有能够体现强韧意志的风貌——北川坚信,唯有具备这些资质的人,才能在苛刻的营业领域里拿出业绩。

与坂户一起分配到北川底下的还有一个姓江口的新人。北川一开始是对江口寄予厚望的。

据说江口曾在名校的橄榄球队待过,是个身高一米九、体重九十公斤的大汉。光是站在那里就显得很有威严感,而且他长了一副身经百战的面相,看起来仿佛多次出入地狱。

营业一课的收益主要来自两项业务。一个是一体化浴室之类的住宅产品，一个是向所有类型的交通工具提供座椅之类的系列产业。盈利更多的是系列产业这一边，所以北川一开始把江口安排到系列产业的营销队伍里，坂户就派到住宅产品那一边。课里的人与北川一样，对于这个分配到系列产业的大个子新人江口有不小的期待。而不受待见的坂户就躲在这层阴影下，悄悄地开始自己的社会人生涯。

但是过了六个月，坂户拿出了远远超越江口的实绩。

其实系列产业进账更多，本来应该是比较有利的一方，结果却是坂户负责的住宅产品销售取得了显著的成绩。

为此震惊的不止北川一人，课里的其他人应该也是一样。本来以为坂户没多大本事，结果这匹黑马的业绩不仅超过了新人江口，甚至连他们自己也比不过。

坂户最为突出的表现就是开发新客户。在那六个月的时间里，坂户便拿下了一个大公司。这个新客户是一家房地产公司，正准备开拓住宅建设的工程，坂户打通了这家公司的关系，与他们签约，为其新建的公寓提供一体化浴室。

坂户立下了大功，江口的存在一下子就变得暗淡无光了。

与江口交换岗位之后，坂户又一次次地打了不少漂亮仗，仅用三年便成为人人称赞的营业一课精英。

在那之后，坂户每一步的表现都不负众望。在那段时间里，北川的职位从课长升为部长代理，当他成为部长时，甚至自己去和人事部交涉，让坂户坐上了营业一课的课长之位。

不论公司里的人评价多高，坂户还是不改谦虚的态度。或许他原本就是这样的性格吧。总是那么爽朗，与人和善。

工作上严于律己，但从未将那种严格加诸他人。凭这一点，坂户就显得比北川更有人性。

北川自己年轻的时候也靠着完成那些高得离谱的定额，这么一路熬过来，所以他知道坂户肯定在背后做了很多努力。东京建电的生意没那么好做，不是坐着等待就有订单从天而降。如何与竞争对手交战，如何以较低的价格确保盈利，这些都是需要智慧和体力的。因此，彻底分析自家的产品，时刻思考市场需要哪种产品，与商品企划部、生产部进行周密的讨论，都是必不可少的环节。坂户在分析力和执行力方面，绝对算是相当出色的。

当上课长之后，坂户总是能做出超出北川要求的优越表现。他是一个可靠的课长，不仅能达成上头布置的定额，还能巩固收益的底线。北川对坂户的工作表现赞赏有加，从未怀疑过他会在背地里动手脚。

然而，北川总不能只让坂户一个人搞特殊。毕竟每个人都面临着同样的严峻形势，大家都受定额所迫，绞尽脑汁地思考如何完成目标，并为此痛苦地煎熬着。所以坂户也不能例外。

听八角说了那件事的当天晚上，北川就找坂户确认了事情的真相，之后他决定，将所有情况都汇报给社长。

当时的宫野露出了相当震惊和狼狈的表情。

东京建电的社长宝座长年以来都由索尼克派来的空降干部所占据，宫野是第一个真正意义上的社长。为了从索尼克底下获得独立，无论如何也得让宫野获得成功。所以，不管对宫野还是东京建电来说，这个丑闻简直让人痛苦不堪。

气得发疯的宫野当场就把坂户叫来痛骂了一顿,用尽了一切叱责的话之后,他累得一动也不想动了。

但是,他们必须采取行动。面对这种事态,作为社长的宫野会作出怎样的经营判断——

这个答案没那么容易想出来。事实上,宫野花了整整两天才拿定主意。

当时,被叫到社长室的只有北川和生产部部长稻叶两人。

看着跟前的两个人,宫野陷入沉默,有好一会儿不知道该怎么开口。他很清楚自己的这个决定有多重要。北川和稻叶也都看得出宫野几乎就要被这个决定的重担压垮了。

"我先说结论吧。"宫野慢慢地开口,说出一句让人意想不到的话,"这件事,给我瞒着。"

8

眼前这个男人,眼中的光芒正在逐渐黯淡,表情也从脸上一点点地脱落了。

宫野是个严厉的人。这个严格的领导绝不会允许部下有舞弊行为——对于佐野来说,这样一位领导本该是最后的靠山。

"怎么可能——"

佐野挤出嘶哑的声音。

"你很生气吗?还是很无奈?可是啊,这是现在东京建电能采取的最好的措施。不管你乐不乐意,这就是我们唯一的办法。"

佐野没有任何回应。

见对方这副模样，北川突然正色道："我们要赌上公司的命运掩盖这件事。我再问一次，你想流落街头吗？如果不想，那就闭嘴，也不要向任何人说起这件事。"

北川慢慢地起身，正准备离开会议室的时候又突然回头，朝那个垂头丧气、失魂落魄的男人瞥了一眼，之后才快步地走出房间。他很清楚，这个男人已经没有心力去谈论这件事了。

"我说服他了。"

那天晚上，北川来到社长室，向宫野汇报了情况。对方简短地回了一句"辛苦了"，眼睛仍然看着桌面上展开的资料。北川朝他鞠了一躬，便离开了社长室。

在返回营业部的路上，北川想到终于能从连日来让他烦恼不已的悬案中获得解放，便放心地发出一声叹息。

"你唬住佐野了吗？"

一回到办公室，这一天难得留下来加班的八角便晃悠悠地走过来，问道。

"你怎么知道的？"

"你脸上都写着呢。"八角说。

"——骗你的。其实我刚才看到你和佐野进了会议室。"

说着，八角举起手中的甜甜圈。会议室所在的三楼，从今年夏天开始设置了一处甜甜圈无人销售区。

"你用什么方法唬住他的？"

"哪有什么方法，就是实话实说罢了。"北川回答道，"只要知道真相如何，不论是谁都不得不接受。不是吗？"

结果八角说了一句："你也够蠢的。"在公司里，也只有八角胆敢当面对北川说他蠢了。然而不可思议的是，虽然被八角那么说，北川却不觉得生气。

"为什么？"北川呆呆地问道，声音几乎听不到，"凭什么说我蠢？"

"就凭你只能想到那种强迫别人接受事实的方法。"八角说道，"你心里就是这么认定的吧？但是，当真是这样吗？真的只有那个方法吗？"

"没错。"北川坚决表示，"所以我才会只用了这种方法。佐野应该也是这么想的。"

北川回想起那个男人消沉的身影，心中没有任何感慨。

佐野本想靠那封举报信逼北川等人卸任，或许他还期盼能借此让自己重回营业部吧。

这次所谓的"政变"失败了，北川等人也不会深究那封举报信，打算就此了结这件事，同时双方也共享了这个秘密。

"搞到最后，原来佐野也是一个笨蛋啊。"

八角这么嘀咕着，然后一边很享受地吃着甜甜圈，一边慢悠悠地回到自己的位置。

事情算是解决了。

北川看着那个背影，在心中这么低语道。不过两天后，副社长村西用一通内线电话把他叫去了。

不知为何，村西一脸严肃地把北川迎进副社长室，并用手示意他在沙发入座。

北川慢慢地坐下，不知对方用意为何。村西在他面前放下一个信封。

北川看到里面的东西，是用回形针固定在信封上的。

"我这儿有一封匿名举报信。"

村西这句话，让北川忍不住朝那封信伸出手。

他的眼前立刻变得一片苍白，拿着信纸的手也微微颤抖。因为信上所写的内容，与佐野那封举报信一模一样。

那个混蛋——

北川想起前天佐野那副消沉的表情，在心中咒骂道。

"这件事，是真的吗？"

村西询问道，并朝北川抛去一个容不得半点虚假或借口的严厉眼神。

"如果是真的，我必须向索尼克汇报这件事。我想听你说出真相。"

这种意想不到的事态，让北川倍感狼狈，同时拼命地寻找推托之词。

村西是从索尼克调派过来的，也就是所谓的监督人。在这家公司里，这种掩盖事实的行为绝对不能让他知道。

此时此刻，北川变成了一头被追到悬崖绝壁的狮子。这头狮子就站在指向天空的顶端，迎面而来的风抚乱了它的鬃毛，似乎正准备朝虚空迈出一步。即将从这个高处坠下的可不只北川一人，还有东京建电这家公司。

"你从实招来吧。"村西质问道，"事到如今，你再隐瞒也毫无意义了。到底是怎么回事？"

北川闭上双眼，重复了几次深呼吸。

走投无路了。

现在这头狮子唯一能做的，就是朝那个没有任何地面触感的空间，轻轻地踏出一步。

第七章　御前会议

1

营业部部长北川站在村西京助面前,脸上浮现出绝望的表情。

"你想说的,就是这些吗?"

北川脸色苍白,眼神游移,完全没有了平日里对着部下痛骂的霸气。这头狮子已经变成一只精疲力竭的小猫。

"是的,就这些。"

最终,他只挤出了这句话。村西默默地靠上椅背,抬头看看墙上的时钟,有点吃惊地挑了一下眉毛。下午四点了,也就是说,北川的自白花了一个多小时。由于内容过于震撼,村西完全没感觉到时间的流逝。

"算了。你出去吧。"

愤怒,震惊,困惑,焦躁,动摇,接着又是愤怒——在此期间,失序的情绪湍流一直在搅动着村西。

他有些控制不住,每一种情绪都无法消化,在无底的内心深处搅在一起,现在也是一团乱糟糟。

他想不出任何解决的方法。

归根结底,这也不是村西孤军奋战就能解决的问题。

北川离开后,村西在自己的办公室里思索了一会儿,接着突然起身来到办公桌,用手指滑过压在桌垫下的索尼克各部门电话号码簿,看看能给什么人打电话。他用手指摁着某个号码，然后拿起桌上电话的听筒，却又突然停下了动作。

恐怕这件事会演变成社会性的大麻烦。索尼克将他派来这家公司，结果这里发生了这种问题，从这一点来看，他责无旁贷。

村西顿了一下，这也是为了让自己做好心理准备。

接着，他把电话打给自己原本的部门，索尼克总务部。不用表明来意，电话就直接转给了总务部部长木内信昭。

"你能抽点时间吗？有件事需要马上商量一下。"

两年前村西还没被派往东京建电，当时他是索尼克的董事。木内在索尼克的年资比他少两年，而且村西之前主要在营业领域任职，从未与总务部门的木内一起工作过，不过彼此混得很熟。

"我七点之后有个聚餐，在那之前都没问题。"

"就是说，我现在可以过去找你？"村西立刻这么问。这确实很像他做事麻利的风格。

"当然可以。"

"那麻烦你等我一下。"村西说完这句便挂了电话。他走出东京建电所在的办公大厦，急忙赶往同在大手町的索尼克总公司。

2

木内的办公室位于索尼克总公司十五楼的董事办公区。

"好久不见了。来，请坐吧。"

当秘书把人领进来时,木内也站起身,请村西到沙发入座,之后自己坐到对面的扶手椅。

木内戴着一副银边细框的眼镜,一头白发梳成三七分。这是一个让人摸不着底的人,虽然露出一口白牙,但那绝不是笑容,眼镜深处的眼睛中也看不出任何情绪,仿佛一对隔着竹帘的眼睛。

不过,身为总务部部长,要应付各种各样的情况,有时还要应付一些危险人士,而整个公司里没有人比木内更能胜任这个职位。

"这一期的业绩好像挺不错呢,不愧是村西副社长。"木内开始不痛不痒地聊起。在秘书泡完茶退下之前,两人随便聊了一些话题,但对于现在的村西来说,这句话像荆棘扎肉一般,让他胸口一痛。

"对外公布的业绩确实如报告中说的一样,但其实我这里发生了一件很麻烦的事情。请你先看看这个。"

村西切入了主题,把放在西装内袋中的一份文件放到会议桌上。这份文件就是寄到村西那儿的举报信。

木村的表情,眼看着严肃起来。

"那么,是什么情况?"

木内浏览之后望向村西,眼神骤然变得很犀利。

"很遗憾,似乎是真的。"

村西将北川告知的情况都转告了木内。于是木内问:"说到底,这封举报信是谁寄出的?"

"这个还不清楚。"村西老实地回答,"因为来不及去确认了。"

信上没有写寄件人的名字，是装在公司内部联络专用的信封里、当天中午送到秘书那儿的。至于是谁送来的，却一点线索也没有。

"不过，这种事一般都是靠内部举报才能搞清楚情况……"

木内很快便作出判断。他双脚交叉，十指也绞在一起，靠在椅子上这么说道："明天早上公司要召开'御前会议'讨论另一件事，干脆就在会上商量一下吧？这种事早点解决也好。现在社长和副社长都在外面，晚点儿我会转告他们的。"

"我不用跟着去吗？"

"估计他们会很晚才回公司，我去说就行了。反正明天一早你也会被喊来问话，村西先生还是先尽可能地弄清楚自己公司那边的状况吧。总不能把一些模棱两可的情况汇报上去，那样做事就没效率可言了。"

社长德山郁夫也一同参与讨论的会议，被董事们称为"御前会议"。有时会召集多位董事一起参加，有时只需要最低限度的几名董事与会即可。这本来就是一个为了提高经营效率的速战速决的会议，与董事会的性质不一样，所以不会留下会议记录。会上讨论的事项也不会对外泄露，只会留在与会者的记忆里。

"谁会出席这个会议？"

社长、副社长和木内是"御前会议"的三个固定成员，所以村西问的是除此以外的成员。

"还有梨田先生和门胁先生。他们要商量强化国内经营的对策。"

一听到梨田的名字，村西就皱起眉头。梨田是负责国内所有业务的常务理事。门胁则是负责国外业务的常务理事。梨田与村西之前曾是竞争对手的关系，这在索尼克几乎是众所周知的。

但是在两年前，梨田晋升为总公司的常务理事，同一时期，村西被任命为东京建电的副社长，两人也就此决出胜负。

"那就拜托你了。"

村西说完这一句，与木内之间的简短会面也结束了。

3

村西出生在广岛县一个偏僻的小山村，家里做的是金属加工的营生。

村西家有三姐弟，他是幺子。父亲经营着一个小公司，员工大约才三十人，不过经营状况很稳当，家境也还算富裕。

村西是一个文学少年，从小就喜欢看书，总是从图书馆借书边走边看，在校的成绩也很好。

父母都很关心村西的教育，在当地公立大学的附属高中毕业后，他又考上了九州的公立大学。在差不多该考虑前途的时候，父亲没让村西回来继承家业。

"你没必要接手这种小公司。"

大三那年暑假，村西回老家度假，父亲突然这么跟他说，他差点怀疑自己听错了。当时是在晚饭前，他正与父亲一起喝着烧酒。好喝酒的父亲很享受跟儿子对饮的乐趣。

"咦,我不必接手?"

村西还以为父亲喝多了。父亲的脸确实让酒精染红了,眼神却相当认真,说:"是啊,不用你来接。"

这句出乎意料的话,与其说让村西感到困惑,倒不如说让他有些沮丧了。

其实在那之前,他从未和父亲商量要不要继承家业,因为父子俩都知道彼此心里是怎么打算的。父亲倒是希望儿子能接手,但村西跟其他学生一样,想着进入自己喜欢的公司就职。

就是因为谈及此事会起冲突,所以之前一直巧妙地回避了。

"真的……不用吗?"

村西反而觉得奇怪,小心翼翼地偷瞄父亲的脸。

"以后光靠这个小公司生活可不行啊。虽说现在还过得去,但也很难说再维持二十年。小公司终究还是太弱了。我觉得你应该去一个更适合自己的舞台。这样你就不必担心公司能不能继续做下去,担心得吃不下饭。这些苦到我这一辈就够了。你就去你自己喜欢的地方吧,去那里试试自己的能耐。人啊,自古以来就有自己相应的容器。你的容器,不是我们这个小公司。"

说完这些话,父亲的侧脸显得有些寂寞。

"爸,你会不会对我期望过高啊?"村西说道,"我可没那么大本事。进了大公司,也不知道做不做得下去。只不过我觉得,可能去大公司更能找到自己喜欢的工作吧。老实说,工作到底是怎么一回事,我还想不明白呢。"

"你很快就会明白什么是工作。唯有一点,我得先告诉你。"当时父亲这么说，"工作这回事啊，可不是为了赚钱，而是为了帮助他人。要看到大家的笑脸才叫有意思。这样钱财也会跟着滚滚而来。不好好对待顾客的话，这生意就没得做。"

正因为父亲很少跟他谈及工作的事，这句话才能深深地沉淀在村西心里。

第二年，村西闯过了严苛的就职战线，进入了有实力的综合电机公司——索尼克。

一开始，村西被分配到大阪总公司。他住进了位于宝塚市内的单身宿舍，每天赶路到位于大阪市内京桥的公司上班。他被分配到家电事业部，担任地区负责人。通俗一点地说，这份工作就是在市内各个电器铺奔走，沿街叫卖索尼克的商品。

与村西同期被招进公司负责事务性工作的人有四百名，几乎所有人都是这样从组织的底层开始做起。

在村西还是新人那会儿，靠这种推销方式取得的业绩，在同期的同事里应该算是中上水平，但也不至于多显眼。

到了第三年，他被调到东京总公司，负责秋叶原一带的销售店营业。那个时候，他的成绩算是名列前茅了，但也绝对谈不上表现优异。

村西的特长就是坚持贯彻顾客需要什么就卖什么商品的态度。就算有销售目标，他也从来不会给顾客强塞商品，一心想着怎么创造业绩。与村西同期的顶尖推销员，都在利用不切实际的强买强卖，不顾一切地提升业绩，只有他不惜多费工夫，多跑几家销售店去销售适量的商品。对待工作，村西一视同仁、脚踏实地,所以顾客也非常信任他。

村西是那种乍一看不显眼、其实非常优秀的推销员,而能够看出他这些素质的,是当时的营业部部长——那个姓清岛的男人。在回访店铺时,清岛留意到村西的工作态度,自那之后,只要有机会,他就会关照村西。

在清岛的提拔下,村西开始出人头地,四十岁时当上了关西地区的总领队。村西凭借稳健可靠的营业态度,成功地提升了营业额,在那之后更是连番拿出实绩,五十二岁的时候当上了营业部第二部长,最后进入了董事会。

村西算是同期当中的顶尖人物了。不过,还有一个与他同期的人,也在那一年进入了董事会。他就是梨田元就。

同在营业领域待过的梨田,其性格和工作方式与村西恰恰相反。村西用的是正面进攻的方式,梨田则是开辟新道路,不顾一切地拿下目标。

在这场赛跑中,开跑时的四百名同期同事,此时也只剩下村西和梨田两个人了。究竟谁会继续往上走,谁又会遵从索尼克的人事惯例被派往分公司呢?如何二选一,全看社长德山郁夫怎么判断了。

德山选中的,不是村西,而是梨田。

在人事公布之前,德山把村西叫到办公室,告诉他为什么自己选择了梨田。

德山的理由是——索尼克正面临着逆境,为了在竞争中获胜,梨田的强硬是必不可少的。

"你能接受吗?"

德山是个贴心的人，姑且问了这么一句。但这个已经盖棺定论的人事安排，就算村西不接受又能如何。

"我明白了。"

村西没有一丝不甘，平静地接受了这个内部安排。回想这三十二年的职场人生，他竟觉得有些神清气爽。

在这些年里，村西最难熬的日子莫过于四十岁那年父亲突然病倒的时候。

当时村西曾犹豫该不该辞职离开索尼克，回去接手父亲那个业绩还算可以的公司。他赶到医院病房，对父亲说："公司交给我来做吧。"那个时候的村西已经身处营业统筹的位置，认为自己相当了解营业的里里外外，也精通管理之道。他觉得，不管是什么公司，交给自己总能顺利地经营下去。

"不用。"父亲一动不动地盯着天花板，从口中挤出这一句话，"现在这份工作很适合你。保持现状就好。"

结果，父亲就这么去世了。原本在老家一家公司上班的姐夫即将退休，便辞了工作取代父亲当了社长。自那之后的十年里，公司的经营情况每况愈下，最后在村西五十岁那年，终于还是关门大吉了。他姐夫根本不是当老板的料。

幸好，清算了公司的财产之后，还能留下一笔足够的资产给独自一人生活的母亲。如果由他接手，肯定能让公司进一步发展扩大——但村西压下这个想法，向姐夫表达了感谢之意。公司的土地和楼房要转给他人时，他还回了一趟老家帮忙搬迁。没有一个人责怪村西，说他这个儿子没来接手公司才会导致倒闭。或许也是因为村西在索尼克做得很成功，所以父亲生前也把后继的问题跟身边人都交代清楚了。

村西一路受到很多人的支持，其中最主要的是家人的支持。

村西的力量源自这些切身体会。当然他也很知道有人在工作上给予了各种帮助。那些人是他的前辈，是他的后辈，是公司里的职工，而帮助他最多的是，是顾客。

不懂善待顾客，甚至背叛顾客，无疑相当于自己掐自己的脖子。正因为明白这一点，村西从不会强迫顾客做买卖。他一直诚实地工作，为顾客着想。

这就是村西从始至终都坚持贯彻的工作思维。

这一次，自己的部下闹出这种舞弊行为，确实让他怒不可遏，但最让他觉得不可饶恕的是，这种舞弊手段的根本，源自对顾客的轻视。

现在的村西彻底明白，父亲当时说的那句话，是从事买卖的人绝对不能忘记的金科玉律。

——不好好对待顾客的话，这生意就没得做。

4

第二天早上八点半，村西再次前往索尼克。

他提前二十分钟拜访了总务部，确认了议事的安排，然后才向以前常去的十五楼董事办公室走去。

"哟，真是稀客啊。"

先到的梨田出声招呼。这位营业常务理事梳着一头三七分的黑发，脸上像往常一样露出刚强的表情。村西和梨田常常因为企划的做法而发生争执,即使彼此职位的差距很明显,还是无法甩开互为对手的意识。

"因为发生了一些麻烦的情况。"

梨田没有回应,嘴边浮现一抹笑容。那就是所谓胜者的从容吧。一看到这个笑容,村西就强烈意识到自己内心非常轻蔑梨田。梨田的工作态度根本就有问题。

紧随村西之后进屋的是国际业务的负责人门胁。"啊,你好你好。"他还是那个老样子,没有任何架子地打了个招呼,然后就跟梨田开始闲聊。听从木内的建议,村西坐到梨田对面的位置上,但他眉头紧皱,无法融入这会议前的轻松氛围。

会议一旦开始,这种温馨的氛围肯定会消失得无影无踪,会议室也会像被丢进一个满天飞雪的严冬。到那时候,不知道梨田和社长德山会露出怎样的表情,会对村西说些什么。一想到这些,村西就发愁。

随着一道开门的声音,社长德山和副社长田部终于走进了会议室。

看到社长那紧绷的表情,村西心中就有一个直觉:看来他知道那件事了。

"那就开始吧。"

"你怎么就不能早点发现这个问题?"

如村西所料,木内刚说了一句,几乎同时,那声质问便突然丢了过来。

发出质询的德山,视线中混杂着疑问和焦躁。梨田不知道发生了什么事,一脸茫然地望向村西。

"公司内部的人在掩盖事实，"村西满脸苦涩地说道，"不仅公司的元老压住了消息，而且已经在私下里进行整改了。"

木内分发的资料传到每一个人手上。梨田浏览了一遍之后，露出了哑口无言的表情，门胁满脸不悦地陷入沉默，田部则是双手交叉在胸前，瞪着会议室里的另一个方向一动不动。

村西就丑闻的真实情况和自己所知范围内的丑闻原委进行了说明之后，田部咬牙切齿地说道："东京建电到底是怎么管理的？既然事情都汇报给了宫野，那么身为副社长的你应该也会知道情况的吧。为什么你会不知情？"

"因为对他们来说，一旦让我知道，就等同于告知了总公司索尼克。"村西愁眉苦脸地说道，"他们的危机感很强。我指的是对内的危机感，让总公司知道这件事会很不妙。"

昨天，村西拜访了木内并确定要出席这个会议之后便回了公司，结果看到社长宫野正等着他。宫野肯定是听了北川的汇报，急着想来找村西谈一谈，但他说的净是些逃避责任的借口，既没有一丝反省，也没有任何建设性的意见。

田部仰头望天，仿佛在斥责村西不像话。

"请问这件事，该如何处理？"木内问道，"如果要对外公开，我会以那个方向去做些调整。闹出这么大的丑闻，总不能一直瞒着。"

作为总务部部长，木内在处理危机方面确实略高一筹。他的话说得也合理，但德山没有立刻作出回复。很明显，他在斟酌公开这个事实之后会造成什么影响。他无法确保到那时候东京建电还能不能存活下来。虽说是分公司惹出的麻烦，但是也有可能发展成由索尼克替他们承担赔偿之类的责任。

就在这个时候——

"之前公布的成本，是不是也该追究到底呢，社长？"提出这个意见的人，是梨田，"在不清楚会造成什么影响的情况下，单纯公开这个真相，反而会引起顾客们的恐慌。这种做法实在说不上有诚意啊。"

这番话说得也在理。"御前会议"碰上了一个无正解的问题。判断标准会因金钱和道德的处置而变化。

"人员已经选好了，这一两天内就能安排调查小组过去。"

木内赶紧附和了一句，而德山似乎也有了想法。

"知道了。"德山说道，"先弄清楚是什么情况。调查小组尽快查出结果，对外公开的事暂且押后。明白了吗？"

村西只能低垂着脑袋听从了这个安排。

这三十多年的上班族生活里，发生了各种各样的事情。

职位越高，就越有机会遇上因意外事故、纰漏或者丑闻导致损坏或赔偿的情况。村西也曾好几次指挥部下应对，自己还东奔西跑地帮忙解决问题。

但是，这次面对的大案子——以村西的思维方式来说，这件事绝对算是"大案子"——从其性质和影响来看，与他曾经经历过的大小事件完全不是一个等级的。

等调查出了结果再商量对策，德山的这个想法也没什么不妥，但不管调不调查也能预想到，这件事造成的经济损失将高达百亿，甚至会超出一千亿。

那些出问题的螺丝,被用在大部分公共交通工具的座椅上。

举个例子,光是叫停飞行计划中的飞机,那些赔偿的金额就相当可观了。要是在回收强度不足的产品的阶段,取消所有已在航线上就位的飞机,那更是会引发噩梦一般的事态。

从另一方面来说,虽说要商量对策,但这个对策可没那么容易想得出来。这件事并不仅仅关乎东京建电的生死存亡,对于索尼克来说,分公司这个丑闻所造成的赤字不知道会给自己带来多大损失。

"御前会议"的每一位与会者,都是在生意上很有眼力的人。用不着等到德山想要的调查结果,他们肯定已经立刻在脑海中描绘出了那个凄惨的结局。话又说回来——

村西对自己感到恼火,发生了这么一件大事,居然什么都不知道,每天过得怡然自得。这一股怒火很快又转到宫野和北川身上,那迅猛的火势将他的内心搅得乱糟糟的。

在东京建电这家公司的副社长位子上,他也坐了两年。这两年里,他一直尽自己所能地努力让这个公司发展得更好,对于东京建电原有班底的员工们,他也是一视同仁,不曾区别对待。

但是,东京建电的宫野和北川在发现这个麻烦时,居然什么都不告诉村西。

原因很明显,因为村西是外人。说不定他们还觉得村西是索尼克的爪牙之类的。

村西曾经想着努力融入东京建电,然而到头来,他的努力没有任何意义。

5

"社长说想马上见您。"

开完"御前会议"刚回到公司,社长的秘书就打来这通电话。

又要找借口了吗?

原本村西对于宫野抱持的信任,已经被北川的证言击碎,转化成怀疑和背信的疙瘩。

知道村西今天早上去了索尼克,此时此刻的宫野肯定是战战兢兢的吧。

来到社长室,一直等着的社长秘书立刻把村西迎进房间。可能宫野跟她说了些什么吧,看样子相当慌张。

原本坐在沙发上的宫野站了起来,以手势示意村西入座,但与他脸上的表情似乎不大协调。

房间里并不只宫野一个人。

北川一脸诚惶诚恐地站在门口附近,旁边还站着生产部部长稻叶,看起来也是满脸阴郁。

"隐瞒小分队齐聚一堂吗?"

村西开口便是一句尖锐的讽刺。之前一直紊乱的心跳也随着这句话恢复了秩序,感觉自己在气势上赢了。

"关于这件事,我想再跟你谈一谈。"

宫野隔着桌子坐在村西对面,然后开始辩解,其实他说的也不是什么新的真相。而最让村西震惊的是,最后他居然说:

"现在进行回收的话,我们很难预料会有多大的影响。要是那么做,我们公司马上就会撑不住的。不,不仅我们公司——"

宫野探出整个身子,仿佛在强调话里的关键之处。"还会给购买这种产品的客户添麻烦,因为那些产品里使用了这些有问题的零件。无论如何,这一点是绝对不能发生的。"

简直是诡辩。

当然,村西也很清楚东京建电现在面临的情况。

现在的东京建电没有余力支付那些修理费用和巨额的赔款。恐怕得向银行或索尼克借钱凑合一下吧。不过巨额赤字是无可避免了。

"别说笑了。"村西反驳道,"客户们完全不知道是什么情况。就连现在这当口,也有乘客身处于危险之中。而你居然说那么做是为了客户?"

"就算告诉客户产品的强度不足,也没办法立刻做些什么啊。"

"您说的是什么话,社长!"宫野这一句话,让村西整个人都激动了,"强度不足是一个严重的问题。而您打算一边卖这些不符合规格的东西,一边将错就错吗?您敢说这算是正经的买卖吗?"

村西的气势汹汹,让宫野脸上失了血色,视线也瞥向一边。

"我刚刚去索尼克商量了这件事。"

房间里的空气愈发沉重了。

"索尼克会派调查小组过来查这件事。还得看是个什么结果,商量之后才能确定该怎么应对。到了这个地步,这件事已经归索尼克管了。"

宫野猛地抬起头,露出阴森的表情,却把反驳的话吞了回去。既然都说了归索尼克管，那么作为分公司的东京建电就无从下手了。与此同时，这也相当于对外宣称，原本应该是公司"第二把交椅"的村西，现在的实际地位已经超越了社长宫野。此时此刻，东京建电已经失去了主权，完全归索尼克管控了。

"如果还有什么事情没告诉我，就请各位一五一十地说清楚。"

村西说完，眼睛依次巡视宫野、北川和稻叶。

社长室里的空气又凝重了几分，令人窒息的沉默降临了。然而直到最后，这三位还是什么话都没说。

6

回到自己的办公室之后，村西最先着手的事便是整理各种信息。

究竟还有谁掌握了这个情况。综合宫野等人所说的，除了坂户本人以外，知情者总共有六人：宫野、北川、稻叶、人事部部长河上、最先察觉这件事的营业一课的八角以及奉命善后的一课课长原岛。

发现这个问题之后，四位主管级人物商量过如何应对——当然，那个时候的村西是被排除在外的——在商定隐瞒之后，表面上让坂户背上职权骚扰的责任并给予处分。让八角去投诉坂户职权骚扰，似乎是北川的主意。对于具名投诉的八角来说，无疑是一个大麻烦。

村西打开电脑，再次浏览今天在索尼克"御前会议"上提交的资料，又拿出昨天向北川质询时写下的便签，发现有一行文字之前没太在意，便再细看了一遍。

"上个星期，宫野社长、北川部长、稻叶部长三位均收到举报信。"

村西拉开书桌的抽屉，将存放在那里的举报信拿出来。这封信是昨天北川交给他的。

发送人是客服室的佐野健一郎。

那个很会迎合他人的男人，居然敢果断地举报这件事。昨天知道这件事时，村西还深感震惊。然而仔细想想，佐野原本就跟营业部部长北川不和，也就是说，被赶出营业一线的佐野打算拿这件事作为报复的手段。或者，说不定佐野是想利用这件事让北川下台。佐野常被人戏称为"公司里的政治家"，那种绰号听着就让人不是很舒心。

加上佐野，公司里知道这件事的人就有七个了。

"帮我叫客服室的佐野君过来。"

村西吩咐秘书叫人。稍作等待之后，就见佐野一脸紧绷地走进来，看来他刚好在办公室。

村西指着沙发请佐野入座，接着拿出另一封举报信——也就是寄到他手上的那一份——放到桌面上，问道："这是你寄出的吗？"

发给宫野等人的举报信上有佐野的署名，但寄给村西的这一份并没有。

看到信上的内容，佐野脸上浮现出吃惊的表情，但很快又转变成困惑,陷入了沉默。村西看着佐野这些表情变化,出声问道:"是不是?"

佐野将信放回桌上,眼睛依然盯着,口中说出的回答是:"不,不是。这不是我寄出的。"

"真的不是?"村西看着佐野,仔细观察他的表情。

"这封信的文笔跟我的不一样,书写格式也不同。而且信中所指的内容也有一些差别。"

确实正如佐野所说,他自己的举报信主要围绕着螺丝强度不够的问题,但寄给村西的这一封把螺丝用于哪些产品的名字都写上了。不仅如此,信中还提到宫野以下主导隐瞒行为的各个主管的名字。相比佐野的那一封,当中的信息量确实不一样。

"这一封是谁寄来的,你有线索吗?"

村西直接问道。佐野没有立刻回答,而是陷入沉思。看他这副模样,直觉很准的村西便知道:这个男人内心应该有些模棱两可的猜测吧。

"你说说看,不是确定的对象也无所谓。"

"虽然我没有证据……"佐野辩解了一句,接着说出一句让人倍感意外的话,"这个,说不定——是八角先生寄的吧。"

佐野停顿了一下,似乎在斟酌自己的发言,然后视线重新回到村西身上。"对不起,虽然我也解释不好,不过刚才看到这封举报信,突然就冒出一个想法:或许是八角先生做的吧?以他自己的方式。"

八角是第一个发现这个舞弊行为的人。是八角给村西寄了举报信。

"你觉得,他为什么会特地给我寄举报信?"

村西问完,佐野稍作思考之后才回答:"因为副社长是索尼克派来的,估计八角先生认为您跟宫野社长不一样吧。"

"哪里不一样?"

"您不会隐瞒真相。"

村西目不转睛地凝视佐野,细细咀嚼这句回复。

"也就是说,社长等人的隐瞒行为,八角看不过眼——不,应该说他对此有危机感。是这个意思吗?"

"我猜应该是的。"佐野说道,"其实,就算去问八角先生本人,我想他也不会给出什么正经的回答。也不知道该说他是乖僻还是什么。"

在村西的记忆中,他还没跟八角好好对谈过。昨天听了北川的话之后,他也觉得应该找八角问问如何发现的这些舞弊行为,不过最后还是决定优先向索尼克汇报,面谈的事延后再说。

等佐野离开之后,村西便用内线电话联系八角。正好他也在自己座位上。

"你能过来一下吗?"

村西放下听筒,将身子靠上椅背,一直闭目等到敲门声响起。

村西请八角在沙发坐下,开口便问:

"你从北川部长那儿听到些事情了吗?"

"听到些事情?您是指?"

是真的什么都没听说，还是假装什么都不知道？从八角的表情中，村西难以看出个所以然。

"就是你查到的、螺丝强度不足的那件事。"

"哦哦。"八角口中发出含糊的声音，望向村西的眼睛中，似乎已经明白自己被叫来的用意。

"想让我说说发现这件事的经过吗？"

"有劳了。"

在开口之前，八角从胸前口袋掏出了香烟。但村西说这里禁烟，他又把香烟塞了回去。八角说道："也算不上什么经过吧。原本是为了缩减新产品的经费，想找些能通用的螺丝，结果发现螺丝的强度不够，然后就知道了那些情况。"

"听到上头说要隐瞒这件事的时候，你是怎么想的？"

村西提出一个犀利的质问。微微低头的八角没有回答这个问题，而是抛来一个探究的视线：

"我是怎么想的？您问这个做什么呢？"

"我这儿收到一封举报信。"说着，村西打开举报信放到桌上，"这是你写的吗？"

八角没有回答。

"当然，如果这封信是你写的，我也不打算责备你。甚至，我还想好好感谢你。谢谢你告诉我这件事。"

"这样的话——"八角发出一声短促的叹息，道，"这信是谁写的，也没什么意义吧。您调查这种事又有什么用呢？"

"那个人——写了这封举报信的人，或许知道一些比信中内容更详尽的情况。我想知道那些情况。"村西如是说道，

"这一两天内,索尼克就会派调查小组过来查这件事。你不觉得,帮他们节省一些工夫也是挺有意义的吗?"

"或许,是吧。"

八角低吟似的说道,但也不见得特别同意村西的说法,充其量只是在附和。

见八角摆出开会时常见的不干不脆的态度,村西再次开口问道:

"对于这件事,你有什么看法?"他压抑着逼问的冲动,继续问道,"你在营业部待了很多年吧。你认为,为什么会发生这种事?是组织上出了问题吗?"

"或许是吧。"八角慢悠悠地回答,"不过,问题不光是这些。苦于如何完成定额,和采取不正当手段,这完全是两个不同等级的问题。坂户是为了组织才出卖灵魂的。这种事,不应该一直重演。"

村西凝视着八角的脸。

"谈完了吧?我还要去见客户说些事呢。"

八角站了起来,打算结束这次面谈。

"告诉我吧,八角君。"村西向已经起身的八角问道,"你是不是知道一些情况?不管是什么事都好,请你告诉我吧。"

八角朝门口走去,突然停下脚步。

"真要说的话,是组织的性质有问题吧。"

八角说出了这么一句话。

"性质?"

"所以才会一直重演。"八角继续道,"生产部以前有个姓增谷的。去问他的话，应该会愿意告诉你的。"说完，他再次迈出脚步。

"生产部，增谷……"

在村西复述这个名字的同时，八角留下一句"我先告辞了"，身影消失在了房门的另一端。

7

木内选定的调查小组，总共有二十人。总公司索尼克以临时检查的名义，派遣这个专家团队来到东京建电。

这个特命调查隐藏了此行真正的目的，不过总公司索尼克的检查已成惯例，所以对于东京建电的员工来说也没什么奇怪的感觉。营业、财务、生产的专家们当天就被分派到各自负责的部门，预计一个星期之后，他们会从各自部门的立场分析探讨这件事，查清详细情况并估算出赔偿金额。到那时候，也能确定东京建电的去留与否了。

这天一大早，村西将调查小组迎进公司，与担任组长的质量管理部部长代理桥口健吾简单地寒暄了几句之后，便向人事部走去。

"百忙之中麻烦你真不好意思，能不能帮我找个人？"村西对课长代理伊形这么说道，"生产部好像有个姓增谷的人，我记得他应该退休了。"

"那位应该是以前的部长。"

伊形从文件柜里拿出一个旧文件夹，翻开那一页给村西看。

增谷宽二，差不多在十五年前退休，最后的职位是生产部部长。

"我有些业务上的事想找他谈谈，没关系吧？"

"我想没问题的吧。他的住址是这个，应该没改动。毕竟公司要给他支付养老金，如果地址有变动，他会来通知我们的。"

村西抄下那个位于横滨市内的地址和电话号码，谢过伊形之后回到自己的办公室。

村西打通了电话，接电话的是一个有点年纪的女人，估计是他妻子吧。对方说增谷出门去参加街坊围棋会的活动，要中午过后才回家，等他回来再给村西回电。正如她所说，下午一点多，增谷本人便打来了电话。

"听说您打电话找我。请问有什么事吗？"

增谷的声音听起来很硬朗，按理说他应该过了七十五岁，却没有一点年老昏聩的气息。

"有点事想请教一下，不知您是否有空？"

"没关系，反正我闲得很。请问是什么事？"

增谷询问道。

"我想问增谷先生在职时的一些事。详细情况能不能见了面再说？因为事情有点错综复杂。"

电话另一头停顿了一下，似乎在思考。

"好的。那我什么时候过去比较方便？"

"不不不，不劳烦您跑一趟了。"村西客客气气地说，"毕竟是我这边的请托，还是上您家拜访吧。"

"那可不行，让副社长光临寒舍，我们也于心不忍。还请您谅解一下吧。"

村西又说了一个折中方案，约在增谷家附近一家酒店的休息室，但增谷还是拒绝了，坚持要自己来公司。

"反正您来横滨或川崎一趟也好，我去大手町一趟也好，都没什么差别。"

村西有些过意不去，与增谷约定第二天上午十点见面，但他不知道见面之后能问出些什么。说到底，这种事实在不好问。即便对方是以前的生产部部长，可也已经退休将近十五年了，不知道能不能向这个人泄露现在发生的这件丑闻。

到底该怎么做，村西拿不定主意。

"您特地跑一趟，实在太感谢了。"

增谷外表比实际年纪年轻，气色不错，走进办公室时的步伐也相当轻盈，脸上的表情有着老年人特有的从容，看来他退休后的日子还挺充实。

"客气客气，反正我每天都闲着没事，您不必介意。我自己也想偶尔到银座逛逛，所以就带着妻子一起出门了。要不是您来找，我还一直闷在家里呢，所以也算巧了。"

"您太太呢？"

听到村西这么问，增谷回答："她正在新丸大厦闲逛。等我们这边忙完了再用手机联系她就行。"虽说是村西硬让人家跑这一趟，不过这样的安排倒也让他觉得轻松了。

"那么，请问您想找我谈什么？"

听到增谷的询问，村西便开门见山地说道：

"这件事只能在这儿说说，生产现场发生了一些舞弊的行为。"

从昨天起，村西就一直思考该怎么向增谷提问，想到最后还是没有一个结论。既然这样，只能走一步是一步了。

"那可真是难办啊。"增谷藏起原本浮在脸上的笑容，这么说道，"我还以为您想问的是以前的生产管理或者技术方面的事呢。"

"实在抱歉，不是那么回事。"村西这么回答，然后接着说道，"我也不瞒着增谷先生了，其实是公司的人明知螺丝的强度不足，还用这些零件去组装产品。"

"他们是故意这么做的？"

增谷望进村西的眼睛深处，问道。

"是的。为了让核算的账目好看一些。"

增谷的视线晃了一晃。村西猛然醒悟，对方有点被触动了。

"增谷先生认识营业部一个姓八角的人吗？"

村西看向对方，问道。

"欸，嗯。我记得这个人。"

增谷发出嘶哑的声音，有些沉不住气地调整坐姿，右手攥成拳头抵在嘴边轻咳了一声。

"发现这些舞弊行为的人，正是八角。我觉得他似乎知道以前的情况，但他不肯坦白，反而叫我来问增谷先生。"

增谷欲言又止，沉默了好一会儿。

他脸上渐渐地恢复平静，但又见他死心一般地叹了一口

气,接着开口道:

"八角君,真是太不近人情了。"

"这话怎么说?"

增谷依然沉默。

这位曾经的生产部部长靠着椅背,双手交叉在胸前,眼睛望向虚空,似乎是想起了过去的日子。

"我还以为这件事已经翻篇了。然而,并不是啊。"

"之前,发生了什么事吗?"

增谷轻轻点头,视线抛向远方。

"当时的东京建电,不管什么都以提升业绩为目标。以前不是有'拼命三郎'这个说法吗,当时我们真的忙得拿命去拼。公司的风气十分严苛,定额是至高无上的,不接受任何没完成任务的借口。"

当时的东京建电刚创业不久,作为索尼克的分公司,急需快速发展。

"那个时候,有个订单我们实在很想拿下,是大和制造厂的车用设备。营业部迫切希望能谈下这个新订单,当时大和制造厂和我们还没有生意上的来往。"

那家大和制造厂,现在也发展成东京建电的主要客户之一了。

"虽然我们也很渴望新订单,但竞争对手的公司出价太狠了。不管我们怎么压成本,给出的价格都比不过其他公司。可上头又下令无论如何一定要做这笔生意,营业负责人也很苦恼。所以,我就悄悄对那个负责人说,如果不用符合规格,可以便宜一些。这样就能压缩成本，占尽其他公司的先机。"

"难道——"村西震惊地抬起头，就见增谷正看着他，脸上的表情几乎可以说是平静的。

"我和那个负责人说好，这是我们两人之间的秘密。我们在数据上作假，低价供应了一些未达规格强度的产品。给大和制造厂测试产品耐用性时用的是符合规格的产品，但到了量产阶段，我们就换成劣质的。"

增谷的口气听着很淡然，眼睛却仿佛因为沉浸在过去的罪恶中渐渐湿润起来。"到了这把年纪，我也不想逃避，不想隐瞒了。这就是我曾经做过的舞弊。我想，八角君应该是察觉这些事了吧？所以才叫您来问我。但是——能跟您坦白实在太好了。我心里，一直记挂着这件事。"

此时的村西哑口无言，但他无法阻止老人的自白。

曾经发生过同样的舞弊行为，但正因为那么做，公司才能成功与大和制造厂达成交易，并将其发展成现在的主要客户之一。这些事实让村西倍感震惊，同时也感到一团怒气无处发泄。

"当时的营业负责人，到底是谁？"村西问道，"可以告诉我吗？"

"不是，这都已经是以前的事了。而且，那个人现在还在职，我想最好还是不要透露他的名字。"

"恕我直言，增谷先生。工作上的舞弊行为是没有时效的。不论是以前还是现在的事，错了就是错了。我认为，您有义务说出这个名字。"

村西灼人的目光射向这位曾经的生产部部长。

正襟危坐的增谷露出落寞的表情，稍作思考，似乎是拿不定主意。

"是谁，增谷先生？请说出那个名字。"

当村西再一次询问时，增谷口中说出一个人名：

"是北川君。他现在，是营业部的部长吧？"

"是北川？"

村西下意识地反问。没想到，现在弹劾部下舞弊的北川，自己曾经也做出过同样的行为。

"但是，说不定他现在也很苦恼。"

增谷的眉间堆起皱痕，就像自己也感到十分苦恼一般。"他本来不是那种会做出舞弊行为的人。把他拉进火坑的人，正是我啊。"

他继续说道："在东京建电的发展进程上，与大和制造厂的生意是可望而不可求的。当时作为主管级的我，想着无论如何一定要拿下这个单子，所以才暗地里计划着如何舞弊，然后又拿那个计划找北川君商量。"

"原来是这么回事……"村西低语着，心情很是郁闷，此时他终于能想通八角的意图了，"是八角发现了舞弊……"

"他是个很敏感的人。"

增谷对于八角的评价，相较于现在东京建电对他的评价完全不一样。

"那个时候，他可能是在查生产成本价还是什么资料的时候发现的吧。然后就跑来告诉我。"

老人脸上浮现出令人毛骨悚然的表情，让村西紧张得绷紧了双颊。"有一天，他把我拉到一个房间，塞给我一份材料一览表之后就回家了。他什么都没说，而留下的那份一览表上，有好几处都打了勾。全部都是强度数据作假的材料。"

"当时八角为什么没去举报呢？"

不仅是这一次，二十多年前的舞弊也是被八角识破的，这究竟是一种怎样的巧合？村西内心大吃一惊，但还是这么问道。

"不知道。只是——"

增谷刚开口回答，却又陷入沉思，接着才说："只是我觉得，八角君自己也是非常苦恼的吧。他不知道该不该去举报，或许他内心也是相当矛盾的。毕竟，当时的东京建电只是一个小公司。要是公开了那件事，恐怕就得立刻宣告破产了。"

就在这时，村西心中浮现一个假设。

难道，八角一直在为二十年多前的决定感到后悔？有没有可能，他心里一直留着那个伤口，一直懊悔当年没有去举报那些人的舞弊行为？

"原来如此……"

村西心里一阵刺痛，感觉自己好像触碰到了八角的思想。在宫野决定隐瞒舞弊行为的时候，八角没有退缩，认准了"错就是错"。或许是自己曾经的经历，促使他下了这样的决心。

"假装看不到，很不好受吧？"

村西说了这么一句，但没想到增谷的回复竟是：

"不过，我觉得知道那件事的，不只是八角，还有一个人。"

"是谁？"

"他比任何人都渴望东京建电能够蓬勃发展。"增谷回答，"——就是当时的产业课课长。"

那位支撑着东京建电熬过黎明期的课长。他应该也已经退休了吧？村西问了一句，结果增谷的回答让他语塞了。

"他已经不在这个公司了。因为他原本就是索尼克派过来的。"增谷回道，"——就是现在担任常务理事的梨田君。我想他应该知道我们在做些什么。"

"为什么你会这么想？"

这些超乎想象的话，让村西探出整个身子问道。

"有一次，梨田君找我询问那些瑕疵产品的核算，说是数字算着不太对。"

"然后呢？你怎么回答的？"

"我回顶他一句，说哪有什么不对，这样做才能压低价格。"增谷回答，"但是当时他不能接受这个说法。后来我听说他检查了好几次零件的强度。要是让他那么做，那些舞弊的事肯定会曝光。我当时吓得要死，以为大事不妙——"

增谷轻轻叹息一声，又继续说："结果他没来找我说什么。估计他也觉得这种事不能公开吧。装作什么都不知道才是最好的做法。"

增谷的解释也有一定的道理。公司这种组织，一旦不小心成了知情者，就会产生责任。好不容易才拿到大客户的订单，若是以最糟糕的方式溃败，梨田的业绩也会很难堪。

这些人真是狡猾。梨田是，眼前这个增谷也是。

送走增谷之后，村西将筋疲力尽的身体埋进扶手椅之中。

那些人工作并非为了顾客,而是为了自己的利益——这样的人居然越爬越高,而一直为顾客着想、正经工作的自己,却在竞争中落败,被调到分公司痛苦地熬着。

梨田是他多年的对手,如今知道了那个男人过去的种种,村西内心涌上来的情绪却不是怒火,而是空虚。

"以前我们有个姓增谷的人,你认识吗?"

村西把北川叫到自己的办公室,问了这么一句,就看到北川绷紧了脸颊。

"认识。"北川简短地回了一句。

村西朝他投去冷冰冰的一瞥:"今天他来我们公司了。"

说完,村西默默地凝视着北川。

"你,有没有什么话想跟我说?"

没有任何回应。有那么一瞬间,北川瞪大了眼睛,但很快又将视线落回桌面。他前曲着身子窝在沙发里,十指交叉放在膝盖上一动不动。身为管理者,村西很清楚,此时此刻眼前这个男人,心里已经塞满了紧张和绝望。

"你和增谷君所做的舞弊,我都听说了。"村西问道,"那些都属实的吧?"

"实在对不起。"

仅仅过了一瞬间,北川口中便说出谢罪的话。

"就算是二十多年前的事,也不能就这么放过。"村西面对低垂着脑袋的北川说道,"加上这次的情况,我必须一并向索尼克汇报。你得承担一些责任,还请你做好心理准备。"

"给您添麻烦了。"北川这么说,过了一会儿又补上一句,"现在我心里那口闷气终于可以卸下了。"

村西内心燃起一种对北川的怜悯。虽然为事实感到震惊,也一直不敢相信,但他发现心里那个自己居然能够理解北川的动机。

换作是村西自己,他还敢不敢断言绝不会犯下跟北川一样的过错呢?

当然他也知道,做这种假设根本毫无意义。

罪过就是罪过。人的一生当中,幸与不幸永远不会缺席,而且它们还能左右大大小小各种结果,这也是无可奈何的。

北川离开之后,村西坐在自己的办公室里,露出自嘲的一笑,自言自语道:

"老爸啊,这个世道果然都是不讲道理的。"

8

索尼克派来的调查小组来公司的这一个星期,日子简直就像惊涛骇浪。

他们到所有跟舞弊有关的部门不留余力地收集信息,相关人士也反复被叫去问话。最后一天,当调查小组准备撤回总公司时,搬走的纸箱多达三十个,那些不清楚状况的员工都看得目瞪口呆。

分析工作又花了一个星期的时间。在调查小组介入两个星期之后,社长宫野和村西都被喊去出席"御前会议"。

村西先去了一趟总务部，跟木内打了招呼，然后提前走向会议场地，现在那里还没有人。宫野默默跟着他走，坐到角落处的椅子上，神色紧张地等待会议开始。

"要是能提前知道一些情况就好了。"

这句话，今天宫野已经不知道是第几遍提起了，但村西一直不说话。事到如今，就算能提前收到什么消息，结果也不会有任何改变。

会议开始前五分钟，木内抱着资料走了进来。调查小组组长桥口紧随其后现身，"御前会议"的与会者仿佛就在等着这一刻，陆陆续续地出现了。

最后，当一脸严肃的德山现身会场时，时间刚好是八点半。

随着社长入座，木内开始派发报告书。很快地，村西也拿到了一份。

他想知道赔偿损失的总金额是多少。

在这份多达五十页的厚重资料中，最后一页就写着这个答案。

看到那个数字，村西的视野中仿佛失去了色彩。会议室里的场景看起来像是黑白底片，让人不禁冒出一层鸡皮疙瘩。桥口已经开始汇报，声音听着就像空虚的回音。身边的宫野脸色发青地注视着资料，手抖个不停，望向村西的视线里也萦绕着绝望。

"我们估算了回收本案产品产生的赔偿损失金额，大概会高达一千八百亿日元。"

这句发言像一记铁锤击中了会议室。"本期东京建电的盈利预算大概是二十五亿日元,如果将这个差额全算进赤字,在总公司整体结算中应该会直接给索尼克的业绩造成影响。"

这个最糟糕的事态让整个会场的人都倒抽一口气。

"知道了。"德山的一句话响彻全场。

"宫野社长。"德山立刻又问,"这个赔偿的数目,你们出得起吗?"

怎么可能出得起啊?这个问题想都不必想。

"如果是两百亿左右,我们还能想办法从金融机构调动资金凑一下。但是再多的钱就没办法了……"

宫野的一举一动仿佛身体被石膏固定了一般,说话还伴随着颤抖的呼吸。

"简直不像话。不过,就算剩下的数目由我们这边帮忙,这一千六百亿的差额实在太大,我们也难做啊。"德山看着索尼克的董事们,开口道,"各位,该怎么办?"

"可以让我说几句吗?"

举手征求发言的人,是梨田。看到德山轻轻点头,梨田露出渗透着怒火的表情,转而面向宫野和村西两人。"在谈赔偿之前,我觉得应该让东京建电的人好好谢罪一番。闹出这么大的丑闻,还拿不出钱来赔偿,就只会依赖别人,这样真的能行吗?"

由于宫野已经站了起来,村西也只好跟着做。两人一起弯腰低头。

"关于这件事,实在非常对不起。由于我监督不严,给各位添了这么多麻烦,我实在难辞其咎。"

"受不了,你们无药可救了。"

听到梨田这一句唾弃的话,一直垂着脑袋的村西感到一股怒火涌上心头。

你有资格说这种话吗?

梨田还在继续:"这件事事关东京建电的存亡问题,社长。即便能够解决这笔赔偿的费用,但说到今后恢复信任的可能性,估计微乎其微了吧。我觉得最好还是暂时清盘,彻底与他们公司划清界限,再考虑设立新公司。"

"东京建电存亡与否的问题,只不过是这件事的一个侧面。"德山冷静地说道,"倒不如说,关键问题在于这件事对我们公司的影响。这次的打击相当大,就算东京建电能够东山再起,下一期也很有可能是继续赤字。如果业绩的数字不好看,股价就会有问题了。"

会议的走向越来越不妙。

到底是保住东京建电,还是清盘处理,现在就在这两者之间摇摆不定。

"我们会尽全力修复与客户之间的信赖关系,恳请各位多多支持帮助我们。"

宫野再次站起来,弯腰低头这么说道。

"听说下令隐瞒这件事的人是你啊,宫野先生?"梨田说道,"结果那个消息外泄了。你们公司存在内部举报是不争的事实吧?都怪你们防守太松懈了。就凭你们那样,敢说要修复信赖关系,到底能不能修复我还是心存疑虑的。你们打算怎么修复,可有什么具体的计划?"

"这个我们接下来就会马上进行探讨，会以反省的态度，在业务上拿出比以往更好的成绩——"

"光喊口号就能提升业绩的话，大家也不用那么辛苦了。"梨田倨傲地打断宫野的发言，"据报告书上说，做出这些舞弊行为的人，曾经是个顶尖的推销员啊。你居然毫无戒心地完全相信那种人。你们的眼睛到底能看到些什么？"

听到"你们"这个词，就能知道梨田还是没有摆脱将村西视为竞争对手的想法。

"这么严重的舞弊都没能识破，证明你们本身的管理阵营完全没有管理能力。如果要保住公司，我觉得整个管理阵营都应该下台。"

梨田的唇枪舌剑将宫野狠揍了一轮，打得他脸上都没有血色。

在他旁边的村西绷着表情，但他气的不是这番严厉的斥责，而是调查小组的报告书。

关于这次舞弊行为的调查，确实做得非常详尽。然而二十多年前增谷和北川所做的舞弊，报告书上却一字未提。

"怎么可能……"

村西发出一句几乎不成声的嘀咕，转头看向坐在旁边的木内，小声问道：

"我汇报了二十年前的那次舞弊，为什么没写进去？"

那个时候的木内更看重的是，身为总务部部长的自己如何为守住公司而暗中行动的面子。

村西猛地看向对面的梨田。

他有种错觉,自己似乎与这个互为对手的男人短暂地交汇了一下视线。

原来是把事情压下去了啊——

对于盯上索尼克社长宝座的梨田来说,即便是陈年旧事也会造成损伤。

村西正想发言,却被木内抓住了手臂。

"我知道您想说什么。"木内用其他人听不见、但还能听清的低音量对村西耳语道,"但是,这就是索尼克的现实。"

现实?

也就是说,被赶出那种现实的人,是他自己?

"您觉得如何,社长?"

此时梨田这么问道,脸上已经撤回面对村西时的表情。看那种态度,就知道他迫不及待地想在村西发言之前结束这个话题。"我认为对外公布的事还是越早越好。越是拖延,在应对方面就越成问题。"

索尼克的领军人双手交叉在胸前,一句话也没说。

经过一段很长的思考,德山终于开口:

"没人说要对外公开。"

这句出乎意料的话,让村西抬起头,目不转睛地凝视着德山。德山口气严厉地说道:"谁也不准向外界透露。东京建电要动员全公司努力整改。我们公司的生产部也会提供支援。这件事,由我全权负责。"

"请等一下。您的意思是要进行私下整改吗,社长?"

村西忍不住发言了。

"你已经不是索尼克的人了。"德山冷漠地说,"考虑到对外公布这件事时,对社会造成的影响,也只能采取这个方法了。只要不公开,外界就不会知道这件事。没错吧?"

在震惊的同时,村西也对这位社长刮目相看了。德山的提问,直接丢给了调查小组的桥口。

德山肯定事先跟桥口细细讨论过是否隐瞒,并且也得出了结论。

为了守住稳健上涨的发展趋势和股东的利益,德山舍弃了道德。

"相应地,你们东京建电的管理阵营必须承担责任。我希望你们能有这个意识。散会——"

德山突然结束这场"御前会议",离开了会议室。

梨田眉头紧皱,满脸不悦。他站起身,朝村西投去轻蔑的一瞥之后,也走向门口消失了。

与会者们仿佛都受不住这沉重的氛围,纷纷退场。在这些人当中,宫野的脸上倒是残留着一丝放松的表情。

村西伸手搭上他的肩膀,准备站起来,同时对还坐在座位上的木内问道:

"你早知道会是这种结果,对吧?"

木内稍作思考后,为难似的垂下眉毛。

"这个,谁知道呢。"

这男人真会装蒜。

"毕竟'御前会议'不做会议记录。"

那句低语,让村西愈发感到不快。

9

就这样，时间流逝，又过了一年。

由营业部原岛主导的私下整改工作，在索尼克侧面协助下进展顺利，已经完成了整个进度的三分之一。这个速度完全超越当时的计划。村西每次收到进度报告，心中难免有些复杂，但工作的进展情况又让他不由得感到放心。

在下次的股东大会上，人事将公布宫野卸任、并由村西就任社长的消息。那是二月份定下的事了。宫野的会长一职没做多久就卸任，很明显是引咎退位。村西好不容易能留在社长的位置上，应该是考虑到他在索尼克时的业绩，才给他安排了这条道路吧。

三月份，在人事公布了各种内部安排、搞得人心开始惶惶时，村西在公司附近的居酒屋偶然碰见了八角。八角还是老样子，稳稳当当地待在系长的职位上。当时他正在公司附近一家炊烟袅袅的小店里独自饮酒。

村西本想随便喝一杯就回家，结果碰巧看到了这家店。他发现吧台上有八角的身影，犹豫了一下之后，指着旁边的空座问："这里能坐吗？"

"新任社长在这种闷死人的小店喝酒，合适吗？"

八角将邻座上自己的公文包拿开。也不知道他喝了多少，说话竟有些大舌头。

"这家店我以前来过，味道不错。"

这是一家位于八重洲的小小串烧店。公司所在的丸之内也有餐馆，但那边都是些装腔作势的店。除非是为了公事，村西更多还是到八重洲这一带喝酒。

点了酒和小菜之后，两人并肩坐着，开始慢慢交谈。

"你那边，还好吧？"村西问道。

结果对方回一句："就蒙一蒙，混一混呗。"看那厌烦的表情，也不知道是性格使然，还是内心真的这么觉得，完全看不透他的真心。

"反正什么都是假的。不管去哪个地方，哪里臭了就用盖子盖哪里。"

"确实，就是这么回事。"

村西想起那次"御前会议"。他盯着手中的杯子说道："我完全没想到会是那样。实在力不从心。"

八角默默地喝着酒。

"我说，八角先生。你要不要做课长？"

村西看着八角的侧脸问道。然而，八角仿佛什么都没听到一般，表情没有任何变动。村西又说：

"等收拾完这件事，估计原岛君也要晋升为部长了吧。一课课长的位置，你不想尝试一下吗？"

八角轻笑了一声，肩膀也跟着晃动。北川已经调职到集团旗下的关联公司，稻叶也被撤了生产部部长的职位。相关人员的处罚看似都已经安排得清清楚楚了。至于在人事部做了很久闲职的坂户，估计近期内也会接到开除的处分吧。

"您说笑的吧。"

"这哪能拿来说笑啊。我觉得你对组织的见解很正确。我们公司就需要这种人。请务必把你的精力——"

没等村西说到最后，八角就站了起来。

"放过我吧。"这位万年系长露出一个莫名落寞的笑容，说道，"像我这种只动口不动手的人，要是当上了课长，那些拼命工作的人还不得闹情绪啊？而且，就算我当了课长，这个组织也不会有任何改变。通过这次的事，我看得很明白了。要想改变这个公司，不，要想改变索尼克，靠公司人事那种不痛不痒的方式是什么都办不成的。现在我们公司需要的是一颗百万吨级别的炸弹。不彻底炸毁一次，是无法重新开始的。除此之外，您还有什么方法吗？"

看来我有点喝多了——八角留下这句话后，麻利地付清自己的账单便走出了小店。

他是打算到别的地方续摊吧。

其实，村西确实跟人事部部长建议过让八角当课长。只要八角肯点头，这件事就好办了。

不过，现在村西心里在意的是八角留下的那番话。

"百万吨级别的炸弹？"

村西不明白八角是出于什么意图才这么说。只不过，那男人刚才离开时展露的落寞表情，在村西心里留下了不可磨灭的印象。

直到一个星期之后，即三月份最后一个星期三，村西才明白了那句话的意思。

村西早上六点就起床了，像往常一样从门口的邮箱里拿出报纸，回到客厅开始阅览。村西的家离二子玉川站需步行十分钟，由于早高峰异常拥挤，他根本没闲情在上班路上看报。为了缩减经费，用公司专车接送上下班的福利也被取消了。所以，在自己家里看完几个主要报道后再出门上班，已经成了村西每天的必修课。

政治版面上的内容一如既往地向人们传达政坛一团乱的模样。村西看完这一版之后，像往常一样把报纸翻个面，打开了社会版面。

追踪私下回收——

就在此时，这个标题跃入他的视野。看完整篇报道之后，村西感觉全身的血液都在倒流。等他回过神时，自己已经站了起来。

"怎么了？"

正在准备早餐的妻子，一脸诧异地望向村西。

"抱歉了，早饭我不吃了。我得马上出门。"

看到村西那狼狈的模样，妻子也明白发生了一些事，于是担心地问："没事吧？"

"天知道，难说啊。"

村西赶紧收拾完自己，冲出了家门，一路小跑地赶往车站。他一边跑一边朝抓在手里的报纸又看了一眼。

索尼克分公司东京建电隐瞒巨额召回　势必造成交通混乱

泄露这个消息的人到底是谁？

是八角吗？

村西的直觉近乎确信。

八角亲手朝东京建电丢下一颗百万吨级别的炸弹。

村西抽出车票,冲上还不算熙攘的车站月台。

一趟银色列车正好滑进了月台。

这趟电气列车说不定会驶向他上班族生涯的终点站。

村西快步走进车厢,握紧吊环,一边告诉自己要冷静,一边静静地闭上了眼睛。

第八章　最终议案

1

从大手町的地铁站出到地面，只见雨水敲打着人行道。

八角不满地仰望了一下天空，从包里取出折叠伞，混入上班的人流中，低着头迈开步子。

雨大得不像是春天，但太符合八角此刻的心境了。

虽然是意料中的事，但被爆出大新闻的同时，东京建电的强度造假问题被媒体反复追踪报道，成了大问题。凡航班、铁道等采用了东京建电提供的座椅的，全部停止运行，目前尚未有重新启用的日期。

一夜之间，东京建电被打上了反社会企业的烙印。在对媒体的道歉谢罪会上，宫野在媒体的严厉追责下语无伦次，居然用"本公司也是弱小企业，为了发展也是拼了"这种不适合的话来辩解，使得事态越发恶化。总公司索尼克的股价在一个星期内跌了近两成，现在甚至产生了一种气氛：身为东京建电的员工已经是罪过。

他快步走过聚集在大楼前面的媒体报道人员，跑楼梯直上营业部所在的二楼。

营业部人员连日来忙于向客户解释情况，不少客户已经通知取消了订货。此刻，东京建电就如同一叶小舟，被激流推向瀑布口，眼看着要倒栽下去了。即便不粉身碎骨，万一还能活着浮出水面来，也得元气大伤。

销售额上千亿日元的中坚企业，说到根基既有又无。信用是金。不，也许还在此之上。一番辛苦才有所得，但失去就在眨眼之间。

八角在自动售货机上买了咖啡，坐到座位上。他摊开营业用的资料，无目的地扫视着。部门员工都来了，但平时生机勃勃的气氛已荡然无存。

说真的，很想溜出这种闷煞人的公司，到外头去喝杯咖啡，但公司吩咐他们尽量不要外出。

"请过来一下。"

果然，上午过了九点，内线打来了。打来电话的是加濑孝毅，因应事件设立的社外调查委员会成员之一。加濑是索尼克的顾问律师事务所派来的律师，八角得到上头的指示，有需要时予以协助。

调查委员会安排在六楼闲置的地方，委员共七人。按人数隔开的空间里，加濑的区域在前。八角一露脸，见加濑带着不大开心的表情等着他。

"客户室的佐野先生说，就'Rakun'螺丝的事，他跟您谈过？"

加濑说道，旋过椅子，示意八角在空椅子坐下。加濑是个年轻人，年近四十，有法律从业者那种果决的态度。每次八角见他就会想"我跟他是两个极端的性格"，此时也一样。八角没作声。

"说起来，是有过这事儿吧。"

八角答道，带着回忆往事的眼神。听起来也许有点装。

"当时，您是怎么回答的？"

加濑的语气有点不快。虽然不知道加濑作为律师有多大本事，但这几天的接触下来，感觉他就是调查委员会那种讨厌的派遣成员。

"我说，那些事情问课长吧。"

"是课长指示您那么说的吗？"

"不，课长负责这事。"八角回答道。

加濑的目光很不客气，一种要挖出事实真相的气势。

是个人的过失、还是组织的过失呢？

调查委员会声称，这是他们要找出真相的重要事项之一。

假如是坂户这位一课课长犯下的个人过失，须追究的"案犯"就是坂户宣彦本人，那对坂户个人的告发、要求赔偿损失——尽管这样做也是杯水车薪——也就顺理成章了吧。另一方面，如果是组织上的过失，就成为危及东京建电这家公司生存的大问题了。

"是吗？我顺便说一下，今天下午要听取坂户先生的汇报，请您也列席。"

加濑改变了话题，不容置辩。

"我列席方便吗？"

八角稍微问了一下。这是婉转地表达不想列席的意思。但是，加濑回答道：

"您不在不好办。因为根据现场情况，有些事情可能得当场确认。有知情者在的话，坂户先生也不至于信口开河了吧。"

八角心想,事到如今,还撒什么谎啊。他不大情愿地接受下来。

"几点钟开始?"

2

时隔一年见坂户,他人已经憔悴不堪,有点无精打采。

这是四楼小会议室。此刻,室内除了坂户,还有人事部课长代理伊形,他坐在接近门口的椅子上,面无表情。一起进入小会议室的加濑在长桌子前就座,与坂户面对面。八角拉开椅子,坐在伊形旁边。

三天来,坂户连日汇报情况,直至深夜。身心的疲惫呈现在他焦褐色的脸颊上。从他深陷的眼窝望向加濑的目光茫然呆滞,焦点似乎不在加濑身上,而是加濑身后的虚空。坂户的体力和心力,已经到达极限了。

"您是坂户宣彦先生?"

加濑翻开伊形递上那个的文件夹,问道。那腔调就像是在法庭上询问证人。伊形的资料夹子里头,肯定是坂户进入公司以来的履历和实绩、上司和人事部门的考核评价之类的材料。

坂户只是微微点头,没有说话,而加濑似乎也没有期待他回答。沉默了一会儿,加濑把资料浏览了一遍,嘟哝了一句"是馆山吗"。这似乎是指坂户的出生地,他随后的话就明白了。

"在这里,老家还有土地、物业吗?"

似乎询问着与事件完全无关的事，但并非如此。没等八角和伊形看清楚，坂户的表情已明显动摇了。

"有。虽然有，但不是用我的名义。"

"事后会调查的。为了慎重起见，先问清楚。是用谁的名义？"

充满杀机的问题。

"我父亲。"

"令尊现在还住在那儿吗？您进公司时填的表，说的是在经营商店？"

加濑看着坂户的脸。

"名义上是父亲，但店子已经换代了，由我哥继承。"

"是什么店子？"

加濑想知道的是，如果向坂户提出损害赔偿，能拿到多少钱。为此，他要调查人事资料上没有出现的坂户的资产。

"是日用杂货店。"坂户回答道。

"日用杂货——么。多大规模？销售额呢？"

坂户的视线低垂下来，有点迟疑不决。

"是一个人管的小小店子，不清楚营业额。"

"大概数字就行了嘛。您当过营业部课长的，大致上能估计一下的吧？"

加濑问道，声音里头带着恶意的嘲讽。

"大概是五千万日元吧。"

"五千万……"

加濑机械性地重复道。很清楚这是什么意思。要用作填补赔偿金的空缺，有点不够意思吧。

"这回您给公司带来了麻烦，我觉得，您个人承担赔偿的事情，恐怕也是理所当然的吧。"

坂户没有回应。加濑边看进公司时的人事档案边继续说："您瞧，您父亲也作为身份保证人签名盖印了嘛。脱不了干系的呀。"

"请求您放过这点好吗？"坂户回答道，"这次事情是我自己的责任。跟我爸、我哥没有关系。求您了。"

加濑没有回应，定定地看着脑门几乎碰到桌面求饶的坂户。

八角情不自禁地移开了视线。

他没有同情坂户，而加濑的态度也不过火。调查委员会该做的，是查清楚丑闻的详情和公司内的情况。八角觉得，调查坂户的赔偿能力，并不是此刻该做的事情。

"我不想连累老家。我恳求您了……"

坂户又鞠躬恳求，然后是一阵难受的沉默。

"即便给公司添了麻烦，也不希望给家人添麻烦——听来相当不公平啊。"

"我明白这么说不合适，可求求您了。总而言之，请别牵涉馆山那边。"

八角抬头看坂户，因为坂户的声音里带着迫切之情。

"这算怎么回事呢？"加濑无奈地说，"我完全不明白，您是怎么想的。"

"我小时候，家附近有了超市。"

这时，坂户精神错乱似的说起了往事。

是连日过劳导致的吗？八角看着眼睛血红的坂户。仿佛被热病煎熬着的坂户，视线游移在会议室四壁。身边的伊形猛然一怔，抬起头来，也是觉得他的情况不寻常吧。

"是——超市？"

加濑干咳两下，怪异地追问了一句。

"是的。"

于是，坂户开始说起了自己在馆山出生成长的过去。

3

坂户宣彦出生于昭和五十年（1975）八月，是坂户家的次子。

此前，坂户的父亲重孝在馆山开了一家日用杂货店，时间是七十年代初。坂户重孝初中毕业之后，就职于千叶市内一家小小的药品批发公司，在那里学会做事情后返回老家，开了一家小商店。那时，重孝三十岁。

最初是经营日用品的小生意，但自从重孝和持有药剂师执照的登美子结婚之后，就兼售卖药品，商店开始兴旺起来了。那正是日本取得高速发展、一路走高的时代。生意顺利，接着家中又添两个男丁，那是重孝夫妇人生中最光辉灿烂的时候了。

宣彦和哥哥崇彦有点不同。

坂户宣彦在家业繁荣、称心如意中度过了少年时代，养成了对人和蔼、无忧无虑的性格。他不是刻苦学习的类型，也没上过补习班，但学习成绩还行，在当地小学、初中总是名列前茅。运动方面也擅长，在初中的棒球部被看好，初一就获选正式球员。在运动中心这可是头一位。这纪录一直保持到他初中毕业，成为他的骄傲。

每天在运动场上一身水一身泥，在跟朋友们的热烈交谈中骑车回家。日子在无忧无虑地追逐白球中流逝。在他天真的人生里投下莫名阴影的，是在坂户读初一那年的秋天。

那个影子的存在，是和棒球部伙伴泰夫随意聊天时提起的。

"阿宣，你知道吗？听说要有一家大超市了。"

此时，坂户自然而然冒出来的感想，就是"好哇"。然而，泰夫浮现出不安的表情。

"不要紧吧？"

"'不要紧'？什么事情？"

对于反问的坂户，泰夫报之以"岂有此理"的表情。"店子啊！你们家店子还好吧？"

泰夫是电器店店主的儿子，他们两家的店子在同一条商店街。彼此的父母也关系良好。

"我爸说，这回麻烦了。"

说来是理所当然的。坂户这时才头一次知道，因为有了新超市，家庭经济受到影响了。同时也明白了父亲这段时间不开心的理由。

最近父亲为一点小事情就生气，上夜班时心事重重。坂户以其孩子的敏感察觉到了这一点。

之前，父母亲从没提过超市。不知道是不是不想让孩子们担心，还是对孩子们说了也白说。此时，泰夫的话让坂户不安起来了。

那天晚上，坂户悄悄进了哥哥崇彦的房间。

"哎，小崇，有了超市，咱家会不好过吗？"

面向桌子的哥哥向坂户转过可怕的脸。

"你听谁说的？"

"阿泰说的。"

哥哥"嘿"地哑了一下嘴。坂户见状心想哥哥多少是知情的，但哥哥嘴里说的却是"别担心"。

"咱家没问题吗？"

哥哥从坂户身上移开目光，注视着自己搁在桌面的左手。相差三岁的哥哥的侧脸特别老成，像个大人。

"当然啦。"

隔了一会，哥哥说："你想，咱家好歹在这里做生意多年，顾客怎么会轻易就跑掉呢？"

哥哥有点生气的口吻，让坂户放下心来。

"就是嘛。"

哥哥是个优等生，学习比坂户强得多。他上的是当地最棒的高中，就连一向严厉的父亲，提到哥哥便眉开眼笑——他引以为自豪的儿子啊。对于坂户而言，哥哥是他羡慕嫉妒的对象。

然而，在坂户面前，现在的哥哥是他依赖的存在。平时总会产生一种抵触情绪的，此时此刻却依赖上人家了。坂户就是这脾性。

然而，没多久坂户就明白了，哥哥的话是错的。不，不是哥哥说错了，坂户想，真实情况哥哥是明白的，他只是不想让年少的弟弟担心而已。

坂户商店依靠父亲开拓的进货渠道，在小小的商店街保持着品类齐全的优势，但大型超市带来的冲击，还是超出了所有人的意料。

超市开业之后，坂户商店的顾客大幅减少，销售额和利润一天比一天少。

同在商店街开业的个体商店一家接一家关门。当现实变得不靠谱时，一向硬气的父亲也变得很无助了。

"阿崇，阿宣，你们哪个把店子接过去做啊？"

"念大学的话，你就念药学专业，把咱家药店做大！"

之前的父亲老说这种话，但是，要高考的哥哥说"我想读经济专业"时，父亲的回应只是"是吗"两个字。

"从今往后，已经不是做商店的时代了。"父亲继续说道。坂户担心父亲发火，悄悄瞪大了眼睛。

"那，药店怎么办呢？"

坂户不由地问道。父亲望过来的眼神是那么寂寞。

"店子由你爸妈做下去。你们做自己喜欢的事情就好。念大学，进大公司吧。"

有了超市之后，家庭经济有多糟呢？钱够念大学吗？父母上年纪之后，这家店子怎么办……

当时，好几个问题一下子涌上心头，但坂户都没能说出口。因为他觉得不能问,问了会伤害爸爸。

从某种意义上说,这是父亲的失败宣言。父亲的梦想,是由孩子们继承店子、发展为多家连锁的规模。

然而,在拥有压倒性资本力量的大型超市面前,父亲的商业模式不堪一击。

在孩子们继承店子变得没有前途之后,父亲考虑的是好歹生活下去,供孩子们念大学。

为此,在眼看着变得寂寥的商店街,坂户商店依然孤军奋战。另一方面,到了坂户念大学时,父亲和他发生了好几次冲突。

原因各种各样。

那阵子的父亲,一见坂户就啰嗦。坂户过着平淡的大学生活,但在父亲眼里,他就是浑浑噩噩的人,既无理想,也无危机感。自己面对着店子严峻的状态,儿子却不知珍惜,学习不刻苦,优哉游哉地享受着大学生活。越是拼了命挣学费,越是感觉对儿子的期待与现实之间差距甚大。

你老这么玩,什么时候学习?学费这么贵,大学也真是狠心啊——这样的啰嗦少不了,但导致决裂的,是父亲的这么一句话:"没理想的家伙,不会有好的人生。"

那时正当坂户大学四年级,为了就职神经兮兮的。

平时的话,说完也就过去了,此时的坂户却无名火起,回嘴了。哥哥三年前决定到城市银行就职,但时值经济不景气,就职形势越发严峻。

"傻乎乎游手好闲的家伙,有理想吗?"当时父亲说着,嘲笑他，"得跟你这种头脑空空的人，说说怎么做人。"

"爸爸您又如何呢？"坂户回敬道，"爸爸在这种乡下开个体商店，究竟有何理想可言？有资格说理想如何如何吗？"

"什么？"

父亲生气的表情好可怕，但是，感觉那里头不仅仅是怒气，还包含着其他东西。有对自己人生的失望和伤心，也有对儿子恨铁不成钢的怜悯。

坂户以为父亲会揍他。

然而，父亲没有举起手。迄今父亲都没动手揍过孩子，此时也一样。

"你胡说什么！快向爸爸道歉！"

看到母亲比父亲还要生气，坂户冷冷地说：

"我不干。不满意我也行，可我也尽全力了。也许在您看来，我是吊儿郎当，可那就是我嘛。您想嘲笑我，那就嘲笑我好了。您不能认同的话也行。可我也不能认同父亲您。"

那年夏天，坂户获得了几家公司的工作，他决定进东京建电。父亲对他的选择怎么想，他不知道。

总而言之，在哥哥之后坂户也离家外出了，馆山的老家只剩下父母两个。

找工作期间也好，工作了之后也好，坂户一直对父亲很反感。

瞧不起我！我现在就争口气给您瞧瞧……

坂户常常这样想。而他特别讨厌自己身上跟父亲相似的部分。

商店街聚会时，父亲作为重要角色总是爱挑剔，充满优越感，高高在上。坂户排斥自己耳闻目睹的、很不喜欢的父亲作派，选择了相反的作风。

假如父亲期望的是绚丽的鲜花，那坂户就要做一棵不起眼的杂草。

不装，无论对谁都不高高在上；自己既不聪明也不特别——坂户追求的，是自己认可的生活方式。

另一方面，坂户与哥哥的距离感，在他进入社会之后，开始有了变化。

与哥哥的对抗意识虽然仍有，但在与父亲对立的格局下，哥哥也处于与坂户相同的位置，程度上固然有差异。

因为父亲蔑视银行。

自从大型超市进驻，银行给坂户商店的融资变得很不爽快。以前能贷出来的款，现在贷不出来了。其嘴脸变化之快，令父亲难以忍受。

可是，坂户的哥哥进了银行工作，并且取得了成绩，在同期员工中率先被提拔。明知父亲讨厌银行，为什么哥哥选择了银行呢？那是哥哥对抗父亲的方式吗？具体情况坂户也不清楚。

哥哥原本就小瞧坂户，进了银行之后，更是以银行的尺度来衡量。在银行看来，东京建电不过是索尼克的几家分公司之一而已。而在坂户看来，那是俗不可耐的精英意识。

坂户二十八岁时，与同事佳美结婚。

之后他们有了一儿一女，并在三十二岁时，在郊外买了公寓。老家方面主动说，可以支援部分买房的钱，但坂户谢绝了。

　　一直跟父亲吵得那么厉害，谈到钱却笑纳——坂户可不想这么干。

　　父亲中风倒下，是在这半年后的事。

　　好不容易保住了一条命。坂户上医院探视时，父亲已半身不遂，语言方面也有了障碍。在医院里，父亲表情呆滞，湿润的眼睛一直望着天花板。坂户看着脸色黝黑、嘴唇干裂的父亲，恍若另一个人。

　　就这样，从来没出现过的问题摆在了面前。父亲今后需要护理，让母亲一人来做负担过重。入住有专门医疗设施的医院的话太费钱，而且不能继续经营商店了。

　　那天夜里，坂户和赶来的哥哥、母亲三人，开了一个家庭会议。

　　"没指望康复的吧？既然是这样，那就只能是我或者你，回家来同住了。"

　　哥哥一开头就像下了结论似的。

　　"别说得那么简单吧？我这边情况挺复杂的。"

　　坂户态度暧昧。他脑海里突然冒出了妻子的话"你是次子，不会跟父母住的吧"。可能是性格原因，妻子跟坂户的爸妈都不太亲近，往往是一两天的探亲，她就会疲惫不堪。一起住是不可能的事。佳美绝对不会答应。更何况，刚买下的公寓也没有空间供父母同住。

　　"我这边也是啊。银行准备要派我去海外工作。"

　　哥哥说道。上头征询过他的意见，近期想调派在总行工作的他去海外的支行。所以，由他来照料也不可能。

"你们都别勉强啦。"母亲默默地听完了两人的辩解，眼神还是那么哀伤，却强作欢颜说道，"一直都是我跟你爸挺过来的，你爸也不想离家太远。就由我在家边护理边开店吧。总会有办法的，你们别担心。"

母亲眼见儿子们遇事往后缩，一时说得大义凛然，但这是表面上的，其实她也很苦恼。

以为哥哥会说什么，但他没回应，默默地思考着。

坂户只想着应付掉眼前的麻烦。因为他不想此时为谁照顾父母争论不休。考虑到跟妻子的磨合，来坂户家是不可能了；而如果哥哥被派驻海外的事是真的，他也只好接受。坂户此刻很担心，看样子哥哥好像会提出说：在我回来前的几年，就拜托弟弟了……

坂户在东京建电这家公司作为营业员一直成绩优秀，顺风顺水。他最先成为系长，虽然跟父亲、哥哥说，也未必会受夸奖。此时正该拼工作的，不希望被这种事情搅黄。

总而言之，那时候的坂户没条件、没心思照料父母。

就拿公寓而言，自己买的时候也没接受过父母资助。我方方面面说得过去的——坂户将自己的想法正当化，压在心底里。

隔了一周，哥哥接到了派驻新加坡支行的调令。

到了秋天，父亲结束了约两个月的住院生活，回到家中。

出院那天，坂户提出来帮忙，被母亲拒绝了。

也许这显示了母亲已经不指望儿子的决心吧。母亲请商店街的朋友帮忙,驾驶搬运货物的平台车,将父亲连同行李一起搬运回家。

就这样,母亲护理父亲的奋斗开始了。她一边一个人管理店子,一边照料依赖轮椅生活的父亲。

肯定忙得团团转。

第二年的春天——

在外跑客户的坂户手机响了,此时是下午过三点。

是一个陌生的电话号码。

"您好,我叫本山,是在馆山跟您母亲经常来往的。"

感觉对方是上了年纪的女性,她确认接电话的是坂户之后,把情况告诉了坂户。

坂户正走向电车站,听到"馆山"的瞬间就停住了步子,因为他直觉出事了。

"我现在在市民医院,刚才您母亲在出席商店街聚会的途中,突然身体不适……"

她的声音被来往巴士的排气声音遮没了,听起来断断续续。坂户的心脏怦怦直跳,眼前街道上的初春色彩一下子暗淡了。

"我妈情况怎么样?"

坂户一下子紧张起来,问道。

"正在检查,可能是心肌梗塞。医生吩咐联系家人。"

"明白了。哎,谢谢您了,本山女士。我现在就赶来,我爸那边情况怎么样?"

坂户问的是父亲的情况。父亲一切依赖母亲。要是母亲倒下了,父亲也动弹不得。

"您父亲那边有商店街的人去看着,应该还行。"本山答道,"请您赶快过来吧。您母亲等着呢。"

　　4

"那该怎么办呀?"佳美的问法里头有心机,"咱家照料吗?哎,这种事情做得来吗?"

"嘘!"坂户瞪眼了,"人家听到了。"他瞥一眼父亲躺着的里头的房间。

坂户为了照料父亲,便在馆山的老家住下了。母亲是一周前病倒的,这一周里,佳美待在这个家,一边照料父亲,一边跑医院探视住院的母亲。

周五的晚上。

孩子们仍然寄放在佳美的老家,离这儿不远。周六这一天,坂户完成了工作回到老家,替代佳美,让她回家。到了周日再换过来,坂户回东京,佳美来这里照料父母。

检查结果出来后,母亲接受了心脏旁路手术,情况暂时稳定了。尽管如此,据说离出院还要一个月左右。即便母亲出院,要母亲护理父亲也已经不可能了。

"要母亲一个人照料父亲,原本就是错的。"坂户说道。

"你这什么话!爸爸病倒时,我在这里照料就没事了?"佳美抢白道,"那孩子由你照看?"

"我没这么说呀。"

坂户对妻子不耐烦。跟父母处不来的妻子,多少有点看低了在这个家庭长大的坂户。

说到原因,也是些琐碎的事情而已。饭菜味道呀,家里的收拾呀之类。可为这种事情彼此感觉疏远的,还是有明确吵架理由的时候,那样性质严重得多。其实,关键是性格不合。

"总之,光我们这么辛苦,不奇怪吗?"

妻子说道:"你哥狡猾哩。借口驻外,把一切扔下不管。"

哥哥在母亲病倒的第二天就紧急回国,看情况稳定了又立即返回新加坡。坂户已经表明了只能由兄弟俩其中一方来照料,但哥哥当时只说了一句"明白了",没有任何具体说法。

"妈妈嘴里总是'香织''香织'的,很依赖她的样子嘛。"

妻子语带嘲讽。香织是坂户的嫂子,跟他父母处得来,尤其跟母亲很合拍。

"平时帮买衣服呀什么的,这种时候就装傻了。要是你也派驻海外呢?"

妻子一旦冒火了,就无论如何也收不住。如果没有办法解决的话,此刻坂户也只能死扛熬过去了。

电话铃响起。

坂户连忙去接,因为有可能是医院打来的,情况突变时是会联络家人的。但是——

"哎,阿宣吗?"

听见慢悠悠的说话声,坂户长舒一口气。

"别吓我啊,还以为是医院打来的。"

坂户瞥一眼墙上的挂钟,晚上快十点半了。电话放在客厅一角。佳美从说话语气就猜出是哥哥,冷眼旁观。

"妈妈怎么样?"

"基本上稳定了。"

这种状况一时也不知从何说起。

"你今明两天在馆山吗?"哥哥问道。

"是这么打算的。"

"下周呢?"

"预定由佳美驻守。"

坂户说话时,感觉到妻子痛切的目光。

"我明天回去。"哥哥说道。

"到什么时候?"

哥哥的说法出乎意料——

"我会待上相当长的一段时间吧。"

"银行那边请假了吗?"

"不。"

哥哥顿了一下,说出来的话让坂户大感意外。

"我辞掉银行的工作了。"

坂户一时语塞。

"辞掉?'辞掉'是什么意思?"

"就是辞掉的意思。除此之外,没有其他意思啊。"

完全是哥哥的风格,瞧不起人式的回答。

"为什么?"实在令人难以置信,他是那么以银行的工作为自豪的!坂户问,"为什么突然就——"

"不是突然的啦。"哥哥说道,"之前老爸病倒时,我就想过了。我向银行请辞了，可因为太忙，递交辞职书之后还得过三个月。正好今天完成了交接。"

对于哥哥超然的口吻，坂户一时竟不知如何反应。

"爸妈我来照料啦。"

"可是，住在这里的话，你有何打算呢？"坂户问道，"有工作吗？"

"不是有坂户商店吗？"

坂户心想，你开玩笑吧？但是，哥哥说是真的。

"你要继承店子？"

"详情明天说吧，这样聊花电话费。"

坂户注视着挂断了电话的话筒，好一会儿沉默。

"怎么回事？"

佳美旁听着坂户讲电话，一脸讶异地问道。

"哥哥辞掉银行的工作了。说是回日本来，继承这家店子。"坂户对瞪圆了眼睛的佳美说，"哥哥说他来照料父母。"

"为什么？"妻子嘴里只冒出来这样一个疑问，"他为什么要这样做？好不容易进了银行，坐上一个好位子。"

他是为什么呢？

不明白。

可是，坂户或哥哥之中，如果没有一个人主动站出来，这种事情就解决不了。

哥哥是个聪明人，很明白这个局面，同时也看出坂户做不到。

所以，哥哥就主动承担了下来。即便有矛盾、摩擦，哥哥也不会弃父母而不顾。他以自己的大度,破解了这个难局。那是坂户不具备的勇气和担当。

我比不上哥哥——坂户心想。我不可能超过哥哥的。当坂户领悟到这一点时,心里充满了苦涩和败北感。

"看来香织嫂子也认可这件事了呢,要是我啊,绝对做不到。"佳美说道,"这么一来。就连孩子受教育也——"

"吵什么!"

坂户对妻子猛喝一声。

5

坂户带着茫然的表情,淡淡地往下说:

"哥哥运用了在银行工作时的人脉关系,改善了商店的进货渠道,又开拓了向市内医院销售商品的新渠道,挽回了商店走下坡路的经营局面。"

坂户说,原以为自己颇具做营业的素质,但比起哥哥将商店起死回生的能力,真是望尘莫及啊。

"哥哥对我说,我把上班族的人生让给你了,别辜负啦。"坂户说着,自嘲地笑了笑,"我剩下的,就是玩命干一条路了。我得拿出让哥哥认可的实绩。只有这样子,我才能赎回让哥哥照料父母的自责。只有——"

坂户的腔调无意中变了,带有几分激昂。那布满血丝的双眼,跟他明快爽朗的印象判若两人。

这个人为何取得了超人的营业成绩,此刻八角似乎明白了原因。

与哥哥竞争的意识以及惨败、不得不承认的恩情、难以解决的家庭矛盾……他在狭窄的精神世界里挣扎得很苦,却又做不到逃避现实,逍遥自在。这正是坂户宣彦的真实面目。他逼自己逼得太狠,最终走错了路。

"我明白您说的情况了。但是,您不能因此就把这次严重的强度造假事故正当化啊。"

一直默默听着陈述的加濑说道。话题从坂户的回忆一下子扭回到眼前的现实之中。

"您最初感觉这样做不对,是什么时候?"

这样问只是单纯确认一下,因为已经向客户"透明科技"了解过情况了。据"透明科技"的社长江木恒彦说,四年前的七月,坂户曾提出降低估价金额并且试探强度造假的事。

加濑的意图,是佐证这一证言。然而——

"想到这样做的,并不是我。"

听见坂户的回应,加濑抬起了头。

"不是你?那么,是谁呢?"

"这是'透明科技'的江木社长的提案。"

加濑探寻着坂户的目光,仿佛为了推察真伪。

"那就奇怪了。"

不一会儿,加濑嘴里冒出一个问题。他扯过手头的资料,视线落在上面,然后眼珠子往上一翻,看着坂户说道:"江木社长没有这样说。他的解释是,按照你的指示制造了螺丝,他没有意识到造假的问题。"

"不。"坂户盯着加濑。他的目光中带着困惑,然后是慌忙否定的声音。"不对。我确实说过成本控制严格,希望报价再压一压。但是,强度造假的提案不是我提出的。"

"你是说,是江木社长提出的?"

加濑用手上的圆珠笔一端敲着文件,脑子里思考着。八角屏息看着这意外地暴露出来的不吻合之处。

是坂户还是"透明科技"的江木?——其中一人说了谎。

"事到如今,你还想转嫁责任吗?"

加濑的话进入了八角耳中。

"你决定采用强度造假的等外品[1],并长期持续隐瞒。我觉得,仅此你道义上的责任就大得不得了。而且,从常识考虑,生意上也肯定是发包的一方强势。接受订货的'透明科技',怎么会自己提出歪门邪道、自找麻烦让人家不信任呢?"

加濑说得很对。如果接受订货的供应商提出这样的提案,难免惹人生气。不止会被训斥"什么态度对待工作",还可能被搁置发包。

"当时,你做了什么呢?"加濑继续问,"江木社长拿出提案的时候,你怎么应对的?"

"我最初拒绝了。"坂户说道,"不过,最终接受了下来。"

"为什么?"

加濑追问道。

"你为什么接受了?"

---

[1] 等外品指产品质量低于规定等级范围,仍有一定使用价值的产品。

人事部的伊形神色紧张。了解动机，是这个调查团队的目的之一，可以根据结果严厉追究东京建电的组织责任。

"因为，我想获得好成绩。"坂户嘟哝道，"我希望完成定额——我绝对要完成定额。"

"你想获得哥哥的认可，体谅你吗？"

坂户深深地点头，眼神凄楚。

沉默片刻，呆望着坂户的加濑，突然舒了一口气，移开视线，转换了话题。

"你要承担的定额是怎么样的？"

一个含义明确的问题。

"会不会太严厉？或者说，是脱离一般常识的沉重负担？"

"我不知道。"坂户答道，"因为我不知道其他公司是怎样的。"

"达不到定额的时候，会怎么样呢？"加濑继续问下去，"你是不是特别害怕受到严厉的训斥？"

这是诱导式的问题，是要追究东京建电公司方面的责任。

坂户沉思了许久，最终一句小声的"我不知道"，溶入了会议室的空气中。

6

"坂户君怎么样了？"

下午过五点，原岛参加完会议，回来便问八角。

这起丑闻被揭发以来，召开了调查委员会主持的各种名目的会议，当中大多数要求作为现任课长的原岛出席。

尽管当上了一课之长，任命原岛是为了掩盖问题。

也有呼声要追究原岛的责任，说尽管是上司的命令，但原岛原封不动地执行了。难道说，说要你死，你就死吗？世界上总有倒霉蛋。在东京建电里头，原岛就是这种状况。此刻原岛疲惫不堪的表情，可想而知。

到了相应楼层，走向其中一个小会议室。

"大致上承认自己的所为了吧。"八角一边从烟盒里抽出一支香烟，一边回答道，"他说提议舞弊的，是'透明科技'一方。你那边会议有什么结论吗？"

虽说八角是"万年系长"，但毕竟年龄比原岛大得多。八角原本就不是介意职务地位的人，说话也就随意得很。

"有了。"原岛表情困惑地回答道，"调查委员会断定是坂户君的推托之辞。您觉得呢？"

"我怎么知道？——这种事情。"

尽管还是如往常一样回避正面应对，但八角突然深思了起来。"可是，坂户是那么说的，对吧？"

无法想象当时坂户是在撒谎。

"你觉得呢？"八角说道。

"说实在的，我原来觉得，提出强度造假的是坂户君。他原先回答说'全都是我的责任'。很难解释这话只是出自他的责任心吧。"原岛说道，"我满脑子想的是怎么收拾事态。"

考虑到事关重大，原岛对此无暇多想，也是情有可原。

"谁说屁就是谁放的屁——是这回事吗？"

八角靠在椅背上，眯着眼睛打量缓缓升起的烟。且不说开头不受重视、后来才受到慎重对待的事例也常常会有。

"'透明科技'的江木社长是个怎样的人？"

八角这么一问，原岛深吸一口气，边想边说道：

"嗯……说实在的，感觉是个挺敢赌一把的人。他从工作单位辞职，三十多岁创业。能发展到现在的规模，作为经营者算有能力的吧。"

"是个值得信赖的人吗？"

八角认真起来，问道。

原岛四处奔走灭火，被调查委员会视为"战犯"之一，但他看客户的眼光错不了。

"不……"原岛说道，"这次的事，他宣称只不过是按照要求制造的，自己公司没有任何责任。"

"这事对'透明科技'来说，也是生死攸关吧。"八角又点上一支烟，说道，"这种说没说过的争执，也无法追究责任吧？"

"他是否明白这是在捏造'强度'，也是一个问题。他会说那是坂户强制要求做的。"

"坂户怎么会跟这种人打交道呢？"

八角随口说出了心里的疑问。

"努力推销造成的吧？"原岛回答道，"人家报出了最低价时，就抓住不放了——他希望提高效益嘛。"

关于这一点，八角觉得并非东京建电特殊，最终哪个公司都一样。

这时，原岛说起一个意料之外的话题。

"八角先生，据说新设立公司的社长，调整为饭山先生优先呢。"

"嘿，真的吗？"八角抬起了头。

研究中的东京建电重建方案，基本上确定只甩下成了丑闻舞台的营业一课的业务，除此之外的业务都转移到了新设立的公司。

饭山作为财务部部长一直掌握着东京建电的钱包。但公司传统上一向由营业或者生产出身的干部掌舵，因此饭山当头头是一项特别的安排。也许这样有助于对外显示公司运作健全、财务健全吧。

"谁透露的消息？"

八角这么一问，原岛举出了一位调查委员的名字。

接下来要承担赔偿责任的东京建电社长一职，从宫野引咎辞职后便一直空缺。无论谁干，要在赔偿的拖累下生存下来，都是极难之事吧。留在东京建电的人员，都是泥菩萨过河——自身难保。

谁转往新设立的公司，将按照调查委员会的调查结果正式宣布。现在员工们之间最关心的事情，就是自己是否能够转入新公司。谁也不想碰上倒霉事。

"嗬，是饭山大叔啊。"

八角双手上举，说道。

"您觉得他如何？"

原岛的问法似乎有些含义。

"也许他对于管理数字比较强吧……"八角一边在烟灰缸里使

劲摁灭烟头，一边吐出烟雾时丢下一句，"我不喜欢那种家伙。"

原岛没有回应，不用说是所见略同。

饭山是公司里被讨厌的那种人。

7

第二天傍晚，八角就在三楼的休憩区偶遇了那位饭山。

八角买了一个甜甜圈，边吃边喝咖啡。饭山过来打招呼："嗨，咋样，你那边？"

八角一时不知回答什么好，正思考着，问题来了：

"你在营业部干几年了？"

"我进公司就在这儿干，快三十年了吧。"

八角说着，将一百日元的硬币投入自动售货机。问题又来了：

"当系长之后几年了？"

"这可记不住了。"

八角回答道，啃了一口甜甜圈。饭山取出他买的咖啡，没有马上离去的意思，继续说道：

"这话这里说这里散，现在要求我筹组新设公司的班子呢。"

那表情难掩得意。八角没作声，因为他了解此人是从不顾忌别人的。为了显示自己威力无比、高高在上，他会把对方驳得落花流水。饭山是这种人。

"嗯，我自己试弄了个人选，调查委员会对你评价挺高啊。"饭山叹了一口气，仿佛挺不好办似的，"我打算让你在新公司里任个课长之类的。"

饭山看着八角，脸上带着优越感。单位里掌握了人事权的人说话总是很爽——那眼神就是这种胜者作派。

"您当社长，我当课长吗？"八角笑道，"这公司可真有意思啊。"

"嗯，我也没想好。"不苟言笑的饭山无顾忌地看着八角，"让一个开会就打瞌睡的家伙当课长，这是不是合适？"

"既然这样，您还是饶了我吧。"八角收敛了笑容，"作为我个人，丢下课里伙伴转到新公司，心里也不是滋味。"

"可是，调查委员会和索尼克的思路不一样。新公司里头，绝对需要堪称舞弊防波堤式的人物，正在考虑你是否合适。"饭山对八角摆出较真的面孔，说道，"至于你的待遇，是课长或者营业部部长代理。你心中有数吧。还有——这件事情请保密。"

谈话至此。

饭山伸手到无人销售的箱子里，从中取出一个甜甜圈，悠然离去。

"等等——两百日元！"

八角对着他的背影说道。回应只是一句"稍后给"。

"难得呀，不喝几口就回家了？"

妻子淑子面对回家就问"有饭吗"的八角，有点惊讶。

"这种时候还在公司附近喝得烂醉的话，不知人家要说成什么样子了。"

八角自己去电冰箱取出啤酒，一口气喝掉一半。他翻阅报纸，喝掉剩下的一半。然后，取出别人送的日本酒，慢酌起来。

从大冈山站回公寓步行十分钟左右。四口之家居住时，挤得很难受；可小儿子今年四月考取了地方大学一离家，又马上觉得空空荡荡。

"公司怎么样啦？"

淑子担心地问道。她原先在埃帕赖尔公司工作，与八角结婚后离职，一直做专业主妇。从几年前起，在附近的公司做兼职事务员。家庭经济还是靠八角的工资。

八角从报纸抬起脸，"公司啊"地叹息道。

"看来他们倾向于建立一家新公司，将没有问题的业务转移过去。"

"那有问题的业务呢？"淑子有点担心地问道。

"留在东京建电。"

"那东京建电就成了只处理遗留问题的公司了？"淑子皱起了眉头。

"大概是吧。"

淑子一时欲言又止，迟疑着是否应当说出口。她还是问了："那么，你呢？"

"我啊？我……"——会留下，这是淑子预测的结果吧。

"也许去新公司。"

这个回答让淑子两眼生辉。

"挺好嘛！"

在家也不会游手好闲的丈夫，却在公司里坐冷板凳，这事淑子是一清二楚的。

"不好啦。"

八角的回答让淑子脸上蒙上一层阴影。

"为什么不好?好呀。好歹能转往新公司。"

"社长是个很没劲的家伙。"

八角又说起平时那种损人的话,但见淑子毫无笑容,就收起了脸上的笑意。

察觉坂户的舞弊行为并将其举报的人,是八角。

八角原先期待的,是正式的免职,是诚实地对待客户。然而,宫野社长一伙做的,是掩盖丑闻,为此,必须采取新的行动不可了。

八角想要的,无非就是回归真正的买卖,但它却在汲汲于完成定额和利润至上主义中被忘记了。

眼见背后危机重重,八角的疑问一下子涌现出来。

调查委员会所追究的,只是责任的所在。而宫野等人则反复强调逃避责任的证言,说什么"打算近期公布,不是要掩盖"、"是一名员工的恶意行为,通常的管理不可能查出来"之类的话。

谁说了什么,是假是真,那种事情对于八角而言,没有任何意义。

这能说是一家企业重获新生的历程吗?

不,从一开始,调查委员会也好,索尼克也好,就没有让东京建电重获新生的想法。

我的揭发,究竟算什么?

到了这时候,八角切实感觉到徒劳和疑惑。

他相信得扎扎实实摔一跤，才能找到北，难道只是一个错觉？

不，不会的。

所有外表装饰都剥落之后，剩下来的只是真实的碎末。这是八角在自己的上班族人生中抓到的经验体会之一。

"既然是一直做下来的工作，那就看着它走完最后一步，为人处世应该的吧。"

听八角嘟哝着心里话，淑子脸上呈现出苦笑。

"你就爱说大道理。"

因自己推销一体化浴室老人家支付困难而自杀、自己因此与上司冲突而脱离晋升渠道的往事，恍如隔日。从那时起的二十年，简直就是一瞬间。

"上班族不容易啊。"淑子痛切地说道，"太耿直了不行，可马马虎虎您也做不到。不适合您呢。"

"你终于发现啦。"八角开玩笑地说，"也来一杯？"

淑子抬手摆了摆，说："不过，迄今为止，大道理也算是行得通吧？"

她说着，笑了。

八角默默注视着酒杯，没有回应。

8

"今天已经放人了？辛苦啦。"

晚上过了八点，八角收拾好东西下班，进了电梯，见坂户在里头，便打了个招呼。

坂户疲惫的脸上挤出一点笑容。他身边有人事部的伊形，看来伊形正要将坂户送去附近的商务酒店。

坂户连日来接受审查问话，公司指示他不必回家，可入住附近的商务酒店。公司高层判断，身为轰动一时的捏造数据事件的"疑犯"，若任由坂户在外游荡，会出问题。

"这么巧，一起吃饭吧。"

八角见坂户瞥了一眼身边的伊形，补充道："每天往返于酒店和公司，就一份普通盒饭搞定的话，岂不是违反人权——应该行吧？"

八角的最后一句是向着伊形说的。人事部课长代理有点为难，问了句："我也可以一起吗？"

"当然可以。条件就是这样子！"

八角在嘴巴前竖起食指。

"我知道。坂户先生，您看呢？"

原以为疲惫的坂户会拒绝伊形的询问，但他嘴里只说出了两个字"好吧"。也许坂户也在寻找某种发泄方式呢。

出了公司所在的大楼，叫了出租车，来到伊形熟悉的神田的居酒屋。这里不会遇上熟人，进房间的话，就不用担心别人会听见。

八角要了三个生啤。

"嗯，连日交代审查，也是无奈的事情，但别在忙乱中又出错，把多余的责任也都背上了哇。"

说了一会儿不大起劲的话题之后，八角说道。所谓"多余的责任",是指"最先提议强度造假是谁"的事情。

"虽然你说是'透明科技'的江木提出的,可调查委员们不认同啊。至少加濑觉得不合理。"

"我没撒谎。"

听了坂户的反驳,八角眯起眼睛。

"可你也会这么想:新客户没理由那样提议的呀。"

被八角这么一说,坂户只能点头。

"一个一直对客户撒谎的人,唯有这一句是真话,请相信吧——这说来也难。"

八角说话客观,坂户长叹一口气。八角盯着他,说道:"你或江木,当中一人说了谎,可事到如今,你们两个这样做事,都该被狠揍才是!"

"江木甚至否认自己做过舞弊的事。"

伊形说话冷静,就像是在会上发言一样。因为调查委员会汇集了各方信息,所以对调查内容比公司里谁都知道得详细。

"他说只是按要求提交产品,没有舞弊。咳,对方也是事关企业存亡,在那儿死撑吧。"

"争论说了没说,是没结论的呀。"

八角把空啤酒杯递给店员,换了喝白的。他对坂户说:"没有证据吗?假如是对方提议的,总会留下某种记录吧?"

"那个……没有记录显示是谁提议的。"

坂户说了令人意外的话。

"没有?"

八角停住了握杯的手,定定看着坂户,仿佛在思考这句话的意思。

"即便没有没有正式文件,电子邮件之类的也有吧?"

"没有。"坂户摇摇头。

"江木社长说,如果用电子邮件的话,会在公司的服务器留下记录。几乎都是电话谈。当然,也就没有显示这些事情的文件。"

"你用心查查,别有遗漏。"

坂户头一次染指强度造假,是距今约四年前。据说那时公司为了争取新民航机座椅的订单,全公司一起开展工作。

当时的情况八角也还记得。

甚至说,这个项目事关东京建电的未来。在宫野的努力下,组成了营业部和生产部的精英团队,坂户作为一课课长,兼任这支团队的负责人。

结果,虽然成功地拿到了订单,但为了甩开竞争对手,在控制成本时提议舞弊,并且延续到实际生产之中。不久,这种舞弊行为蔓延到争取各种产品订单的过程中。在不知不觉中……

"你清楚记得这件事情出现时的情景吗?"

坂户眼盯着几乎没碰的啤酒杯,仿佛当时的情景会浮现在其中。

"我提出能否再降成本时,江木社长说:'如果降低规格,安全上也没太大问题呢?'我吃了一惊,问他是什么意思,他说有这么个做法,掏出一份新的估价金额。便宜得令人垂涎三尺!"

"能确定是哪一天吗？"伊形问道。

"手账上的记录是四年前的七月十日。那天正好是梅雨期结束。印象中挺热。"

"那份估价怎么样？"八角问道，"那是围绕报价书的讨论吧。江木会把金额写在某个地方的吧。"

"我觉得，他就写在那份文件里了，很遗憾没有留在手头。因为不是正式的报价书，所以商谈完之后，江木应该带回去了。"

"曾经拒绝过的提议，你最终接受——跟加濑面谈时，你是这样说的吧。你为什么打算接受呢？"

"以当时的情况，争取订单恐怕很难。"

坂户的眼睛里又有了热情。

"竞争对手们也把成本压到了最低状态。不管怎么努力，都不可能拉开差距。可是，即便有一点差距也好啊。就在我设法再推一把、压低成本的时候，江木社长又提出了强度造假。他说，要不要试一下？'透明科技'制作了假的测试数据，还把真实的数据结果也给我看了。也就是说，按照这样的数据，虽然没有达到规定强度，但对人的安全没问题。"

八角屏住了气息。江木就是来了这一手，解除了坂户精神上的戒备吧。伊形也是望天长叹。

"你的所为是不能被允许的。但是，不追查出真相，问题还是存在的。"八角锐利的目光盯着坂户，跟他轻松的口吻是两回事，"就没有办法了吗？"

这句话是对着一旁的伊形说的。他得到的，是伊形困惑的表情。当然,也不是问了就有解决办法的。

"有办法的话,早就说了。"

果不其然是这样的回应。

"我想问一下:最早想到要跟'透明科技'合作的,是什么原因?"

八角问了一句他关心的事情。

"透明科技"在行业里资历浅,这宗交易跟东京建电是新的合作。没有什么原因的话,坂户不会见江木社长,也不会有这样的交谈。

"最先说起这事的,是北川部长,"坂户说出了意外的事情,"他说你去谈谈。"

"北川说的?"八角脸上浮现疑云,"奇怪啊。就在坂户要被定额压垮的时候,新客户主动提出强度造假的方案——时机未免太巧了吧?的确,那种提案,一般不会是供应商提出来的啊。您也有这样的感觉吧?"

对于八角的发问,伊形也点头。八角见此,说道:"说起来,这就是掐着坂户弱点的提案。"

"也就是说……"伊形边想边说,"北川部长跟江木社长之间,会不会有点什么内情?"

"直接找江木本人摸摸情况?"

伊形听八角这么说,抬起头来,说道:"直接摸情况?八角先生,这个时期单独行动不合适。"

"不会师出无名的啦。"八角说道,"我们得跟'透明科技'的江木说说,他们交货后的支付怎么办嘛。"

因为发现了舞弊行为,于是停止了对"透明科技"支付货款。"透明科技"送来了收款申请单。这项支付如何处理,还是悬案之一。

"开个玩笑啦。如果江木真的不知情,我们还是不得不付款吧。"

"他们提议的,还好意思来收钱。"懊悔不已的坂户嘟哝道。

"这就是人啊。"

八角一声感叹,坂户猛地抬起了头。

"这就是人。"八角又重复一次,仿佛说给坂户听,"身处困境的时候,人就会变。为了保护自己,撒谎也会。就说你吧,不堪承受压力,接受了舞弊的做法。这岂不一样?谁都有难处啊,可那不成为做错事的理由。"

坂户抬起的脸对着八角,不再移动。伊形干巴巴的视线对着八角。

"为了这个,我跟课长跑一趟吧。"八角用超脱口吻说道,"我也想用自己的方式,了解这件事情。"

"八角先生,您就别再兴风作浪啦!"

伊形担心地说道。

"胡说八道。事到如今,还有风浪吗?"

八角一笑置之。

"不,不是那些事。"伊形一脸认真地说,"要把八角先生提拔为新公司的课长——不是有这么回事吗?"

坂户有点儿吃惊,抬头看着八角。

八角不为所动地看着两人,假装糊涂:"有这说法吗?"

然后，他像要驱除心中涌现的某种情感似的，把手中的酒一饮而尽，然后点上一支烟，眯起了眼睛。

9

这一天，面对来访的原岛和八角，江木恒彦没有好表情——他因为疲劳和焦躁而脸色铁青。

"前几天贵公司提出支付货款的事情，据本公司坂户的证言，最先提出强度造假的，是江木先生您。"

原岛要使劲看穿江木眼神似的，又说道："如果是这样，我们就不能支付这笔货款了。"

说着，原岛用手指头摁住了放在桌面上的付款申请单。

"怎么会是我们的责任呢？开玩笑。"

江木不屑地说，以侧脸相对。他从衣兜取出香烟，点燃。

他仰躺在有扶手的椅子背上，盘着腿吸烟。这副模样可不是一个供应商的经营者该有的。他隔着香烟烟雾盯着原岛的目光，透着一种狡猾劲。

就江木而言，已经不可能再与东京建电打交道了。那么，只选择对己有利就行。这种意图清晰体现在他的眼神里。

"您可以证明吗？"这时，八角说话了，"如果您有证据证明是坂户提出来的，请让我们看看。"

"没有那种东西。"江木说道，"我为什么要证明自己清白？你们既然说是我不对，怎么说也该由你们来证明吧？"

合乎道理。

"您知道坂户发包的螺丝是用在什么上吧？交换意见的时候，理应提到的。"八角说道，"以您的说法，您只是按照发包强度生产了产品，但您是知道的，如果是用于飞机的座椅，就是等外品了。您说不知道，作为辩解行不通吧？"

"发包书上哪里写着飞机使用？什么等内品呀等外品呀，可不是我要关注的问题。"江木一副理所当然的神气，大大咧咧地说，"规格绝对是你们定的，我们按照吩咐制作而已。这就是下包嘛。一再逼着我们便宜，还要背上责任的话，那可受不了。"

一番无懈可击的回应。"你们本月的应支付部分是五百万日元左右吧？即便发生了丑闻，贵公司毕竟是一家大企业嘛。那么点钱不可能付不出啊。我们公司指望着它，收不到钱可就为难了。"

"这不是金额大小的问题，"八角说道，"是是否合乎道理的问题。"

"很合乎道理啊！"

江木的声音不冷静了。

"咱公司是供应商，不可能提出强度造假吧？当时，就连坂户是何人我都不知道，我随口就那么提出，人家都当我们神经病，我们不是完了吗？从常识考虑，我们也不可能的呀。"

"的确。"八角点点头，"但是，如果您知道了坂户的处境，作出那样的提议，也是可能的吧。"

江木愤怒的目光瞪着八角，生硬的声音问道："您这是什么意思？"

"您从本公司的北川那里，听说了这些情况。"八角说道，

"当时，坂户很为难，东京建电处于何种情况中，您很清楚吧。真的可以断言：头一次见面不会谈那些？"

"请您等一下。"江木嘴上含笑，手在面前一摆，"您所说的那位北川先生，是贵公司营业部部长北川吧。我几乎就没见过北川先生啊。"

八角定定地注视对方的眼睛。

"当时，我们请求贵公司与我们开展业务，这是事实。北川先生只不过是向坂户先生转达了这个请求而已。"

"真的吗？"

声音是抑制的，但八角目光如炬，注视着江木的表情，不放过任何细小的情感变化。

"我们有什么理由撒谎？"

江木要打消八角的疑问似的说道。

"您怎么想，八角先生？"一出"透明科技"的办公大楼，原岛就问道，"您觉得江木撒谎了吗？"

"难说啊。"八角停住步子，眯眼仰望春日的微弱阳光。然后把视线投到脚下，说道："我感觉这件事里头，还有我们不知道的黑幕。"

"你怎么会那么想？"

八角转过头，很新奇似的看着原岛。

"您不觉得奇怪吗？"八角说道，"那位北川没理由特地向坂户介绍要求合作的新公司的。"

原岛瞪大了眼睛看着八角。

"那么，那个说法是撒谎？"

"不,我不认为是撒谎。"八角回答道,"因为他们撒的谎,不会是一问北川就露馅的。而且,由北川介绍这一点,跟坂户的说法一致。"

"那这是怎么回事呢?"

原岛思考起来,把话咽了下去。

"北川应该知道一些的。"

八角快步走了起来。

10

"关于'透明科技'那件事,我想问您一点情况。方便吗?"

八角回到公司,就前往北川的办公室,低声问道。北川刚从调查委员会谈了事情回来。

北川把西服搭在椅背上,发出的是一声叹息,而不是回答。

跟调查委员会谈,对于暗地里主导一切的北川等人而言,只能是芒刺在背。处于严厉的追问和批评之下,只能明知徒劳而拼命辩解,内容空洞。

北川指指外面,懒洋洋地站了起来。

"我今天去见了'透明科技'的江木社长。"

两人一进小会议室,八角就说明了。"是支付货款的事啊——怎么样?"北川想起了似的问道。

"对方说不是他们的过失,请我们付款。"八角说着,盯牢了北川,"且不说那个事——哎,北川,请你老实说,你跟江木是什么关系?"

"什么关系？"北川问道。

"据说，四年前，向坂户介绍'透明科技'的是你。你们肯定有某种关系嘛。"

"那件事啊，"北川有点扫兴似的说道，"跟我没任何特别关系。那是因为社长说了，有那么一家公司，你让坂户研究一下吧。我就跟坂户说了。"

"是宫野先生说的？"

意想不到的情况！八角死盯着北川的脸，追问道："你说宫野先生特别指示了下包的事情？"

"说是行内的晚会上，某人介绍的。因为那人对自己有恩，就予以研究研究吧。"

"'透明科技'的江木对我们的情况相当了解呢。"八角的说法颇有弦外之音，北川皱起眉头，显示重视。八角继续说："因为了解情况，江木得以提议强度造假吧？"

"得先证实坂户说的'江木提议造假'是正确的，有这样一个前提才行吧。"

"那是理所当然的。"听北川那么说，八角的语气也有点重了，"虽然坂户做的事情不可原谅，但那家伙也很苦的。关于这一点，我们也得明白。"

北川的表情有点尴尬，小声说道："嗯，也对。"

他稍微想了想，问道："哎，你想说，是宫野先生透露了内部信息？"

"有可能。只是，没有任何证据。"

"的确是。"北川点头。

他又冒出一个疑问："但是，他为了什么？"

"这个嘛，自然是为了业绩吧！"八角理所当然地说道，"提高了业绩，就提高了东京建电在索尼克内的地位。以及，让人知道他作为社长的能力。"

这件不详事件被察觉之前，宫野在索尼克里面也是稍逊一筹的。

"宫野先生是为了显示实绩而出卖了灵魂？"

北川没有马上回答。他睁大了眼睛看着八角，但目光随即落在脚下。他之所以表情僵硬，是因为跟自己的舞弊重合了吧。

"你打算怎么办？"

北川问道。八角的回答是："您不觉得，有必要找出真相吗？"

晚上过了八点，宫野跟调查委员会谈完，走出会议室。他面露疲态，低头正要迈步走，看见八角，就停住了脚步。他之所以浮现出不满的表情，肯定是因为在会上八角受到表扬，而他是挨批的一方。

"来一个怎么样？"

八角向宫野递上甜甜圈，他在楼层一角的无人售货处买的。

宫野瞥了一眼递到胸前的甜甜圈，没有接，只是投过来怅然若失的目光。

"有事吗？"

"有一件事情想请教。"八角收回甜甜圈，浮现怪异的笑容，说道，"关于'透明科技'的事。我想知道，那家公司最早是谁介绍过来的？"

"你怎么对这个事……"

宫野的语气比较生硬，眼神里隐含着怒气。

"调查委员加濑先生让我查实一下坂户的说法。"说是加濑的要求，这是八角信口开河，"坂户说，北川部长介绍了新的供应商。但是，据北川先生说，那个公司是社长您推荐的，说是那公司对您有恩。"

"嘿，有这事吗？"宫野闪避起来，"不好意思，太久以前的事情了。你也知道我不可能连一家供应商也记得啊。"

"如果是一位有恩于您的人，会想起来吧？"

"唔，想不起来啦。"宫野一边快步走一边说，"抱歉啊，我没有记忆了。假如北川君那么说，可能就是那样子了。可能是什么晚会上认识的吧。"

望着他消失在电梯里的背影，八角无奈地目送他离开。

在楼层一角的休息区，八角在自动售货机买了一罐热咖啡，边喝边思索。

"怎么啦，一脸为难的样子啊。"

打招呼的是人事部的远藤樱子。

"还有点事。你加班？"

疲惫的笑容浮现在樱子脸上。

"这种状态嘛，有什么办法。"

樱子没好气地答道，在自动售货机买了果汁，又拿了一个甜甜圈，把钱塞进收费箱里。

"说起来，那位滨本还好吗？"

八角突然想起这个人，便问道。滨本优衣是原营业部员工，工作到去年，跟樱子是好朋友。

"她做得挺开心的。"

"已经结婚了吗？"

樱子脸上呈现苦笑，说道："那倒还没有。"

"嘿，还在新娘学习班里啊。"

樱子送来一个意料之外的回答："她在面包店里工作。"

"怎么回事？"

见八角好奇的口吻，樱子显得挺为难，说了句："发生了许多事情的呀。"

她接着说："就是在做这个甜甜圈的面包店里上班，她偶尔还过来补货。您遇见过吗？"

他从不知道。偶尔见过一个年轻的男子来，但滨本来过这里倒是让他很吃惊。

"是偶尔吗？老单位了，天天来也挺好的。"

"这不是难为情么。"樱子说道，"我觉得系长您不会明白的，我们底下人也有底下人的苦恼啊。不喜欢的事情，偏又都看在眼里，所以才辞职走人的。不过，我最近觉得，倒是优衣看穿了公司的本质——啊，抱歉抱歉。"

樱子突然想起优衣原是营业部的人，吓坏了。

八角没生气，只是苦笑，但他突然收敛了笑容。

"您生气啦？"

八角对提心吊胆的樱子一边摆手一边说"哪里哪里"，一边站了起来。

"谢谢啦。这一聊,让我想起了一个解决烦恼的办法。"

八角向呆住了的樱子挥挥手,把剩下的甜甜圈全塞进嘴里,向电梯口走去。

11

空荡荡的停车场一角亮着灯,这是位于地下二层的停车场。

这是一个小房间,从窗户窥探,只见一名男子无所事事地抽着香烟。

从大开的门口传出小电视机转播棒球的声音。

八角敲敲窗户,男子慌忙望过来。他见是八角,紧张的表情放松了。他是为社长配备的司机佐川昌彦。

"辛苦啦。这么晚,挺够呛吧。"

八角进了司机室,找了张空椅子坐下。他自己也抽出一支烟点燃。

"事到如今,还能有什么办法?"

佐川也是那种压力山大的口吻,向八角示好。

佐川是东京建电为数不多的穿制服员工,是录用为专门职种的。八角进公司时,他已经是公司的司机,是工龄近三十年的老员工。佐川爱喝酒,八角与他在八重洲的居酒屋碰面是常事。虽然两人工作上几乎没有接触,但两人边喝酒边聊八卦,交往甚欢。几乎可以说,两人是酒友更甚于职场伙伴。

"但是,真难得啊,八哥在这种地方露面。"佐川爱这样称呼八角。

"咳，一言难尽啦。有点事情想请教你。"

听八角这么说，佐川开玩笑地说："像你这种知识分子，我能教你什么？"

八角一边弹掉烟灰，一边低声说："是关于社长的事情。那位大叔，跟'透明科技'的江木社长，有什么关系吗？"

八角明白佐川对宫野并无好感。因为宫野对多年任司机的佐川，像使唤家里用人一样。宫野在公司里有一定人望，但另一方面，对公司底层——类似佐川这样的人，却不当一回事。

"哦哦。他们经常一起吃饭的。"

果然，佐川知道此人。

"真的？"八角不禁问了一句。

"是这样子！"佐川把手指放在嘴巴前，"不能跟别人说是我说的……"

"我知道啦。"

八角忍住想摇晃他肩膀、让他赶紧说出来的冲动。他问道："这二位是什么关系呢？"

"我只是听他在后座讲电话，知道得不详细。好像说宫野先生照顾过他。"佐川昌彦的话令人意外，"江木此人呢，在独立开公司之前，曾是某个关系户吧。我觉得是那阵子的事情。"

"哎哎，我说小昌啊。"

八角把烟蒂摁灭在烟灰缸里，身子前倾。这可是关键问题！

"其实，在调查委员会上，谈到这次强度造假，是坂户那小子先提出的，社长对此说了什么吗？"

"嗯，事情都发展成这样啦。"

佐川指间夹着香烟，眉头紧皱，没有马上回答。

"哎，求你啦。这样下去，对坂户就更加不利。那小子是犯下了大错，但为没干的事情背黑锅，那就可怜了。你明白我说的话吗？"

"我知道啦。"佐川嘟哝道，"坂户不是天生的坏人，他是太认真了。"

这句人物评点让八角惊讶，他表示赞同："的确是这样。"

"要争论谁说了谁没说某句话，那绝对没办法。让坂户去证明是行不通的。"

听了佐川的话，八角瞪圆了双眼："你是明白人啊。"

"这话不是我说的。"

八角起初摸不着头脑，随即明白了："社长说的？"他追问道，"请告诉我吧，拜托了。"

见八角鞠躬恳求，佐川笑道："你别来。"他新点上一支烟，然后瞥一眼墙上的挂钟。宫野跟调查委员会的谈话刚结束，还得过一阵子才会喊佐川吧。

"社长认准我听不懂，断定我这儿不够用。"他用夹香烟的手指指一下自己脑袋，"嘿，脑子不好使是确实的。可凭我这脑子，听了社长的话有何反应，是明白的。"

佐川说得平静，却有点儿令人伤感。

八角离开佐川前往调查委员所在的楼层，加濑仍在，正把调查得来的内容整理成报告。

"方便打扰一下吗？"

八角上前打招呼，加濑抬起头，目光似乎在问：有什么事情？

"有很重要的事情，想跟您确认一下。"

加濑瞥一眼这台电脑正在制作的画面，心有不甘地关闭了电脑电源，默默示意八角落座。

八角叙述从佐川处听来的情况，加濑抱着胳膊，双目紧闭，一动不动。

"从哪里听来的？"

"我不能说，跟人家保证了的。"

信不信就看加濑了。一阵长长的沉默之后，加濑发出一声长叹。

"没有证据吧？"

八角直率地回答对方的疑问："没有。"

"那么，你怎么证明它呢？"

"我有一个想法。"

对于加濑的问题，八角把来时想到的事情告诉了加濑。

12

八角以陪同加濑的方式，在第二天下午四点钟后，再次拜访了江木。

"还来啊？求你们适可而止吧！"

虽然两人被请进了会客室，但江木出现时，并不掩饰心中的厌恶感。他把身子埋进了扶手椅里。

"等您告诉我们实话，那就到此为止。"

听加濑这样说，江木发出一声不耐烦的叹息。

"所以我才跟你们说的呀。我，只是按照坂户先生的要求，生产并且提供零件。我不知道这样是不是数据造假。"

"我今天下午一直在询问宫野社长，其实，我们没有告诉他，我们私下里查阅了他的私人电脑。"

加濑一番话，让江木眼中的傲慢神气消失得无影无踪。

"于是，我们找到了这样的东西。"

加濑放在桌面上的，是一张打印纸。

"这是宫野先生发给你的一份电邮的复印件，日期是四年前的七月。正好就在'透明科技'与东京建电合作之前。"

加濑读出了打印件的内容：

关于前几天那件事，您也许觉得我有点啰嗦，但事关重大，所以为慎重起见叮嘱一下：

与坂户谈强度造假和数据造假一事，请绝对只以口头传达。另外，包括电邮在内的一切见诸文字的提议，均应避免，日后如果出问题，贵公司主张"一切均系遵从坂户提议而已"即可。

本次的大订单对本公司必不可少，说是兴废在此一举也不过分。请务必给予协助为盼。

如之前所说，坂户没有拒绝这一提议的余地。我这边也以加强管理的方式施加压力，完成与本公司的商谈只是时间问题而已……

邮件中断，没有宫野的署名。

"之所以截取部分，是因为开始进入项目部分了。江木先生，正如上面所写的情况，宫野先生删掉了自己电脑里的许多文件，只留下了这份——谁都有犯错误的时候啊。"

八角眼见江木两眼发呆了。加濑继续说："现在正要向社长本人确认。但与此同时，我们觉得应该听听您的说法。上面写的情况是事实吗？"

江木一下子变得面如土色。

"怎么样，江木先生？"八角用瘆人的声音问道，"再撒谎的话，您就惹祸上身啦。"

江木狼狈起来，双颊颤动。

"我们过来这里的途中接到报告，说您跟宫野之间谈过，万一出事，由宫野先生照料您家人。"

加濑说的，是佐川偷听汽车后座的对话获悉的。

江木的瞳仁在微微摇晃。

"您也别把自己的形象弄那么坏，是怎么回事？"

加濑敲着边鼓。江木猛咽下一口唾沫，睁开了眼睛，说道：

"不是我啊，不是我！"

江木喊出逃避责任的话。

"那是宫野先生指示的呀。我们也想要订单，所以也无能为力啊。"

加濑依然表情严厉，他凝视着江木。

"您是说，是宫野策划的，不是您？"

"对,不是我。"江木固执地说,"强度造假的事,也是宫野先生说就那么办的。我没有道理那样想的呀。我们可是供应商呀!他说,总而言之,你们不会有麻烦的,做得便宜些……"

"这辩解很难看啊,江木先生!"八角的话顿时让江木住了口,"最终,您和宫野策划了造假,却把责任推到坂户一人身上。"

江木试图反驳,但被八角一瞪眼,断念似的垂下了视线。

"从头开始,详细说说吧。——我们做一下记录。"

加濑平静地说道,在桌上放了一个 IC 录音机,放好了记录纸。

过了一会儿,江木结结巴巴地说了起来。

江木的坦白交代花了近两个小时。

听了全过程之后,一阵深深的疲惫感和虚脱感向八角汹涌而来。

"您很恨宫野的失策吧。"

听了八角的话,耷拉着脑袋的江木眼珠子一转,看着八角。

"不过,这封邮件实际上是我来这里的路上伪造的。"

江木的脸顿时变得通红。

"怎能这样做?这可是犯法的呀!"

"数据造假的人抗议邮件造假的人吗?"

八角点上一支烟,用装糊涂的口吻说:"我们不是警察,顺便说一句,我们也不会把资料当作证据提供给法庭。我们只想知道一件事:真相。为此,我们什么都会做的,就像你们不择手段赚钱一样。"

江木无言以对。

13

八角向三楼卖甜甜圈的地方走去，正好看见一名系围裙的女子在给甜甜圈补货。

"哟，你好吗？"

听见打招呼，优衣活泼地回应一声"好久不见啦"，绽放出灿烂的笑容。

她容光焕发，与在营业部时判若两人，人似乎也丰满了一点。

"没把本公司当不良债权对待的，只有贵公司啦。感谢感谢。"

八角道谢了，优衣回答道："因为我方债权全都收到了，你们是好客户呀。"

半年之后，传说中的公司分拆落实了：东京建电只留下作为强度造假舞台的营业一课的业务，其余业务转移到新设公司。

此时的东京建电为了筹集巨额赔偿金东挪西凑，员工们每天都比之前更加拼搏。社长由主动承担重建的村西担任。

六月，宫野被起诉严重渎职。"透明科技"在一个月后申请破产。同时，江木也申请个人破产，之后他便不见踪影了。

调查委员会综合考虑情况，坂户免于个人承担损害赔偿，受到开除的处分。之后他求职似乎不顺利，但刚好前几天有消息说，之前有关系的公司会帮他一把。

另外，二十年前有过舞弊行为的梨田被追究责任，由索尼克调往分公司。

关于八角，他四月份调往新公司的安排最终被取消了。

尽管他的揭发受到表扬，但社长饭山对他一直以来的工作态度是否买账，不甚清楚。

不过，那也行。多年待在营业一课，也不好独自过去新公司当课长吧。于是，原岛课长和万年系长八角这对搭档，就继续延续下去了。

"很像您的作派呀，总是摊上倒霉的差事。"

妻子笑笑而已，没有多话。

是虚饰的繁荣还是真实的清贫——发现强度造假时，八角选择了后者。

没有后悔。

不管哪一条路，肯定都有开向未来的门。